14/12

suhrkamp taschenbuch 3618

Eine unwegsame Paßstraße in den Anden, das wilde irische Meer, New Yorks Flughafen im Schneesturm, die Inselwelt der sanften Südsee, die endlosen Straßen durch die Wüste Arizonas – in den hier versammelten Geschichten vom Aufbrechen, Weiterziehen, Umherreisen und Ankommen sind wagemutige Anhalterinnen unterwegs, Männer, die die Welt umrunden wollen, Radfahrer mit Blick fürs Wesentliche und Flugzeugpassagiere, die sich nicht hätten träumen lassen, in 760 Metern Höhe das Steuer zu übernehmen. Was führt die alte Frau im Greyhound-Bus auf dem Weg zur Küste im Schilde? Warum sucht ein Mann seine in den Salzburger Alpen verschwundene Gattin in Lima? Und wie funktioniert das mit dem Reisen im Stand?

Die Menschen aus den Erzählungen von Peter Bichsel, Judy Budnitz, Julio Cortázar, Karen Duve, Yasushi Inoue, István Örkény, Peter Stamm, Olga Tokarczuk und anderen gehen auf Reisen in aller Herren Länder und lassen sich den Fahrtwind um die Nase wehen.

Fahrtwind

Geschichten vom Abfahren und Ankommen

Herausgegeben von
Charlotte Brombach
und Julia Ketterer

Suhrkamp

Umschlagfoto: Catherine Karnow/Agentur Focus

suhrkamp taschenbuch 3618
Originalausgabe
Erste Auflage 2004

Quellennachweise am Schluß des Bandes
Suhrkamp Taschenbuch Verlag

Satz: Hümmer GmbH, Waldbüttelbrunn
Druck: Nomos Verlagsgesellschaft, Baden-Baden
Printed in Germany
Umschlag nach Entwürfen von
Willy Fleckhaus und Rolf Staudt
ISBN 3-518-45618-0

1 2 3 4 5 6 – 09 08 07 06 05 04

Inhalt

Jetzt kann die Reise losgehen

Peter Bichsel
Die Erde ist rund

Ein Mann, der weiter nichts zu tun hatte, nicht mehr verheiratet war, keine Kinder mehr hatte und keine Arbeit mehr, verbrachte seine Zeit damit, daß er sich alles, was er wußte, noch einmal überlegte.

Er gab sich nicht damit zufrieden, daß er einen Namen hatte, er wollte auch genau wissen, warum und woher. Er blätterte also tagelang in alten Büchern, bis er darin seinen Namen fand.

Dann stellte er zusammen, was er alles wußte, und er wußte dasselbe wie wir.

Er wußte, daß man die Zähne putzen muß.

Er wußte, daß Stiere auf rote Tücher losrennen und daß es in Spanien Toreros gibt.

Er wußte, daß der Mond um die Erde kreist und daß der Mond kein Gesicht hat, daß das nicht Augen und Nasen sind, sondern Krater und Berge.

Er wußte, daß es Blas-, Streich- und Schlaginstrumente gibt.

Er wußte, daß man Briefe frankieren muß, daß man rechts fahren muß, daß man die Fußgängerstreifen benützen muß, daß man Tiere nicht quälen darf. Er wußte, daß man sich zur Begrüßung die Hand gibt, daß man den Hut bei der Begrüßung vom Kopf nimmt.

Er wußte, daß sein Hut aus Haarfilz ist und daß die Haare von Kamelen stammen, daß es einhöckrige und zweihöckrige gibt, daß man die einhöckrigen Dromedare nennt, daß es Kamele in der Sahara gibt und in der Sahara Sand.

Das wußte er.

Er hatte es gelesen, es wurde ihm erzählt, er hatte es im Kino gesehen. Er wußte: In der Sahara gibt es Sand. Er war zwar noch nie da, aber er hatte gelesen darüber, und er wußte auch, daß Kolumbus Amerika entdeckt hat, weil er daran glaubte, daß die Erde rund ist.

Die Erde ist rund, das wußte er.

Seit man das weiß, ist sie eine Kugel, und wenn man immer geradeaus geht, kommt man wieder zurück an den Ort, von dem man ausgegangen ist.

Nur sieht man nicht, daß sie rund ist, und deshalb wollten die Leute das lange nicht glauben, denn wenn man sie anschaut, ist sie gerade, oder sie geht hinauf oder hinunter, sie ist mit Bäumen bepflanzt und mit Häusern bebaut, und nirgends biegt sie sich zu einer Kugel; dort, wo sie es tun könnte, auf dem Meer, dort hört das Meer einfach auf, endet in einem Strich, und man sieht nicht, wie sich das Meer und wie sich die Erde biegt.

Es sieht so aus, als würde die Sonne am Morgen aus dem Meer steigen und abends zurücksinken ins Meer.

Doch wir wissen, daß es nicht so ist, denn die Sonne bleibt an ihrem Ort, und nur die Erde dreht sich, die runde Erde, jeden Tag einmal.

Das wissen wir alle, und der Mann wußte das auch.

Er wußte, wenn man immer geradeaus geht, kommt man nach Tagen, Wochen, Monaten und Jahren an denselben Ort zurück; wenn er jetzt von seinem Tisch aufstände und wegginge, käme er, später, von der andern Seite wieder zu seinem Tisch zurück.

Das ist so, und man weiß es.

»Ich weiß«, sagte der Mann, »wenn ich immer geradeaus gehe, komme ich an diesen Tisch zurück.«

»Das weiß ich«, sagte er, »aber das glaube ich nicht, und deshalb muß ich es ausprobieren.«

»Ich werde geradeaus gehen«, rief der Mann, der weiter nichts zu tun hatte, denn wer nichts zu tun hat, kann geradesogut geradeaus gehen.

Nun sind aber die einfachsten Dinge die schwersten.

Vielleicht wußte das der Mann, aber er ließ sich nichts anmerken und kaufte sich einen Globus. Darauf zog er einen Strich von hier aus rund herum und zurück nach hier.

Dann stand er vom Tisch auf, ging vor sein Haus, schaute in die Richtung, in die er gehen wollte, und sah da ein anderes Haus.

Sein Weg führte genau über dieses Haus, und er durfte nicht um es herum gehen, weil er dabei die Richtung hätte verlieren können.

Deshalb konnte die Reise noch nicht beginnen.

Er ging zurück an seinen Tisch, nahm ein Blatt Papier und schrieb darauf: »Ich brauche eine große Leiter.« Dann dachte er daran, daß hinter dem Haus der Wald beginnt, und einige Bäume standen mitten auf seinem geraden Weg, die mußte er überklettern, deshalb schrieb er auf sein Blatt: »Ich brauche ein Seil, ich brauche Klettereisen für die Füße.«

Beim Klettern kann man sich verletzen.

»Ich brauche eine Taschenapotheke«, schrieb der Mann. »Ich brauche einen Regenschutz, Bergschuhe und Wanderschuhe, Stiefel und Winterkleider und Sommerkleider. Ich brauche einen Wagen für die Leiter, das Seil und die Eisen, für Taschenapotheke, Bergschuhe, Wanderschuhe, Winterkleider, Sommerkleider.«

Jetzt hatte er eigentlich alles; aber hinter dem Wald war der Fluß, darüber führte zwar eine Brücke, aber sie lag nicht auf seinem Weg.

»Ich brauche ein Schiff«, schrieb er, »und ich brauche einen Wagen für das Schiff und ein zweites Schiff für die beiden Wagen und einen dritten Wagen für das zweite Schiff.«

Da der Mann aber nur einen Wagen ziehen konnte, brauchte er noch zwei Männer, die die andern Wagen ziehen, und die zwei Männer brauchten auch Schuhe und Kleider und einen Wagen dafür und jemanden, der den Wagen zieht. Und die Wagen mußten alle vorerst einmal über das

Haus; dazu braucht man einen Kran und einen Mann, der den Kran führt, und ein Schiff für den Kran und einen Wagen für das Schiff und einen Mann, der den Wagen für das Schiff für den Kran zieht, und dieser Mann brauchte einen Wagen für seine Kleider und jemanden, der diesen Wagen zieht.

»Jetzt haben wir endlich alles«, sagte der Mann, »jetzt kann die Reise losgehen«, und er freute sich, weil er jetzt gar keine Leiter brauchte und auch kein Seil und keine Klettereisen, weil er ja einen Kran hatte.

Er brauchte viel weniger Dinge: Nur eine Taschenapotheke, einen Regenschutz, Bergschuhe, Wanderschuhe, Stiefel und Kleider, einen Wagen, ein Schiff, einen Wagen für das Schiff und ein Schiff für die Wagen und einen Wagen für das Schiff mit den Wagen. Zwei Männer und einen Wagen für die Kleider der Männer und einen Mann, der den Wagen zieht, einen Kran und einen Mann für den Kran und ein Schiff für den Kran und einen Wagen für das Schiff und einen Mann, der den Wagen für das Schiff mit dem Kran zieht, und einen Wagen für seine Kleider und einen Mann, der den Wagen zieht, und der kann seine Kleider auch auf diesen Wagen tun und die Kleider des Kranführers auch; denn der Mann wollte möglichst wenige Wagen mitnehmen.

Jetzt brauchte er nur noch einen Kran, mit dem er den Kran über die Häuser ziehen konnte, einen größeren Kran also, dazu Kranführer und ein Kranschiff und einen Kranschiffwagen, einen Kranschiffwagenzieher, einen Kranschiffwagenzieherkleiderwagen und einen Kranschiffwagenzieherkleiderwagenzieher, der dann auch seine Kleider und die Kleider des Kranführers auf den Wagen laden konnte, damit es nicht zu viele Wagen braucht.

Er brauchte also nur zwei Kräne, acht Wagen, vier Schiffe und neun Männer. Auf das erste Schiff kommt der kleine

Kran. Auf das zweite Schiff kommt der große Kran, auf das dritte Schiff kommen der erste und der zweite Wagen, auf das vierte Schiff kommen der dritte und der vierte Wagen. Er brauchte also noch ein Schiff für den fünften und sechsten Wagen und ein Schiff für den siebten und achten Wagen.

Und zwei Wagen für diese Schiffe.

Und ein Schiff für diese Wagen.

Und einen Wagen für dieses Schiff.

Und drei Wagenzieher.

Und einen Wagen für die Kleider der Wagenzieher.

Und einen Wagenzieher für den Kleiderwagen.

Und den Kleiderwagen kann man dann auf das Schiff laden, auf dem erst ein Wagen steht.

Daß er für den zweiten großen Kran einen dritten noch größern braucht und für den dritten einen vierten, einen fünften, einen sechsten, daran dachte der Mann gar nicht.

Aber er dachte daran, daß nach dem Fluß die Berge kommen und daß man die Wagen nicht über die Berge bringt und die Schiffe schon gar nicht.

Die Schiffe müssen aber über die Berge, weil nach dem Berg ein See kommt, und er brauchte Männer, die die Schiffe tragen, und Schiffe, die die Männer über den See bringen, und Männer, die diese Schiffe tragen, und Wagen für die Kleider der Männer und Schiffe für die Wagen der Kleider der Männer.

Und er brauchte jetzt ein zweites Blatt Papier.

Darauf schrieb er Zahlen.

Eine Taschenapotheke kostet 7 Franken 20 Rappen, ein Regenschutz 52 Franken, Bergschuhe 74 Franken, Wanderschuhe kosten 43 Franken, Stiefel kosten etwas und Kleider kosten.

Ein Wagen kostet mehr als all das zusammen, und ein Schiff kostet viel, und ein Kran kostet mehr als ein Haus, und das Schiff für den Kran muß ein großes Schiff sein, und große Schiffe kosten mehr als kleine, und ein Wagen für ein großes Schiff muß ein riesengroßer Wagen sein, und riesengroße Wagen sind sehr teuer. Und Männer wollen verdienen bei ihrer Arbeit, und man muß sie suchen, und sie sind schwer zu finden.

Das alles machte den Mann sehr traurig, denn er war inzwischen 80 Jahre alt geworden, und er mußte sich beeilen, wenn er noch vor seinem Tod zurück sein wollte.

So kaufte er sich dann doch nichts anderes als eine große Leiter, er lud sie auf die Schulter und ging langsam weg. Er ging auf das andere Haus zu, stellte die Leiter an, prüfte, ob sie auch richtig Halt habe, und stieg dann langsam die Leiter hoch. Da erst ahnte ich, daß es ihm ernst war mit seiner Reise, und ich rief ihm nach: »Halt, kommen Sie zurück, das hat keinen Sinn.«

Aber er hörte mich nicht mehr. Er war bereits auf dem Dach und zog die Leiter hoch, schleppte sie mühsam zum Dachgiebel, ließ sie auf der andern Seite hinunter. Er schaute nicht einmal mehr zurück, als er über den Giebel des Daches stieg und verschwand.

Ich habe ihn nie mehr gesehen. Das geschah vor zehn Jahren, und damals war er achtzig.

Er müßte jetzt neunzig sein. Vielleicht hat er es eingesehen und seine Reise aufgegeben, noch bevor er in China war.

Vielleicht ist er tot.

Aber hie und da gehe ich vor das Haus und schaue nach Westen, und ich würde mich doch freuen, wenn er eines Tages aus dem Wald träte, müde und langsam, aber lächelnd, wenn er auf mich zukäme und sagte:

»Jetzt glaube ich es, die Erde ist rund.«

Wieder auf der Straße

Karen Duve
Der Indianer

Stundenlang waren wir schweigend durch die Wüste gefahren, durch all das Geröll und den Sand und die Kakteen und vertrockneten Büsche. Auf den letzten paar Meilen hatte die Straße ihre pfeilgerade Richtung verlassen und sich allmählich aufwärts geschlängelt in eine Hügelkette hinein. Und hinter einer Kurve stand plötzlich dieser Felsen. Er war zwanzig Meter hoch und blutrot. Er sah aus wie frisch geschlachtet – als hätte ihm gerade jemand den Pelz abgezogen. Die Straße führte mitten hindurch, sie schnitt ihn in zwei Teile, durch die der Datsun wie ein Messer glitt. Und der Himmel war so blau, wie etwas nur blau sein kann. Das war er vorher natürlich auch schon gewesen, aber jetzt, mit dem roten Felsen davor, sah er noch zehnmal blauer aus.

»Seht euch das an! Seht euch das bloß an! Habt ihr in eurem Leben schon einmal so etwas gesehen?«

Ich schaute zu Sandra, die neben mir auf dem Beifahrersitz saß. Sie starrte regungslos aus dem Seitenfenster und machte ein Gesicht, als würde sie mich am liebsten anspuken. Ich drehte mich zu Robert um, der hinten quer lag. Er blätterte in einer Zeitschrift. Sie antworteten mir nicht. Sie sagten nicht einmal »hmmm« oder »ja ja« oder »interessiert uns nicht« oder wenigstens »halt's Maul«. Sie sagten einfach gar nichts. Ich war ihnen so widerlich, daß ihnen sogar der rote Felsen widerlich war – bloß weil er mir gefiel. Ich fühlte mich schrecklich. Die ganze Sache bedrückte mich so sehr, daß ich, als wir wieder in ebenes Gelände kamen, rechts ranfuhr und sagte, jemand anderes müsse jetzt fahren.

Beim Aussteigen bemerkte ich, wie heiß es eigentlich war, bestimmt 50 Grad. Der Datsun hatte eine Klimaanlage, so daß ich ganz vergessen hatte, durch was für eine Hitze wir uns bewegten. Robert setzte sich hinters Lenkrad. Ich kroch auf die Rückbank, zog die Beine hoch und rollte mich in eine Ecke. Ich machte die Augen zu, damit sie nicht sahen, daß ich weinte. Okay, dachte ich, sag' ich ab jetzt eben nichts mehr. Kann ich auch. Kein Problem.

Ich mag nicht erklären, warum ich mit Sandra und Robert in einem Auto saß. Es hing mit diesem sentimentalen Getue um alte Schulfreundschaften zusammen, die angeblich ewig halten. Ich habe darüber nachgedacht, während wir durch Arizona gefahren sind. Ich habe eine Menge Zeit gehabt, um nachzudenken, und bin zu dem Ergebnis gekommen, daß das hier niemals eine Freundschaft gewesen ist, sondern bloß ein Haufen sentimentaler, verlogener Scheiße. Was Sandra angeht, so ist sie klein und mollig und hat statt einem Mund einen Strich im Gesicht. Sie ist Nervenärztin und hatte damals einen Forschungsauftrag an der Universität von Phoenix. Irgend etwas mit Elektroschocks. Phoenixer Studenten, deren Prüfungsergebnisse ungenügend auszufallen drohten, konnten sich Zusatzpunkte verdienen, indem sie freiwillig an ihren sehr schmerzhaften Experimenten teilnahmen.

Eigentlich ist Sandra hübsch mit ihren langen braunen Locken, aber ich habe jetzt überhaupt keine Lust, irgend etwas Nettes über sie zu sagen. Robert ist groß und dünn und abartig geizig. Tatsächlich ist er der geizigste Mensch, der mir je begegnet ist. Wann immer wir eine Tankstelle anfuhren, rannte er sofort auf die Toilette und erschien erst wieder, wenn Sandra oder ich die Tankrechnung bereits bezahlt hatten. Einmal erwischte ich ihn dabei, wie er von den drei Dollar Trinkgeld, die ich in einem Restaurant auf den Tisch gelegt hatte, zwei herunternahm und einsteckte.

Als ich nicht mehr weinen mußte, machte ich die Augen wieder auf und nahm ein Buch aus meiner Tasche, obwohl mir beim Lesen im Auto immer schlecht wird. Nur damit ich diese beiden Fratzen nicht mehr sehen mußte. In dem Buch ging es um Frauen im Wilden Westen. Der Autor wußte, womit er seine Leser rankriegte. Gleich das erste Kapitel handelte von Pioniersfrauen und Siedlerinnen, die von Indianern entführt worden waren. »Für einen Indianer ist es etwas sehr Schönes, eine weiße Squaw zu besitzen«, las ich. Meine Laune besserte sich schlagartig. Ich blinzelte über das Buch hinweg in die Wüste hinaus, wo weit und breit kein Mensch zu sehen war. Auch kein Indianer. Dafür tauchte links neben der Straße ein Hinweisschild auf: NOCH 1 MEILE BIS ZUM ANDENKENLADEN VON HÄUPTLING ROTES PFERD. RIESENAUSWAHL. Etwas später kam ein zweites Schild: JETZT NUR NOCH EINE HALBE MEILE BIS ZUM ANDENKENLADEN VON HÄUPTLING ROTES PFERD. ERSTKLASSIGE WARE!

»He«, sagte ich, »laßt uns da anhalten. Ich will in den Indianerladen.«

Sandra stöhnte auf.

»So etwas Peinliches! Das ist doch nur Nepp. Außerdem haben wir dafür keine Zeit.«

Nie hatten sie für irgend etwas Zeit. Außer wenn sie in ein Restaurant oder einen Supermarkt wollten. In Supermärkten konnten sie Stunden verbringen.

»Ich will den Indianer sehen«, sagte ich. »Ich bin jetzt seit einer Woche in Arizona und habe noch keinen einzigen Indianer gesehen.«

»Im Motel gibt es bestimmt einen Fernseher. Da kannst du dir die ganze Nacht Indianer ansehen«, sagte Robert.

Die Hinweisschilder, große weiße Papptafeln auf Stelzen, kamen jetzt Schlag auf Schlag: NUR NOCH 200 YARDS BIS ZUM ANDENKENLADEN VON HÄUPTLING ROTES PFERD. ALLES SEHR BILLIG! und: JETZT SIND ES NUR NOCH 100 YARDS. FAHREN SIE

NICHT VORBEI! und: NOCH 50 YARDS. SETZEN SIE DEN BLINKER! Schließlich: SIE SIND DA! ANDENKENLADEN VON HÄUPTLING ROTES PFERD. ALLES SUPER GÜNSTIG! RIESEN AUSWAHL. BESTE QUALITÄT. HANDARBEIT!

»Das ist ja widerlich«, sagte Sandra.

»Bitte anhalten«, sagte ich. »Er ist ein Häuptling.«

»Wir haben keine Zeit, um überall anzuhalten«, fauchte Sandra, »*du* willst doch unbedingt ins Monument Valley!«

Der Andenkenladen bestand aus einem Holzhaus und vier Bretterbuden. Bunte Wolldecken hingen wie Wäsche an einer Leine, gerade hoch genug, daß der Staub, den wir aufwirbelten, sie nicht erreichte. Dann kam wieder ein weißes Schild auf Stelzen: HÄUPTLING ROTES PFERD WÜNSCHT EINE SCHÖNE REISE. Und kurz danach: VORBEIGEFAHREN? NOCH IST ES NICHT ZU SPÄT, UM UMZUDREHEN. SCHNELL, MACHEN SIE EINEN U-TURN! Okay, dachte ich bei mir, ab jetzt sage ich aber wirklich gar nichts mehr.

Ich hatte etwa eine Stunde lang geschwiegen, als uns auf der rechten Fahrbahnseite ein kleiner schmutziggelber Hund entgegenkam. Er war sehr dünn und trabte in einem gleichmäßigen Tempo, und die Zunge, die aus seinem Maul hing und im Takt seiner Füße schlappte, sah so trocken aus, als würde sie dabei rascheln.

»Halt an«, sagte ich sofort zu Robert und legte ihm auch noch meine Hand auf die Schulter. »Halt mal an, damit wir dem armen Kerl ein bißchen Wasser geben können.«

»Fahr weiter«, sagte Sandra, »wir haben keine Zeit, bei jedem Köter anzuhalten. Außerdem wohnt der hier irgendwo. Der braucht dein Wasser nicht.«

»Na wo denn? Siehst du hier irgend etwas? Steht da vielleicht ein Haus? Hier gibt es doch noch nicht mal 'nen Baum. Das hier ist 'ne Wüste. Hier gibt es im Umkreis von hunderttausend Kilometern kein Wasser.«

Robert fuhr weiter. Der Hund verschwand in einer Staubwolke.

»He, Robert«, sagte ich, »ich gebe dir fünf Dollar, wenn du anhältst. Ich gebe dir sogar zehn!«

Ich sah, wie er zusammenzuckte. Das machte ihm zu schaffen.

»Ich gebe dir zwanzig!«

»Hör auf damit«, sagte Sandra. Und zu Robert: »Du fährst weiter!«

»Dreißig!«

»Ehrlich?« fragte Robert, aber dann fügte er hinzu: »Nein, ich tu's nicht. Du mußt endlich lernen, daß man zwischen Menschen und Tieren unterscheiden muß.«

»Fünfzig!« Ich schob mich zwischen die Vordersitze und fuchtelte mit dem Schein vor seinem Gesicht herum.

»Nein«, sagte Robert traurig und trat aufs Gaspedal, »du würdest sie mir ja dann doch nicht geben.«

Ich ließ mich zurück in die Polster fallen und blieb dort zehn Minuten lang still wie ein Toter. Dann brüllte ich plötzlich los:

»Schnell, fahr ran! Fahr rechts ran! Mir ist schlecht!«

Sie waren tatsächlich so dumm. Sie wurden völlig nervös, daß ich ins Auto kotzen könnte, und hielten sofort an. Ich zwängte mich aus dem Rücksitz, sprang raus, ging um den Wagen herum und öffnete den Kofferraum. Ich nahm die große Wasserflasche heraus und steckte sie in meine Umhängetasche.

»Ich hau' ab! Mich seht ihr nie wieder. Und das Wasser nehm' ich auch mit!«

Sie sahen mir mit offenen Mündern zu.

»Du kannst nicht einfach in der Wüste aussteigen. Wie willst du denn nach Hause kommen?«

»Ich fahr' per Anhalter.«

»Du kannst nicht einfach per Anhalter fahren. Das hier ist Amerika. Man kann in Amerika nicht einfach per Anhalter fahren. Das ist zu gefährlich. Außerdem wirst du verdursten. Steig wieder ein!«

Ich lief los. Die ersten paar Meter riefen sie noch hinter mir her. Dann standen sie bloß noch da und starrten mir nach. Als ich mich einmal umdrehte, sah ich es. Geschah ihnen ganz recht. Mir kam es vor, als wenn ich noch stundenlang so weiterlaufen könnte. Hitze hat mir noch nie viel ausgemacht. Auch wenn es natürlich klar war, daß ich einen Sonnenbrand bekommen würde. Ich trug bloß ein kurzes Kleid und Turnschuhe.

Als von Sandra und Robert endlich nichts mehr zu sehen war, trank ich ein paar Schlucke aus der Wasserflasche und hielt Ausschau nach dem Hund, konnte ihn aber nirgends entdecken. Ich kniff die Augen zusammen und blickte die lange Straße entlang. Kein Hund. Ich sah in die andere Richtung, ob nicht bald ein Auto käme, das mich mitnehmen würde. Es kam aber keines. Dann sah ich den Indianer. Ich wußte sofort, daß er ein Indianer war, noch bevor ich sein Gesicht erkennen konnte; sogar, als er noch ein paar hundert Meter entfernt war. Er trabte in gleichmäßigem Tempo auf der Straße und würde mich bald einholen. Die Luft waberte vor Hitze, so daß sein Körper keine festen Konturen zu haben schien. Ich blieb stehen und sah ihm entgegen. Ich fragte mich, warum mir der Anblick so vertraut war, und dann fiel mir ein, daß ich eine ganz ähnliche Szene einmal in einem Film gesehen hatte.

Der Indianer hatte kurze Haare und trug schwarze Jeans und ein grünes T-Shirt. Er war vielleicht zwanzig Jahre alt und tatsächlich ein Indianer. Als er mit mir auf gleicher Höhe war, blieb er stehen und sah mich an, ohne zu lächeln. Ich bot ihm etwas zu trinken an, und er nickte. Ich gab ihm die Wasserflasche. Er trank nur zwei Schlucke, und ich bat ihn, mehr zu trinken. Er trank noch einmal zwei Schlucke. Dann gab er mir die Wasserflasche zurück, bedankte sich und trabte weiter.

Wenig später nahm mich ein silberner Truck mit, in dem sich die ganze Welt spiegelte. Als wir an dem Indianer vorbeifuhren, fragte ich den Fahrer, ob er ihn nicht auch noch mitnehmen könnte. In der Kabine war noch reichlich Platz. Der Fahrer spuckte bloß aus. Ich sah nach vorn, beobachtete den Horizont, ob der Himmel sich schon verfärbte, und versuchte abzuschätzen, wieviel Zeit ich wohl noch hatte, bis es dunkel wurde. Denn wenn es dunkel wird, beginnen für Anhalterinnen die Schwierigkeiten mit Lastwagenfahrern.

Julio Cortázar
Geschichten, die ich mir erzähle

Ich erzähle mir Geschichten, wenn ich allein schlafe, wenn mir das Bett größer und kälter erscheint, als es in Wirklichkeit ist, aber auch, wenn Niágara da ist und zufrieden vor sich hin murmelnd einschläft, fast so, als würde auch sie sich eine Geschichte erzählen. Ich möchte sie dann am liebsten wecken, um zu erfahren, wie ihre Geschichte geht (nur mummelt sie jetzt im Schlaf, und das ist keineswegs eine Geschichte), aber Niágara kommt von der Arbeit immer so müde nach Haus, daß es unfair und nicht schön wäre, sie zu wecken, wenn sie gerade eingeschlafen ist und ganz selig zu sein scheint, so in ihrem duftenden, murmelnden Schneckenhäuschen verkrochen, weshalb ich sie schlafen lasse und mir Geschichten erzähle, wie auch an den Tagen, wenn sie Nachtdienst hat und ich allein schlafe in diesem plötzlich riesigen Bett.

Ich erzähle mir alle möglichen Geschichten, doch fast immer mit mir in der Hauptrolle, eine Art argentinischer Walter Mitty, der sich in Situationen wähnt, die absonderlich oder einfach blöd oder von gekonnt großer Dramatik sind, damit derjenige, der die Geschichte verfolgt, an dem Melodrama oder der Alberei oder dem Humor, den der Erzähler ihm mit Fleiß bietet, auch sein Vergnügen habe. Da Walter Mitty nun aber auch seine Jekyll-und-Hyde-Seite hat, hat die angelsächsische Literatur in seinem Unterbewußtsein viel Unheil angerichtet, und seine Geschichten geraten ihm fast immer sehr romanhaft, scheinen für einen ebenso imaginären Druck wie geschaffen. Schon der Gedanke, die Geschichten, die ich mir vor dem Einschlafen erzähle, aufzuschreiben, scheint mir morgens unbegreiflich, zudem braucht ein Mensch seinen geheimen Luxus, seine heimliche Verschwendung, etwas, das andere bis zum letzten Krümel nutzen würden. Auch Aberglaube ist dabei, von jeher habe ich mir gesagt, wenn ich irgendeine der Geschichten, die ich mir erzähle, aufschreiben würde, daß diese dann die letzte wäre, aus Gründen, die mir verborgen bleiben, aber die vielleicht zu tun haben mit den Ideen von Überschreitung und von Strafe; also besser nicht, denn ich kann mir nicht vorstellen, neben Niágara oder allein auf den Schlaf zu warten, ohne mir eine Geschichte erzählen zu dürfen, und statt dessen stumpfsinnig Schäfchen zählen oder, was noch schlimmer wäre, mir meinen wenig denkwürdigen Tagesablauf in Erinnerung bringen zu müssen.

Alles hängt von der Laune des Augenblicks ab, denn nie würde es mir einfallen, eine bestimmte Art von Geschichten zu wählen; sobald ich oder wir das Licht ausmachen und ich in diese zweite schöne Schicht Schwarz unter den geschlossenen Lidern gelange, ist die Geschichte da, der fast immer anregende Anfang einer Geschichte, sei es eine leere Straße, auf der sich von fern ein Auto nähert, oder das Gesicht von Marcelo Macías, wie er erfährt, daß man ihn befördert hat, was in Anbetracht seiner Unfähigkeit bislang ganz undenkbar war, oder einfach ein Wort oder ein Ton, der fünf- oder zehnmal wiederkehrt und woraus ein erstes Bild der Geschichte entsteht. Manchmal wundert es mich, daß nach einer Episode, die man als bürokratisch bezeichnen könnte, in der folgenden Nacht die Geschichte erotisch ist oder mit Sport zu tun hat; zweifellos habe ich viel Phantasie, mag man das auch nur merken, wenn ich am Einschlafen bin, trotzdem erstaunt mich ein so ungeahnt großes und abwechslungsreiches Repertoire immer wieder. Warum mußte ausgerechnet Dilia in dieser Geschichte auftauchen, und gerade in dieser Geschichte, wo doch Dilia eine Frau ist, die sich für eine solche Geschichte überhaupt nicht eignet; warum Dilia.

Doch schon vor langer Zeit habe ich beschlossen, mich nicht zu fragen, warum Dilia oder die Transsibirische Eisenbahn oder Muhammed Ali oder irgendeiner der Schauplätze, wo sich die Geschichten, die ich mir erzähle, gerade abspielen. Wenn ich mich in diesem Augenblick außerhalb der Geschichte an Dilia erinnere, so anderer Dinge wegen, die ebenfalls außerhalb der Geschichte stattfanden und stattfinden, wegen etwas, das nicht mehr die Geschichte ist und mich vielleicht deshalb veranlaßt zu tun, was ich mit den Geschichten, die ich mir erzähle, nicht hatte tun wollen noch können. In jener Geschichte (allein im Bett, Niágara würde erst um acht Uhr morgens aus dem Hospital nach Hause kommen) gab es eine Gebirgslandschaft und eine Straße, die einem angst machten, die einen nötigten, vorsichtig zu fahren, während die Scheinwerfer jede Kurve auf ihre möglichen Tücken hin ableuchteten, allein und mitten in der Nacht in diesem riesigen, schwer zu lenkenden Lastwagen auf einer Paßstraße, die hart an Abgründen vorbeiführt. Fernfahrer zu sein schien mir schon immer ein beneidenswerter Beruf, weil ich es mir als eine der einfachsten Formen von Freiheit vorstelle, von einem Ort zu einem anderen in einem Fernlaster zu fahren, der zugleich ein Haus ist mit einer Matratze, um am Rande einer Landstraße die Nacht zu verbringen, mit einer Lampe zum Lesen und Konserven und Flaschenbier, einem Transistor, um in völliger Stille Jazz zu hören, und außerdem dieses Gefühl, daß man für die übrige Welt verschollen ist, daß niemand weiß, daß wir gerade diese Strecke gewählt haben und keine andere, so viele Möglichkeiten und Orte und Abenteuer, eingeschlossen Pannen und Überfälle, aus denen man jedoch stets als Sieger hervorgeht, wie es sich für Walter Mitty gehört.

Manchmal habe ich mich gefragt, warum Fernfahrer und nicht Flugkapitän oder Kapitän auf großer Fahrt, obgleich ich weiß, daß sich diese Berufe mit meiner schlichten, urwüchsigen Art, die ich tagsüber notgedrungen kaschieren muß, nicht vertragen, Fernfahrer sein heißt einer von denen sein, die mit Fernfahrern sprechen, heißt dorthin gehören, wo Fernfahrer verkehren, weshalb es oft geschieht, wenn ich mir eine Geschichte von großer Freiheit erzähle, daß sie in diesem Fernlaster beginnt, der durch die Pampa fährt oder durch eine imaginäre Landschaft wie diese jetzt, durch die Anden oder die Rocky Mountains, jedenfalls eine schwierige Strecke wie die, die ich in dieser Nacht gerade hinauffuhr, als ich am Fuß der Felsen Dilias schmächtige Gestalt sah, vom Lichtbündel der starken Scheinwerfer gewaltsam dem Nichts entrissen, den violetten Wänden, die Dilia noch kleiner und verlassener erscheinen ließen, Dilia, die die inständige Handbewegung derjenigen machte, die nach langem Fußmarsch mit Rucksack mitgenommen werden möchten.

Wenngleich Fernfahrer sein eine Geschichte ist, die ich mir oft erzählt habe, mußte ich doch nicht unbedingt Frauen begegnen, die mich bitten, sie mitzunehmen, wie Dilia das tat, obgleich natürlich auch Frauen vorkamen, da diese Geschichten fast immer einer Phantasie Vorschub leisteten, in der die Nacht, der Fernlaster und die Einsamkeit perfekte Umstände für ein kurzes Glück am Ende der Etappe waren. Manchmal nicht, manchmal gab es nur eine Lawine, der ich, ich weiß nicht wie, entkam, oder die Bremsen, die auf der Talfahrt versagten, so daß alles in einem Wirbel sich überstürzender Bilder endete, was mich nötigte, die Augen zu öffnen und die Geschichte nicht weiter zu verfolgen, den Schlaf zu suchen oder Niágaras warme Taille zu berühren, erleichtert, dem Schlimmsten entgangen zu sein. Wenn die Geschichte eine Frau an den Straßenrand stellte, war diese Frau immer eine Unbekannte; die Launen der Geschichten, die ein rothaariges Mädchen oder eine Mulattin wählten, gesehen vielleicht in einem Film oder in einer Zeitschrift und an der Oberfläche des Alltags vergessen, bis die Geschichte sie mir zurückbrachte, ohne daß ich sie wiedererkannte. Dilia zu sehen war daher mehr als eine Überraschung, ja war geradezu ein Skandal, denn Dilia hatte auf dieser Straße nichts zu suchen, und irgendwie verdarb sie die Geschichte mit ihrer halb flehentlichen, halb drohenden Geste. Dilia und Alfonso sind Freunde, mit denen Niágara und ich uns gelegentlich treffen, sie leben in einer anderen Welt, und was uns verbindet, ist lediglich alte Treue aus der Studentenzeit, die Wertschätzung aufgrund gemeinsamer Interessen und Neigungen, wir essen dann und wann bei ihnen oder bei uns zu Abend und verfolgen ihr Leben als Ehepaar mit kleinem Kind und genügend Geld ansonsten von ferne. Was zum Teufel hatte Dilia dort zu schaffen, als die Geschichte sich in einer Weise entwickelte, daß jedes Mädchen vorstellbar gewesen wäre, nur nicht Dilia, denn wenn etwas klar war in der Geschichte, dann das, daß ich diesmal einem Mädchen auf der Landstraße begegnen würde und daher einiges von dem geschehen würde, was geschehen kann, wenn man nach langer anstrengender Fahrt durch das Gebirge in die Ebene kommt und Rast macht; vom ersten Bild an war alles ganz klar, das Abendessen mit anderen Fernfahrern in der Kneipe des Ortes am Fuße des Gebirges, eine Geschichte, die schon nicht mehr originell ist, aber durchaus annehmbar wegen ihrer Varianten und Unbekannten, nur daß die Unbekannte jetzt gar keine solche war, daß sie Dilia war, die überhaupt keinen Sinn machte an dieser Kurve der Straße.

Mag sein, wenn Niágara dagewesen wäre, in ihrem Schlaf leise murmelnd und schnaubend, daß ich Dilia dann nicht mitgenommen hätte, daß ich sie und den Fernlaster und die Geschichte dadurch ausgelöscht hätte, daß ich einfach die Augen geöffnet und zu Niágara gesagt hätte: »Seltsam, eben war ich drauf und dran, mit einer Frau zu schlafen, und die war Dilia«, worauf Niágara vielleicht auch die Augen geöffnet hätte, mir einen Kuß auf die Wange gegeben und mich einen Spinner genannt hätte, oder Freud ins Spiel gebracht oder mich gefragt hätte, ob ich schon mal mit Dilia habe schlafen wollen, um von mir die Wahrheit zu hören, oder daß in diesem tristen Leben, obgleich dann wieder Freud und so. Aber da ich mich allein fühlte in der Geschichte, so allein, wie er nun einmal war, ein Fernfahrer mitten in der Nacht auf der Fahrt über die Sierra, konnte ich einfach nicht vorbeifahren: Ich bremste langsam, öffnete die Tür und ließ Dilia einsteigen, die müde und schläfrig gerade nur ein »Danke« hauchte und, ihre Reisetasche vor den Füßen, sich's auf dem Sitz bequem machte.

In den Geschichten, die ich mir erzähle, werden die Spielregeln vom ersten Augenblick an eingehalten. Dilia war Dilia, aber in der Geschichte war ich ein Fernfahrer und nur das für Dilia, und nie wäre mir eingefallen, sie zu fragen, was sie hier mitten in der Nacht mache, oder sie beim Namen zu nennen. Ich finde, das Außergewöhnliche an der Geschichte war, daß dieses Mädchen Dilia verkörperte, ihr mattes blondes Haar, ihre wasserhellen Augen und ihre Beine, die, zu lang für ihren Körper, fast klischeehaft an die eines Fohlens erinnerten; davon abgesehen, verfuhr die Geschichte mit ihr wie mit irgendeiner anderen, ohne Namen noch frühere Bekanntschaft, eine völlig zufällige Begegnung. Wir wechselten ein paar Worte, ich bot ihr eine Zigarette an, zündete mir selbst eine an, und wir begannen den Berg hinunterzufahren, wie ein schwerer Laster ihn hinunterfahren muß, während Dilia es sich auf ihrem Sitz noch bequemer machte, in sich versunken und vor sich hin duselnd rauchte, was sie für die vielen Stunden Fußmarsch und die Angst, die in den Bergen vielleicht noch hinzukam, entschädigte.

Ich dachte, sie würde gleich einschlafen und wie schön es wäre, sie schlafen zu sehen, bis wir die Ebene erreichten, auch dachte ich, daß es vielleicht höflich gewesen wäre, ihr anzubieten, sich hinten im Wagen in ein richtiges Bett zu legen, doch niemals in einer Geschichte hatten mir die Umstände das zu tun erlaubt, denn jedes Mädchen hätte mich mit diesem halb verbitterten, halb verzweifelten Ausdruck einer Frau angesehen, die die Absicht dahinter ahnt und fast immer nach dem Türgriff tastet und zu fliehen sucht. Sowohl in den Geschichten als auch in der mutmaßlichen Wirklichkeit eines Fernfahrers konnte es so nicht gehen, man mußte reden, rauchen, sich anfreunden und durch all das die fast immer stillschweigende Zustimmung erhalten, in einem Wäldchen oder auf einem Rastplatz haltzumachen, die Einwilligung in das, was danach kommen würde, was dann aber keine Verbitterung oder Zorn wäre, da man nur miteinander teilen würde, was man schon seit der Plauderei, den Zigaretten und dem ersten Bier, das man zwischen zwei Kurven direkt aus der Flasche trank, miteinander geteilt hatte.

Sollte sie also schlafen, die Geschichte nahm diese Entwicklung, die mir bei den Geschichten, die ich mir erzähle, immer gefallen hat, die ausführliche Darstellung jeder Sache und jedes Vorgangs, ein ganz langsamer Film, bei dem vom Körper und den Worten und den Pausen etwas ausgeht, das ein wohliges Gefühl der Zufriedenheit schafft. Ich fragte mich noch, warum Dilia diese Nacht, doch fast sofort hörte ich auf, mich das zu fragen, und da fand ich es ganz natürlich, daß Dilia dort halb schlafend neben mir war, dann und wann eine Zigarette annahm oder eine Erklärung murmelte, warum da mitten in den Bergen, die die Geschichte mit Gähnern und Satzfetzen geschickt zunichte machte, da ja doch nichts hätte erklären können, warum Dilia da mitten in der Nacht in einer gottverlassenen Gegend an der Straße stand. Dann hörte sie plötzlich auf zu reden und sah mich lächelnd an, mit diesem mädchenhaften Lächeln, das Alfonso als bestechend bezeichnet, und ich sagte ihr meinen Namen als Fernfahrer, immer Oscar in diesen Geschichten, und sie sagte Dilia und fügte hinzu, wie sie das immer tat, daß es ein idiotischer Name wäre, an dem eine Tante schuld sei, die Liebesromane lese, und ich konnte es fast nicht glauben, daß sie mich nicht erkannte, aber in der Geschichte war ich Oscar, und so erkannte sie mich nicht.

Dann erzählen mir die Geschichten Dinge wie die folgenden, doch die ich nicht so erzählen kann wie sie, lediglich zweifelhafte Bruchstücke, Details, die vielleicht gar nicht stimmen, die Laterne, die den Klapptisch im Innern des Lasters beleuchtet, der unter den Bäumen eines Rastplatzes parkt, das Brutzeln der Spiegeleier, und wie Dilia mich nach dem Käse und den Früchten ansieht, als wollte sie etwas sagen, und beschließt, nichts zu sagen, weil es nicht nötig ist, etwas zu sagen, um aus dem Wagen zu steigen und im Gebüsch zu verschwinden, und ich erleichterte ihr alles noch mit dem schon fast heißen Kaffee und sogar einem Täßchen Branntwein, Dilias Augen, die sich zwischen einem Schluck und einem Wort schließen, meine lässige Art, die Lampe zum Hocker neben der Matratze zu tragen, eine Decke hinzulegen wegen der Kälte später, wie ich ihr sage, daß ich nach vorne gehe, um für alle Fälle die Wagentüren zuzuschließen, auf diesen einsamen Strecken kann man nie wissen, und sie die Augen senkt und sagt, du willst doch nicht etwa dort auf den Sitzen schlafen, das wäre idiotisch, und ich ihr den Rücken kehre, damit sie nicht mein Gesicht sehe, wo vielleicht mein leichtes Erstaunen über das zu lesen ist, was Dilia da eben gesagt hat, obgleich es immer so gewesen war oder doch so ähnlich, manchmal sprach das Indiomädchen davon, auf dem Boden schlafen zu wollen, oder flüchtete sich die Zigeunerin in das Führerhaus, und ich mußte sie an den Schultern packen und nach hinten ins Bett bugsieren, obgleich sie weinte und sich sträubte, nicht so Dilia, Dilia ging langsam vom Tisch zum Bett, fingerte schon am Reißverschluß ihrer Jeans, all diese Bewegungen, die ich in der Geschichte sehen konnte, obgleich ich ihr den Rücken zukehrte und ins Führerhaus ging, um ihr Zeit zu geben, um mir zu sagen, daß alles so geschehen würde, wie es einmal mehr geschehen mußte, eine bruchlose, duftige Sequenz, die ganz langsame Kamerafahrt von der unbeweglichen Gestalt im Scheinwerferlicht an der Kurve der Straße in den Bergen bis zu der jetzt bis zur Nasenspitze zugedeckten Dilia, und dann der übliche Schnitt, die Lampe ausmachen, damit nur noch der Staub der Nacht flimmere, die mit der gelegentlichen Klage eines nahen Vogels hinten durch das Guckloch dringt.

Diesmal dauerte die Geschichte endlos, denn weder Dilia noch ich wollten, daß sie aufhöre, es gibt Geschichten, die ich in die Länge ziehen möchte, aber die scheue Japanerin oder die kühle, willfährige norwegische Touristin lassen sie nicht weitergehen, und obgleich ich es bin, der in der Geschichte bestimmt, kommt der Augenblick, da ich keine Kraft mehr und nicht einmal mehr Lust habe, etwas andauern zu lassen, das nach dem Beischlaf in Belanglosigkeit abzugleiten beginnt, wo ich mir Alternativen oder unerwartete Vorfälle ausdenken müßte, damit die Geschichte munter weitergehe, anstatt mich mit einem letzten flüchtigen Kuß oder einem letzten, fast schon überflüssigen Seufzer dem Schlaf zu überlassen, Dilia jedoch wollte nicht, daß die Geschichte ende, seit ihrer ersten Bewegung, als ich neben sie glitt und wider alles Erwarten fühlte, wie sie mich suchte, seit der ersten gegenseitigen Liebkosung wußte ich, daß die Geschichte gerade erst begonnen hatte, daß die Nacht der Geschichte so lang sein würde wie die Nacht, in der ich mir die Geschichte erzählte. Nur daß mir jetzt bloß noch dies davon bleibt, Worte, die von der Geschichte erzählen; Worte wie Streichhölzer, Seufzer, Zigaretten, Lachen, Bitten und Flehen, Kaffee am Morgen und ein Traum von schweren Wassern, von feuchter Kühle und Rückstrom und Verlassenheit, als mit einer ersten zaghaften Zunge das Sonnenlicht durch das Guckloch kam und den Rücken Dilias leckte, die auf mir lag, ein Licht, das mich blendete, während ich sie an mich preßte und fühlte, wie sie sich unter Stöhnen und Liebkosungen einmal mehr öffnete.

Die Geschichte endet hier, ohne den üblichen Abschied im nächsten Ort, wie es fast unvermeidlich gewesen wäre, von der Geschichte glitt ich in den Schlaf hinüber, nur mit dem Gewicht von Dilias Körper auf mir, die nach einem letzten Gemurmel nun auch einschlief, und als ich aufwachte, sagte Niágara etwas von Frühstück und von einer Verabredung, die wir am Abend hätten. Ich war drauf und dran, ihr alles zu erzählen, aber etwas zog mich nach hinten, etwas, das vielleicht noch die Hand Dilias war, die mich in die Nacht zurücksinken ließ und mir Worte untersagte, die alles besudelt hätten. Ja, ich hatte sehr gut geschlafen; aber ja, um sechs würden wir uns an der Ecke des Platzes treffen, um die Marinis zu besuchen.

Zu jener Zeit hörten wir von Alfonso, daß Dilias Mutter schwer erkrankt war und daß Dilia nach Necochea gefahren war, um sie zu pflegen; Alfonso mußte sich um das Baby kümmern, das ihm viel Arbeit machte, ob wir sie nicht besuchen kommen wollten, wenn Dilia zurück sei. Ein paar Tage später starb die Kranke, und Dilia wollte zwei Monate lang niemanden sehen; dann luden sie uns zum Abendessen ein, wir brachten ihnen Cognac mit und eine Rassel für das Kind, und alles war wieder gut, Dilia holte eine Ente mit Orange aus dem Ofen, und Alfonso hatte schon den Tisch für das Canasta vorbereitet. Das Essen verlief glänzend, wie es sich gehörte, denn Alfonso und Dilia sind lebensfrohe Leute, sie begannen von dem schmerzlichen Verlust zu sprechen, schlossen das Thema mit Dilias Mutter aber schnell ab, es war, als zögen sie langsam einen Vorhang davor, um in die unmittelbare Gegenwart zurückzukehren, zu unseren alten Spielen, diesen geheimen Schlüsseln der guten Laune und Garanten eines gemütlichen Abends. Es war schon spät, und wir saßen beim Cognac, als Dilia auf eine Fahrt nach San Juan zu sprechen kam, wohl das Bedürfnis, das qualvolle Sterben ihrer Mutter zu vergessen und den Ärger mit diesen Verwandten, die alles immer noch schlimmer machen. Es kam mir so vor, als spräche sie zu Alfonso, obgleich Alfonso die Geschichte schon kennen mußte, denn er schmunzelte freundlich und schenkte uns noch einen Cognac ein, die Wagenpanne mitten im Gebirge, die öde Nacht und das endlose Warten am Straßenrand, wo jeder Nachtvogel eine Bedrohung war und unvermeidlich alle Schreckgespenster der Kindheit auftauchten, plötzlich die Lichter eines Lastwagens, die Angst, daß auch der Fahrer Angst habe und vorbeifahre, das blendende Licht der Scheinwerfer, das sie an die Felswand nagelte, dann das herrliche Quietschen der Bremsen, das mollig warme Führerhaus, die Talfahrt bei einem ganz belanglosen Gespräch, das jedoch viel dazu beitrug, sich wohler zu fühlen.

»Das ist bei ihr zum Trauma geworden«, sagte Alfonso. »Das hast du mir alles schon mehrmals erzählt, Schatz, doch jedesmal erfahre ich mehr Einzelheiten dieser wunderbaren Rettung, von deinem Ritter Sankt Georg im Overall, wie er dich vor dem bösen Drachen der Nacht gerettet hat.«

»Das kann man so leicht nicht vergessen«, sagte Dilia, »es kommt immer wieder, ich weiß nicht, warum.«

Sie vielleicht nicht, Dilia wußte vielleicht nicht, warum, aber ich, ich hatte den Cognac auf einmal hinunterkippen und mir noch einen einschenken müssen, worüber Alfonso die Brauen hochzog, verwundert über ein Benehmen, das er von mir nicht gewohnt war. Dagegen waren seine Frotzeleien leicht vorauszusehen, er sagte Dilia, sie solle die Geschichte doch einmal zu Ende erzählen, den ersten Teil kenne er zur Genüge, es habe doch sicherlich einen zweiten gegeben, das ist doch so üblich, zumal bei einem Fernfahrer in der Nacht und bei Menschen, die die Freuden des Daseins voll auszukosten verstehen.

Ich ging ins Bad und blieb eine Weile, wobei ich es vermied, mich im Spiegel zu betrachten, um nicht auch dort fatalerweise dem zu begegnen, was ich gewesen war, als ich mir die Geschichte erzählte, und was ich jetzt erneut fühlte, doch hier, jetzt an diesem Abend, was langsam meinen ganzen Körper ergriff, was ich nie für möglich gehalten hätte nach all den Jahren der Freundschaft mit Dilia und Alfonso, bei uns, diesem doppelten Paar mit seinen Feten und Kinobesuchen und Wangenküßchen. Jetzt war es anders, war es Dilia nach der Geschichte, war da von neuem das Verlangen, aber auf dieser Seite, während Dilias Stimme aus dem Salon zu mir herüberdrang, das Gelächter von Dilia und Niágara, die sich über Alfonso mit seiner stereotypen Eifersucht lustig zu machen schienen. Es war schon spät, wir tranken noch einen Cognac und machten uns einen letzten Kaffee, oben weinte das Kind, Dilia lief hinauf und brachte es auf ihrem Arm herunter, es ist klitschnaß, ich muß es im Bad trockenlegen, was Alfonso sehr freute, da ihm so noch eine halbe Stunde Zeit blieb, um mit Niágara die Chancen Vilas' gegenüber Borg zu diskutieren, noch einen Cognac, Mädchen, summa summarum sind wir alle schon ganz schön betrunken.

Ich nicht, ich ging ins Bad, um Dilia Gesellschaft zu leisten, die ihr Kind auf ein Tischchen gelegt hatte und etwas aus einem Wandschrank holte. Und es war, als wüßte sie schon, als ich ihr sagte, Dilia, ich kenne diesen zweiten Teil, als ich ihr sagte, ich weiß, daß das nicht möglich ist, aber du siehst ja, ich kenne ihn, und Dilia mir den Rücken zukehrte und das Baby auszuziehen begann und sie sich bückte, nicht nur, um die Sicherheitsnadeln aufzumachen und die Windeln zu wechseln, sondern auch, als drückte sie plötzlich eine Last, von der sie sich befreien mußte, und von der sie sich eben jetzt befreite, als sie mir wieder in die Augen sah und sagte, ja, es stimmt, es ist albern und völlig belanglos, aber es stimmt, ich habe mit dem Fernfahrer geschlafen, sag's Alfonso, wenn du willst, er ist auf seine Art eh schon davon überzeugt, er glaubt es nicht, aber ist sich völlig sicher.

So war's, weder würde ich etwas sagen, noch würde sie verstehen, warum sie mir das sagte, warum mir, der ich sie nichts gefragt hatte, der ihr nur gesagt hatte, was sie auf dieser Seite der Geschichte nicht verstehen konnte. Ich fühlte meine Augen als Finger, die ihre Wangen, ihren Hals hinunterglitten, nach den Brüsten suchend, die die schwarze Bluse nachformte, so wie meine Hände sie die ganze Nacht, die ganze Geschichte lang nachgeformt hatten. Das Verlangen war ein geduckter Sprung, das absolute Recht, mich ihr zu nähern, ihre Brüste unter der Bluse zu suchen und Dilia das erste Mal zu umarmen. Sie drehte sich wieder um, und ich sah, wie sie sich erneut bückte, aber jetzt ganz leicht, ohne die Last des Schweigens; flink zog sie die Windeln hervor, der Geruch eines Babys, das Pipi und Kaka gemacht hat, drang zu mir zusammen mit dem Gemurmel Dilias, die das Kind beruhigte, damit es nicht weine, ich sah ihre Hände, die nach der Watte suchten und sie zwischen die angehobenen Beine des Babys legten, ich sah ihre Hände das Baby säubern, anstatt zu mir zu kommen, wie sie zu mir gekommen waren in der Dunkelheit dieses Lastwagens, der mir in den Geschichten, die ich mir erzähle, so oft dienlich gewesen war.

István Örkény
Der alte Mann und das Auto

Diese Geschichte ist gegebenenfalls gar nicht wahr. Aber es lohnt, nicht nur wahren Geschichten Aufmerksamkeit zu zollen; ebenso interessant ist es, wie eine nicht wahre Begebenheit erzählt wird. Der Mensch, der sie erzählte, hätte sie vor fünf Jahren so erzählt:

Ein zerlumpter alter Mann geht barfuß die Landstraße am Balaton entlang. Auf einmal beginnt er wild zu winken, denn ein großes, großes Automobil kommt vorbei. Das Auto hält, der Fahrer öffnet die Tür. Er fragt:

»Warum winken Sie, Genosse?«

»Wohin fahren Sie denn?«

»Nach Budapest, Genosse.«

»Würden Sie mich freundlicherweise mitnehmen?« erkundigt sich der Alte.

»Wir haben keinen Platz im Wagen, Genosse«, antwortet der Fahrer.

Er schlägt die Tür zu und saust von dannen.

Doch heute, als die Sonne schien, der See blau glitzerte und wir uns schon eine Reihe der besten Geschichten erzählt hatten, wurde mir diese Geschichte anders erzählt ...

Ein zerlumpter alter Mann geht barfuß die Landstraße am Balaton entlang. Auf einmal kommt ein großes, großes Automobil vorbei. Der Wagen hält, der Fahrer öffnet die Tür.

»Wohin des Wegs, Alter?«

»Nach Budapest«, sagt der alte Mann.

»Steigen Sie ein, Alter, wir nehmen Sie mit«, sagt freundlich der Fahrer.

Der Alte tritt näher, steckt den Kopf in den Wagen und fragt:

»Was denn, kein Radio?«

Beide Geschichten sind schön, aber keine ist wahr.

Die Wahrheit ist, daß der zerlumpte alte Mann barfuß auf der Landstraße unterwegs ist. Das große, große Automobil kommt vorbei, aber der Alte kommt gar nicht auf die Idee zu winken und auch der Fahrer nicht, anzuhalten.

Diese Geschichte ist wahr. Aber nicht schön.

Doris Dörrie
Winnetous rechter Fuß

»Wohin wollen Sie denn, honey?« fragte die grün uniformierte Frau von der Autovermietung und schob Charlotte eine Karte von New Mexico über die Theke, eine Landkarte, so leer und weiß wie ein abgegessener Teller mit ein paar farbigen Klecksen an den Rändern.

»Nach Gallup«, sagte Charlotte. Der Name gefiel ihr, er klang nach Galopp, Pferden und Indianern, und er kam in dem Lied vor »Get your kicks on route 66« und bei Jack Kerouac, bei dessen Erwähnung die Männer in Deutschland prompt einen sehnsüchtigen Blick bekamen und über Charlottes Kopf hinweg zur nächsten Tür sahen und durch die Tür hindurch in gleißende Mittagssonne, Wüste, Weite und ein anderes, besseres Leben.

»Gallup, Kindchen«, sagte die Frau von der Autovermietung, »ist eine Ansammlung von betrunkenen Indianern. Sonst nichts.« Sie sah sich schnell um, dann beugte sie sich weit über die Theke. Ihr Atem roch nach Kaugummi mit Erdbeergeschmack. Er paßte zu ihren roten, hochtoupierten Haaren.

»Leere Flaschen auf den Straßen, Dreck, Dreck und noch mal Dreck«, fuhr sie fort, »besoffene Indianer, die weißen Mädchen nachsteigen. Die torkeln nur so durch die Gegend. Gehirne so klein wie Spatzen. In Gallup wird man entweder vergewaltigt, ausgeraubt, oder man bekommt Depressionen. Hier, Santa Fe, Taos – da ist es schön. Da fahren alle hin.« Sie nahm einen Kuli und malte dicke Kreise um beide Orte. Das Telefon, so grasgrün wie ihre Uniform, klingelte. Sie nahm ab und sagte sofort:

»Beth, Darling, hör auf zu heulen, der kommt wieder. Alle Männer kommen irgendwann wieder. Das Gras ist immer grüner auf der anderen Seite, daran muß man sich gewöhnen.« Wie Songtexte kamen die Wörter aus ihrem Mund, als bewege sie nur die Lippen wie zu einem Playback. Gleichzeitig schob sie Charlotte den Automietvertrag über die Theke, ließ sie neben einem ihrer lila Fingernägel, die gebogen waren wie Raubtierkrallen, unterschreiben und gab ihr schließlich einen Autoschlüssel.

»Ein guter Mann ist eben schwer zu finden«, sagte sie ins Telefon und sah Charlotte an. Charlotte wurde von diesem Satz so unerwartet getroffen wie jemand in einem Slapstickfilm von einer Torte oder einem Wasserstrahl. Sie taumelte rückwärts und stolperte über ihre eigenen Füße. Als sie sich wieder gefangen hatte und sich aufrichtete, winkte ihr die Autovermieterin zum Abschied zu, legte die Hand über den Telefonhörer und rief: »Machen Sie einen großen Bogen um Gallup, hören Sie, Kindchen!« Das Leihauto war ein behäbig aussehender Chevrolet etwas älterer Bauart mit der Typenbezeichnung »Cavalier«. Auf dem gelben Nummernschild stand »New Mexico-Land of Enchantment«. Beide Wörter, Kavalier und Verzauberung, nahm Charlotte als gutes Omen. Sie setzte sich in die warme, wattige Stille des Autos und sah durch die Windschutzscheibe, die am oberen Rand blau gefärbt war, den Flugzeugen zu, wie sie dick und schwer ganz langsam über den Parkplatz schwebten. »A good man is hard to find«, dieser Satz der Autovermieterin klebte an ihr wie ein Kaugummi unter der Schuhsohle, sie wurde ihn nicht mehr los. Sie dachte ein bißchen an Robert, den sie im Sommer heiraten wollte oder auch nicht und an den sie sich im Moment so schlecht erinnern konnte. Die Sonne schien hier so hell. Heller als anderswo. Sie ließ die Schatten schwärzer und die Farben blasser, wie Pastellfarben, wirken. Charlotte breitete die Karte auf dem Beifahrersitz aus. Sie sah den lila Fingernagel der Autovermieterin vor sich, wie er gebieterisch auf Santa Fe und Taos im Nordosten deutete. Gallup lag genau in der entgegengesetzten Richtung. Charlotte wollte in einem großen Bogen quer durch die Reservate fahren, das weiße Niemandsland, wo es keine Orte gab, keine Straßen, nur gestrichelte Sandpisten und, wie Charlotte hoffte, die weite Prärie und die Indianer. Sie stellte sich ihr Auto und sich selbst darin aus der Vogelperspektive vor, ganz klein wie ein Spielzeugauto in einem großen Sandkasten. Sie schloß die Augen. Die Flugzeuge brummten in der Ferne wie große Rasenmäher an einem Sonntagnachmittag auf dem Land. Sie träumte, sie sei mit Robert im Kino. Sie erkannte Iltschi auf der Leinwand, das Pferd von Winnetou, das über Schluchten und Abgründe fliegen kann, wenn man ihm die Hand zwischen die Ohren legt. Und da war auch Winnetou, er wandte sich vom Publikum ab, aber sie erkannte ihn sofort. Sie flüsterte Robert zu: Das da ist Winnetou, ich erkenne ihn selbst von hinten. In demselben Moment bemerkte sie, daß in ihrem Schoß eine Fernbedienung lag, und als sie sie in die Hand nahm, sprang das Bild auf der Leinwand plötzlich um, und es lief ein ganz anderer Film. Das Kinopublikum schrie empört auf. Charlotte drückte auf die Tasten der Fernbedienung, um den Winnetoufilm wiederzufinden, aber es gelang ihr nicht. Die Leute hinter ihr pfiffen und schrien, beschimpften sie. Mit schweißnassen Händen schaltete sie auf der Fernbedienung herum von einem Film zum andern, aber Winnetou fand sie nicht wieder. Sie spürte Roberts mißbilligenden Blick von der Seite, fühlte, wie er von ihr abrückte, nicht mehr zu ihr gehören wollte. Sie sah, wie seine Hosenbeine neben ihr zuckten. Er stand auf. Er ging. Charlotte hielt ihn am Jackett fest, bleib bei mir, bitte, bleib doch bei mir, flehte sie ihn an, aber er schüttelte sie wortlos ab wie eine Fliege, dabei streifte sie mit dem Ärmel die Fernbedienung in ihrem Schoß, wieder sprang der Film um – und Winnetou ritt auf sie zu und hob die Hand. Die Leute verstummten mit einem Schlag und setzten sich wieder hin. Charlotte sah, wie Roberts breiter schwarzer Rücken, ein Rücken wie ein Bergmassiv, sich dem Ausgang zubewegte. Jetzt blieb er stehen, er drehte sich langsam um, sah auf die Leinwand und kam dann, ohne den Blick von Winnetou zu wenden, zu seinem Platz neben Charlotte zurück und ließ sich schwer in den Sitz fallen. Charlotte dankte Winnetou.

Sie wachte auf und fühlte sich pappig und aufgequollen. Sie öffnete das Fenster. Die Luft war frisch wie ein Pfefferminz.

Sie fuhr auf den Highway 85 Richtung Osten. LKWs donnerten an ihr vorbei wie Gewitter. Ich fahre allein durch Amerika, dachte Charlotte stolz. Sie fühlte sich frei und übermütig. »Ein einziges Mal noch in meinem Leben möchte ich ganz allein sein«, hatte sie zu Robert gesagt. In Bernalillo bog sie von dem großen Highway auf eine kleine Straße mit der Nummer 44 ab. Bei dem Ort Nageezi führte laut ihrer Karte eine Sandpiste ins Reservat. Aber einen Ort Nageezi gab es nicht. Nur einen geschlossenen »tradingpost« und eine verwaiste Tankstelle, von wo aus eine ungeteerte Straße nach Süden führte. Nach wenigen Meilen umgab sie nichts als leeres Land. Es gab keine Strommasten mehr, keine Zäune, keine Straßenschilder, nichts. Nur die Autospuren auf der Sandpiste vor ihr erinnerten noch an Menschen. Sie fuhr immer geradeaus durch graugrünes Gestrüpp auf roter, zerfurchter Erde, an ockerfarbenen Felsen und Cañons vorbei. Darüber wölbte sich ein babyblauer Himmel. Die Farben waren ganz sanft, wie in Milch getaucht. Die Leere und Stille betäubten sie. Nach einer Weile war es, als löste sich die Materie in Farben auf, als führe sie durch farbige Luft. Sie hielt an, um zu pinkeln. Als sie aus dem Auto stieg, bekam sie plötzlich Angst, als hätte sie ihren sicheren Kokon verlassen. Ihr wurde klar, wie sehr sie es gewohnt war, irgendwo in der Entfernung immer ein Zeichen menschlichen Lebens ausmachen zu können. Einen Bauernhof, eine kleine Straße, Strommasten, einen Heuschober – irgend etwas. Hier gab es nichts. Überhaupt nichts.

Sie hockte sich hinter ihr Auto und sah zu, wie sich das Rinnsal zwischen ihren Füßen einen Weg durch den roten, bröckeligen Sand grub. Es führte ihr im Kleinen die Entstehung der ausgetrockneten Flußbetten und Cañons vor, an denen sie vorbeigekommen war. Eine Landschaft wie unter Wasser, nur fehlte inzwischen das Wasser. Ein brutales, menschenfeindliches Land.

Sie flüchtete zurück ins Auto und drehte das Radio an. Ein Mann redete in einer seltsamen Sprache, es klang wie eine Mischung aus Japanisch, Chinesisch und Arabisch. Ab und zu erkannte Charlotte englische Wörter. Sie ragten wie Monolithen aus dem eigenartigen, monotonen Singsang heraus. Das klang etwa so:

»Hanahoa SPECIAL OFFER wahenavajoawazehoa CASH-BACK henoha wapa CHEVY DEALER wetsahoabenavahoa-hoha MCDONALDS hano sazinhe CHIKKEN MC NUGGET anaweja DOUBLEWHOPPER haemana.«

Irgendwann schnappte Charlotte das Wort »navajo« auf, und sie begriff, daß sie Werbespots in der Sprache der Navajoindianer lauschte. Ohne Punkt und Komma las der Mann sie vor, ohne jede Betonung, fast wie eine Beschwörung. In der Entfernung erhob sich jetzt aus der Ebene ein seltsam geformter Berg, sein Gipfel war wie mit einem großen Messer geköpft, wie ein Tisch so glatt. Seine Form war so erstaunlich, so ungewohnlich für einen Berg, daß er Charlotte bedeutungsvoll vorkam. Magisch. Er war umgeben von rötlichgelben Felsen in bizarren Formationen, die aussahen wie abgebrochene Borkenschokolade. Die Straße führte in Kurven um die Felsen herum, und ganz plötzlich, ohne jede vorherige Ankündigung, befand sich Charlotte in einem lieblichen grünen Tal. Es war, als käme sie von der beängstigenden Weite draußen in ein gemütliches

Zimmer. Keine Menschenseele war zu sehen. Charlotte hielt und stieg aus. Sie setzte sich auf einen Stein. Hier war es windgeschützt und warm. Ein paar Bäume und Sträucher wuchsen in der Nähe der Ruinen. Auf einer Wiese blühten Gänseblümchen. Charlotte zog ihre Jacke aus und schloß die Augen. Eine Fliege summte. Aus dem offenen Auto drang die Stimme des Navajo zu ihr. Hoahenaznehaioa RADIATION DAMAGE ahezuna HOSPITAL shehane hanehoa FREE CHECK UP hoahenezupe RADIATION hehoanaze ...

Sie brauchte eine Weile, bis sie diese immer wiederkehrenden Wörter in einen sinnvollen Zusammenhang gebracht hatte. Offensichtlich wurde in einem Krankenhaus den Navajos eine kostenlose Untersuchung auf Strahlenschäden angeboten. Vollkommen ausdruckslos wie zuvor die Werbespots leierte der Mann im Radio die Nachricht herunter. Charlotte lauschte ihm erschrocken. Ihr Gehirn spielte plötzlich verrückt. Es überflutete das Tal vor ihr mit Bildern von Indianern. Blut floß in breiten Strömen über die gelben Felsen, das grüne Gras war übersät mit toten Indianern, niedergemetzelten Frauen und Kindern, herumstolpernden Pferden, sie hörte Todesschreie, Gewimmer und Weinen. Sie sprang auf und lief zum Auto. Aber als sie die Hand nach dem Radio ausstreckte, um den Navajo mit seinem fürchterlichen Singsang zum Schweigen zu bringen, kam ihr das plötzlich vor wie ein weiterer Mord, und sie zog ihre Hand zurück. Mit hängenden Schultern stand sie da und starrte auf die rote Erde, die ja vielleicht radioaktiv verseucht war, sie fühlte sich hilflos und verlassen, Tränen tropften auf ihre Jeans und bildeten dort dunkelblaue Punkte. Sie sehnte sich nach Robert wie nach einem großen Pflaster, das sie auf ihr blutendes Herz kleben könnte. Der Mann im Radio verstummte. Es entstand eine Pause. Dann fing ein anderer heiserer, alter Mann an zu singen. Ganz langsam und tief. Eine dunkle Melodie von nur wenigen, rhythmisch wiederkehrenden Tönen. Er sang zuerst ganz leise, dann immer lauter. Charlotte fuhr aus dem grünen Tal hinaus durch eine schmale Öffnung zwischen den Felsen zurück in die gelbe, große Ebene. Hoahoahoahe, sang der alte Mann. Nach einiger Zeit tauchten in der Entfernung Wohnwagen auf wie große weiße Tiere. Sie waren im Viereck angeordnet, in der Mitte war Feuerholz in der Form eines Tipi aufgeschichtet. Kleine, hellbraune Hunde liefen herum, und auf den kargen Weiden stand Vieh. Charlotte begegnete das erste Auto seit Stunden. Am Steuer saß ein dunkler Mann mit langen, lackschwarzen Haaren. Im Vorbeifahren sah er Charlotte kurz an. Sein Blick war scharf und schnell wie ein Pfeil. Seine Augen blieben ihr im Gedächtnis. Sie hatte ihren ersten Indianer gesehen. Die Sandpiste endete am Highway 371. Sie verließ das Reservat und bog nach Süden ab. Wenig später verstummte der alte Mann im Radio. Der Sender fing an zu rauschen. Charlotte drehte am Radio hin und her, aber die Navajostation blieb verschwunden. Sie fand sie nie mehr wieder. Kurz vor Crownpoint hielt sie vor einem riesigen Supermarktkomplex mit einer Betonsäule davor, die ein bißchen an einen Totempfahl erinnerte.

Sie ging in den Supermarkt und kam sich vor wie in einem Raumschiff. Draußen war es hell, heiß, windig und weit, hierdrin plötzlich kühl, dunkel, dumpf. Indianerfamilien schoben mit stoischen Mienen schwer beladene Einkaufswagen durch die Reihen. Nur die Kassiererinnen waren Weiße. Ihre Kassen konnten sprechen. P-O-T-A-T-O-E-C-H-I-P-S, N-I-N-E-T-Y-N-I-N-E, sagte eine Computerstimme zu der verwirrten Charlotte, C-O-K-E, F-I-F-T-Y-F-O-U-R. Ungerührt standen zwei alte Navajofrauen in bunten Röcken und behängt mit schwerem Silberschmuck neben ihr. Charlotte lächelte sie an. Sie lächelten nicht zurück.

»So was habe ich noch nie gesehen«, sagte Charlotte. Die eine Alte zuckte mit den Schultern.

Die untergehende Sonne zog dünne Schleier in immer neuen Farben über den Himmel wie zarte Chiffonschals. Als Charlotte in Gallup ankam, war der Horizont ein hellgrünes Band, das sich nach oben in silbriges Blau verlor. Davor flackerten die Neonreklamen wie Weihnachtsbäume. Charlotte fuhr an zahllosen Motels vorbei, auf der Suche nach der Stadt. Es schien sie nicht zu geben. Sie drehte um und fuhr an der Bahnlinie entlang zurück. Auf einem Schild stand: US HIGHWAY 66. Die Dächer der Motels waren mit Neonröhren eingefaßt in Rosa, Blau oder Grün, deren Flackern der Stimmung auf den leeren Parkplätzen etwas Unruhiges, Nervöses verlieh. Charlotte entschied sich für das Ambassador-Motel in Neonpink für $19.95 die Nacht. Es lag am Highway 66 wie ein großes rosa Bonbon. Ein kleiner, alter Mann kam nach einer Weile aus seinem Wohnzimmer im Hintergrund ins Büro geschlurft. Umständlich legte er Charlottes Eurocard und das Formular in die Maschine ein.

»Woher in Europa?« fragte er.

»Deutschland«, sagte Charlotte. Er deutete auf sich, »Abruzzen«, sagte er. Er erzählte Charlotte, daß er vor achtundsechzig Jahren aus einem kleinen Dorf in den Abruzzen nach Gallup gekommen sei.

»Warum gerade nach Gallup?« fragte Charlotte. Er schaute einen Moment lang abwesend aus dem großen Fenster seines Büros auf den rosa Parkplatz, dann sagte er: »Vielleicht, weil ich vier Jahre später hier meine Frau kennengelernt habe.«

»Und wo kam sie her?« fragte Charlotte.

»Abruzzen«, sagte er.

Hinter der Tür lag roter Wüstensand. Er war weit ins Zimmer geweht. Das rosa Neonlicht strömte herein wie dicke Puddingsoße. Charlotte zog die grauen Plastikvorhänge bis auf einen kleinen Spalt zu. Sie schlug die löchrige Tagesdecke auf dem Bett zurück und machte den Fernseher an. Es war kalt. Sie drehte im Badezimmer das heiße Wasser der Dusche auf und setzte sich aufs Bett. Der Wasserdampf kroch langsam ins Zimmer wie eine große Raupe. Sie hatte Durst.

Zu Fuß ging sie den Highway 66 entlang Richtung Stadt. Kein Mensch war auf der Straße. Ein Zug donnerte vorbei. Auf den Waggons stand SANTA FE RAILWAY. Sie ließ die glitzernden Neonreklamen der Motels hinter sich und bog ab auf die düstere, verlassene Main Street. Sie überlegte, ob sie umkehren sollte, aber dann kam sie an einem erleuchteten Waschsalon vorbei und sah durch die Scheiben hinein wie in ein Aquarium. Navajofrauen luden bergeweise Wäsche in die Waschmaschinen und Trockner, die Männer saßen in einer Ecke und tranken Bier, die Kinder lungerten um die Videospiele herum. Ein kleines, fettes Mädchen stand vor einem Videospiel mit einem großen Gewehr und knallte mit stoischer Präzision irgend etwas auf der Videomattscheibe ab. Die Kinder um sie herum klatschten bei jedem Treffer in die Hände. Das fette Mädchen kümmerte sich nicht um den Beifall. Gleichgültig zielte es und schoß. Immer wieder. Es war höchstens acht, neun Jahre alt, aber sah schon genauso aus wie die Frauen an den Waschmaschinen: unförmig, rund, mit einem breiten, flachen, ausdruckslosen Gesicht, auf dem eine schwere, dunkle Brille saß. Vor einem Liquorshop neben dem Waschsalon lungerten ein paar betrunkene Indianer. Ein junger Mann mit glasigen Augen kam auf Charlotte zu und streckte die Hand aus, ein anderer berührte sie leicht an der Schulter und torkelte dann gegen ein Auto. Zwei Männer ohne Schuhe lehnten an der Hauswand. Der Kies zu ihren Füßen war voller Scherben. Charlotte gab jedem einen Dollar. Auf der Erde saß eine Frau mit staubigen Haaren und einer blutigen Schramme auf der Stirn. Charlotte gab auch ihr einen Dollar und ging dann schnell in den Laden.

Sie kaufte ein paar Nüsse und eine Cola. An der Kasse stand ein etwa sechzigjähriger, dicker Mann mit einer Haut so weiß wie das Neonlicht über ihm.

»Wo ist Ihr Auto?« fragte er Charlotte.

»Beim Motel«, sagte sie und riß die Coladose auf.

»Welches?«

»Ambassador.« Der dicke Mann nickte.

»Sie sollten hier nicht allein herumlaufen«, sagte er und deutete auf die betrunkenen Indianer draußen.

»Ach«, sagte Charlotte, »die tun mir schon nichts.« Er zog eine Augenbraue hoch. »Aha«, sagte er. »Woher sind Sie?« fragte er dann. Er hielt ihr Wechselgeld in der Hand.

»Deutschland«, sagte Charlotte mürrisch und streckte die Hand nach ihrem Wechselgeld aus. Er hielt es noch zurück.

»Und Sie?« fragte Charlotte, nur um irgendwas zu sagen. »Woher kommen Sie?«

»Abruzzen«, sagte der dicke Mann und gab ihr das Geld.

Als Charlotte aus dem Laden kam, wurde sie sofort wieder von den Indianern umringt und angebettelt.

»Aber ich habe Ihnen doch gerade eben was gegeben«, murmelte Charlotte hilflos. Sie reagierten nicht, streckten ihr stumm die Hände entgegen. Charlotte gab ihnen ihr Wechselgeld. Sie beugte sich hinunter zu der Frau auf der Erde mit der Schramme im Gesicht und drückte ihr einen Quarter in die Hand. Die Frau war sehr viel jünger, als sie angenommen hatte, vielleicht Mitte zwanzig. Sie hatte schöne Augen und eine ganz glatte Haut wie ein Kind. Ihr T-Shirt und ihre Jeans waren dreckverkrustet. Als Charlotte sich wieder aufrichtete, spuckte die Frau aus. Sie traf

Charlotte am Turnschuh. Charlotte wandte sich erschrokken ab. Sie sah, wie der dicke, weiße Mann sie von innen durch die Scheibe beobachtete. Nur um vor ihm nicht klein beizugeben, drehte sie jetzt nicht um, sondern ging eilig weiter die dunkle, düstere Straße entlang.

Taumelnde Gestalten bewegten sich vor ihr entlang der Hauswände, manchmal lösten sich die Schatten und kamen auf sie zu, streckten die Hände aus. Es waren alles Indianer. Charlotte ging schneller. Sie fing an zu laufen. Sie kam an ein paar dunklen Geschäften vorbei, einem geschlossenen mexikanischen Café, einem pleite gegangenen Kino. Neben dem Kino brannte über einem mit silbernen Mosaiksteinchen besetzten Eingang eine Reklame »American Bar«.

Atemlos betrat Charlotte den großen und ziemlich leeren Raum. Im Hintergrund spielten zwei Männer Pool, ein alter Indianer in einem rotkarierten Hemd saß bewegungslos an einem Tisch. Hinter der Theke stand eine kleine, gedrungene Mexikanerin. Charlotte setzte sich in ihre Nähe an die Bar. Ein paar Stühle weiter saß ein junger Navajo mit langen, schwarzen Haaren. Er drehte sich nach ihr um. Charlotte bestellte einen Four Roses und trank ihn in einem Zug aus. Der junge Navajo sah sie anerkennend an.

»Nicht schlecht für eine Lady«, sagte er.

»Danke«, sagte Charlotte und bestellte noch einen. Die kleine Mexikanerin kicherte.

»Sie kommen aus Deutschland«, sagte der Navajo. Er wartete ihre Antwort nicht ab, sondern kniff die Augen zusammen und sagte langsam und vorsichtig, als könnten die Wörter auf seiner Zunge zerplatzen: »Hansi, Angelika, Achim, Müller, Gabi ...« Er machte die Augen wieder auf und grinste Charlotte an.

»Die kommen jedes Jahr zur großen Stammeszeremonie im August. So viele Deutsche kommen hierher ... weiß der Teufel, warum. Alles Deutsche. Immer im August. Aber jetzt gibt es doch hier nichts zu sehen, außer ein paar besoffenen Indianern.«

»Der Name Gallup klingt so schön«, sagte Charlotte.

»Der Name klingt so schön«, wiederholte der Navajo und sah sie zweifelnd an. Charlotte war plötzlich ganz aufgeregt. Sie hatte eine richtige Unterhaltung mit einem richtigen Indianer! Sie gab ihm ein Bier aus. Er hieß John.

»Sind Sie verheiratet?« fragte John.

»Ja«, sagte Charlotte, »mein Mann ist im Motel geblieben.«

Nach ihrem vierten Four Roses erzählte sie John von Winnetou, dem großen Häuptling der Apachen.

»Es gab ihn zum Ausschneiden in einem Heft«, erzählte sie, »in Lebensgröße. Jede Woche ein anderer Teil von ihm. Ich hatte nicht das Geld, mir dieses Heft zu kaufen, aber ich bettelte alle Freundinnen an, und irgendwann hatte ich Winnetou in meinem Zimmer in Lebensgröße an der Wand hängen. Ihm fehlte nur noch der rechte Fuß. Aber das Heft konnte ich nie mehr auftreiben. Nichts zu machen. Jeden anderen Körperteil von ihm hatte ich schließlich doppelt, aber seinen rechten Fuß bekam ich nie.«

»Sie hatten *sonst jeden* Körperteil?« fragte John grinsend. Charlotte machte eine Handbewegung. »Ich war ein kleines, unschuldiges Mädchen. Jeden Abend stieg ich vor dem Zubettgehen auf einen Hocker, um Winnetou zu küssen, und ich träumte davon, ihn eines Tages zu heiraten und mit ihm durch die Prärie zu reiten.«

»Winnetou«, sagte John und schüttelte den Kopf. »Hast du das gehört?« fragte er die kleine Mexikanerin hinter der Theke. Sie lächelte verständnislos. Charlotte rutschte vom Barhocker und fragte nach der Toilette. Die kleine Frau wies wortlos nach hinten. Etwas unsicher auf den Beinen ging Charlotte durchs Lokal. Als sie an dem alten Indianer vorbeikam, der immer noch bewegungslos am Tisch saß, merkte sie, daß es eine Puppe war. Sie stupste die Puppe mit dem Finger an. Die beiden Poolspieler hielten in ihrem Spiel inne und beobachteten sie. Auf dem Klo betrachtete Charlotte in einem fleckigen, kleinen Spiegel über dem Waschbecken ihr vom Alkohol verrutschtes Gesicht.

Als sie zurückkam, war die Stimmung umgeschlagen. John brütete vor sich hin, sah sie nicht mehr an.

»Kann ich noch ein Bier haben?« fragte Charlotte die kleine Frau. Die kleine Frau schüttelte den Kopf.

»Es ist nach Mitternacht«, sagte sie streng, »und bereits Sonntag.«

»Ach, bitte, nur noch eins für John und mich«, sagte Charlotte. Die kleine Frau sah sie feindselig an. Schließlich holte sie zwei Dosen Bier aus dem Kühlschrank und stellte sie auf die Theke.

»Ach«, sagte John zu der kleinen Frau. »Mir wolltest du keins geben, hm?« Er wandte sich an Charlotte.

»Sonntags gibt's in der ganzen Stadt keinen Tropfen Alkohol, damit es ein bißchen länger dauert, bis die bekloppten Indianer sich alle zu Tode gesoffen haben.« Er hob seine Bierbüchse und wollte mit Charlotte anstoßen. Charlotte dachte angestrengt nach. Sie wollte etwas Nettes, Tröstliches, Versöhnliches sagen, sie wollte ihm zeigen, daß es ihr nicht gleichgültig war, was mit ihm geschah, sie wollte so gern eine wunderbare Person sein, daß ihr ganz heiß wurde vor Anstrengung.

»Es tut mir so leid«, sagte sie schließlich, »was mit euch geschehen ist und weiter geschieht.« John sah sie lange an, so lange, daß Charlotte schließlich nervös mit den Händen über die Theke wischte.

»Das ist nett«, sagte John schließlich, »Charlotte, das ist wirklich nett von dir.« Er grinste.

»Aber es geht dich nichts an«, fuhr er fort. Er stand vom

Barhocker auf. Er war kleiner, als Charlotte gedacht hatte, und er hatte einen kleinen Bierbauch, der über seinen Gürtel mit einer gewaltigen Silberschnalle fiel. Er nahm seinen Cowboyhut und balancierte ihn auf den Fingerspitzen. »Es geht dich nichts an«, wiederholte er. Er grinste immer noch. Dann sagte er: »Auf der anderen Seite weiß man ja nie. Deine Urgroßeltern hätten nach Amerika auswandern und ein paar Indianer umbringen können. Haben sie nicht getan. Sie sind in Deutschland geblieben und haben Kinder gekriegt, und die haben Kinder gekriegt, und die haben dann ein paar Juden umgebracht ...« Charlotte schnappte verletzt nach Luft. Was weißt du schon, du versoffener Indianer, dachte sie. »Ja«, sagte sie und nickte ernsthaft, »das stimmt vielleicht. Meine Eltern zwar nicht, die waren nämlich ...« John unterbrach sie. »Wie hieß dieser Apache noch gleich?«

»Winnetou«, sagte Charlotte.

»Ach ja, Winnetou«, wiederholte John lachend. Er strich seine langen, lackschwarzen Haare zurück, setzte seinen Hut auf, nickte ihr zu und wandte sich zum Gehen. Er hat einen fetten Hintern, dachte Charlotte.

Als sie zum Motel zurückging, war der Liquorshop geschlossen. Die Indianer lagen unter den Autos und schliefen ihren Rausch aus. Es blies jetzt ein kalter Wind. Die Luft roch nach Schnee. Charlotte überquerte den rosa Parkplatz des Ambassador-Motels, auf dem jetzt noch drei weitere Autos außer ihrem standen. Als sie ihre Zimmertür aufschloß, spürte sie etwas im Rücken. Sie drehte sich um. Vor ihr stand die Indianerin vom Liquorshop mit der Schramme im Gesicht, die nach ihr gespuckt hatte.

»Hey, sister«, sagte sie und kam schwankend näher. Sie blies Charlotte ihre Fahne ins Gesicht.

»Ein Bett«, sagte sie undeutlich. »Kalt. Ein Bett.« Charlotte schüttelte den Kopf. »Nein«, sagte sie, »nein.«

»Ja«, sagte die Indianerin, »ja.« Und dann wieder: »Hey, sister.«

Später, als die Indianerin in ihrem Bett lag und Charlotte in einem unbequemen Plastiksessel hockte, ärgerte sie sich, daß sie auf dieses »sister« hereingefallen war. Ein mieser Trick, dachte sie, und natürlich funktioniert er bei mir sofort. Die Frau in ihrem Bett schnarchte. Ihre Kleider rochen scharf nach Schweiß und Dreck. Charlotte öffnete das Fenster einen Spalt. Das rosa Neonlicht strömte ins Zimmer und ergoß sich über die schlafende Indianerin wie eine fluoreszierende Plastikdecke. Charlotte wachte davon auf, daß der Fernseher lief. Die Indianerin hockte im Schneidersitz auf dem Bett und sah fern. Charlotte sah auf ihre Uhr. Es war kurz nach vier. Im Fernsehen lief ein Verkaufsprogramm. Eine Blondine mit kirschrot geschminktem Mund pries in blumigen Worten und mit öliger Stimme Nippes, Schmuck, Tischdecken und Grillgeräte zum Verkauf an. Mit unbewegtem Gesicht starrte die Indianerin auf die Mattscheibe.

»Hi«, sagte Charlotte. Die Indianerin hob die Hand, ohne den Blick von der Mattscheibe zu wenden. Charlotte setzte sich neben sie auf die Bettkante.

Die Blondine im Fernsehen bot zwei winzige Glaspferdchen für nur neun Dollar an.

»Hübsch«, sagte die Indianerin. Eine Frau aus Kansas City rief beim Fernsehsender an. Sie bestellte die beiden Glaspferdchen und erzählte, daß sie jede Nacht das Verkaufsprogramm sähe und schon viele hübsche Dinge gekauft habe. Die Indianerin holte ein Kaugummi aus der Tasche, wickelte es aus, biß es in zwei Teile und bot Charlotte die Hälfte an. Das Stückchen Kaugummi war übersät mit winzigen Krümeln. Charlotte bedankte sich und tat so, als würde sie es sich in den Mund stecken, behielt es aber in der geschlossenen Hand und ließ es unters Bett fallen. Sie kaute mehrmals mit leerem Mund und lächelte die Indianerin an. Sie fragte sie nach ihrem Namen. Die Indianerin verstand sie erst beim dritten Mal.

»Sharon«, sagte sie.

»Sharon«, wiederholte Charlotte.

»Nein, Sharon«, sagte Sharon. Charlotte wiederholte mehrmals ihren Namen, aber Sharon war mit der Aussprache nicht zufrieden.

»Nicht Sharon, Sharon«, wiederholte sie. Dann sagte sie nichts mehr. Auf Charlottes Fragen, wo sie wohne, und ob sie Familie habe, kicherte sie und schwieg. Einmal noch sagte sie »hübsch«, als im Fernsehen ein lebensgroßer Dalmatiner aus Porzellan vorgeführt wurde. Wenig später ließ sie sich nach hinten in die Kissen fallen und schlief weiter.

Charlotte hätte gern Robert angerufen und ihm von Sharon erzählt. Er hätte gefragt, warum sie es zuließ, daß eine stinkende Indianerin in ihrem Bett lag und sie deshalb im Sessel übernachten mußte. Charlotte schlich aus dem Zimmer auf den rosa Parkplatz, setzte sich ins Auto und drehte das Radio an. »Stand by your man«, sang Tammy Wynette.

Als sie aufwachte, war der Parkplatz nicht mehr rosa, sondern weißgelb in der hellen Sonne. Die Tür zu ihrem Zimmer mit der Nummer 59 stand offen. Sharon war verschwunden. Nur eine Mulde in der Bettdecke erinnerte noch an sie und ein leichter Geruch von Schweiß, der in der Luft hing. Charlotte rief Robert an. Sie lauschte dem vertrauten Tuut-tuut der Deutschen Bundespost, aber Robert nahm nicht ab, oder er war nicht zu Hause. Sie legte sich auf das Bett, in die Mulde, die Sharon zurückgelassen hatte, und versuchte an das Leben, das vor ihr lag, zu denken, aber es entwich ihr immer wieder, als wolle sie einen Fisch im Wasser fassen. Sie hatte die Wahl, jetzt zu weinen oder frühstücken zu gehen.

Abermals trottete sie den Highway 66 entlang. Die Indianer waren verschwunden. Der Schotter auf dem Bürgersteig war übersät mit leeren Flaschen und Glasscherben. Im PLAZA CAFE, einer Wellblechbude direkt am Highway, saßen große weiße Männer auf kleinen Barhockern, ihre Hintern quollen über die Sitze, und ihre Jeans waren im Rücken so tief heruntergerutscht, daß man ihre Pofalte sehen konnte. Sie trugen Cowboystiefel und Cowboyhüte und hatten fette Schlüsselbunde an ihren Gürteln hängen. Die stark geschminkte, mexikanische Kellnerin knallte Charlotte einen Teller mit Pfannkuchen so groß wie Wagenräder auf den Tisch und wünschte ihr viel Spaß damit. Sie waren weich und süß und fühlten sich an wie Schwämme. Charlotte aß alle drei, weil sie nicht wußte, was sie sonst tun sollte.

Später ging sie immer weiter an der Bahnlinie entlang und zählte die Waggons der Züge, die vorbeiratterten. Außer ihr war kein Mensch zu Fuß unterwegs. Die Männer in den vorbeifahrenden Autos verdrehten sich nach ihr die Köpfe. Sie kam an Läden mit Indianerschmuck vorbei, manche von ihnen waren Leihhäuser. Als sie feststellte, daß einige von ihnen sogar heute, am Sonntag, geöffnet hatten, befiel Charlotte das Jagdfieber wie zu Hause in den Kaufhäusern zum Sommerschlußverkauf. Mit angehaltenem Atem und klopfendem Herzen schaute sie in jede Vitrine, sah Hunderte von silbernen Armbändern, Ketten und Ringen mit dicken Türkisen, die die Farbe des Himmels von New Mexico hatten. An manchen Schmuckstücken hingen Zettel: Dead Pawn, totes Pfand, nicht abgeholt. Und alles war so preiswert! Sie bekam einen trockenen Mund vor Aufregung. Alles, alles wollte sie haben: den Schmuck, die Tonschalen der Hopis und die Ka'chinas, die geschnitzten Götterfiguren, die feingewebten Teppiche der Navajos, die Fetische der Zunis, kleine blankpolierte Tiere aus Stein; perlenbesetzte Mokassins, Cowboystiefel aus Schlangenleder, dicke indianische Wolldecken und Adlerfedern, bündelweise. Sie wollte alles und konnte sich letzten Endes für nichts entscheiden. Erschöpft, unglücklich und mit einem Gefühl leichter Übelkeit, als hätte sie zuviel gegessen, ließ sie sich schließlich mitten in einem Laden auf einen Stapel Teppiche fallen. Sie beobachtete, wie zwei junge Navajofrauen in Jogginganzügen mit ihrer steinalten Großmutter, die verschiedene bunte Röcke und Pullover übereinander trug, dem weißen Ladenbesitzer Türkisschmuck zeigten, den sie aus einer Plastiktüte holten. Sie verhandelten nicht mit ihm, sondern warteten mit gesenkten Köpfen ab. Mürrisch schob der Besitzer ihnen schließlich Geld und Pfandscheine über den Ladentisch. Die Frauen zählten das Geld nach und verließen wortlos den Laden.

Vor den Geschäften parkten Autos, vollgepfropft mit Kindern und Frauen. Kein einziger Mann war zu sehen. In einem alten, zerbeulten Straßenkreuzer saß das fette Mädchen aus dem Waschsalon. Es hielt ein Baby auf dem Schoß. Die Mutter kam zurück, eine Plastiktüte in der Hand. Das fette Mädchen sah sie erwartungsvoll an. Die Mutter schüttelte den Kopf.

In der heißen Mittagssonne trottete Charlotte zurück zum Motel. In einem chinesischen Restaurant aß sie eine Wontonsuppe. Sie war der einzige Gast. Die chinesische Kellnerin starrte aus dem Fenster auf die vorbeiratternden Züge. Einmal klingelte das Telefon. Die Kellnerin setzte sich langsam in Bewegung, aber bevor sie es erreichte, hörte es auf zu klingeln.

Auf dem Parkplatz des Ambassador-Motels stand nur noch Charlottes Auto. Charlotte schloß erschöpft ihre Zimmertür vor der kadmiumgelben Sonne und dem türkisfarbenen Himmel. Im Zimmer roch es leicht nach verbrannten Tannennadeln, ein bißchen wie nach Weihnachten. Charlotte legte sich aufs Bett, lauschte ihrem Atem und fürchtete sich vor ihrem Leben.

Später fand sie ein schmales, silbernes Armband mit leuchtenden Türkisen im Badezimmer. Es lag mitten im Raum auf der Erde auf einem Kleenex. An jeder der vier Ecken des Papiertaschentuchs lag ein Häufchen Asche. Charlotte legte das Armband um. Es sah schön aus auf ihrer gebräunten Haut. Sie trat vor die Tür, lief in die Mitte des Parkplatzes und hielt ihren Arm mit dem Armband in die Sonne. Das Silber blitzte auf. »Hey, sister«, flüsterte Charlotte.

Judy Budnitz
Urlaub

Wir sahen, wie ihre Familie sie zum Bus brachte. Es muß ihre Familie gewesen sein: Mann, Frau, ein Kind am Rockzipfel, im Hintergrund noch zwei Kinder unterschiedlicher Größe, die aufeinander einboxten. Sie stand solide zwischen ihnen wie ein sperriges Möbelstück, das sie zu verrücken versuchten.

Es war kein richtiger Busbahnhof. Der Greyhound hielt vor einer Tankstelle, wo ein Grüppchen Menschen wartete. Es war einer dieser Orte mit nur einer Verkehrsampel, wo beinahe alles geschlossen und mit Brettern vernagelt ist außer den Kirchen und dem Postamt und McDonald's. Der Ort hatte einen Frauennamen – ich vergesse, welchen – La Verne oder Maybell oder Magnolia.

Der Himmel war trübe und verhangen, dicke graue Wolken trieben über den Köpfen dahin. Eine der Kirchen hatte auf der Vorderseite ein Schild, eines von diesen Leuchtschildern mit auswechselbaren Plastikbuchstaben: JESUS LIEBT DICH UNGEACHTET DEINER SELBST. Das sang in meinem Kopf herum; es ergab keinen richtigen Sinn.

Sie stand zwischen ihnen, wandte dem Bus den Rücken zu, während andere einstiegen. Der Bus bebte von ihren Schritten, ihrem Gemurmel und Geraschel, als sie sich auf ihren Sitzen einrichteten. Dann drängte das Paar sie hinüber zum Bus und schob sie die Stufen hinauf. Der Mann reichte dem Fahrer eine Fahrkarte, dann sprang er herunter. Sie stand im Gang, den Kopf vorgereckt wie ein Bulle, solide und bewegungslos. Die Tür schwang zu.

Ich schaute aus dem Fenster in Erwartung eines hübschen Bildes: Mutter, Vater und die Kinder, alle nebeneinander aufgereiht, wie sie der Großmama oder dem Tantchen, oder was immer sie ihnen war, ein herzliches auf Wiedersehen zuwinkten. Statt dessen sah ich den Vater bereits im Auto den Motor anlassen, und das Hinterteil der Mutter, als sie ein Kind auf dem Kindersitz festschnallte, und einen Bruder, der den anderen in den Schmutz drückte.

Der Bus fuhr auf die Straße hinaus, aber die Frau hatte sich nicht gerührt. Sie schwankte kaum mit der Bewegung. Sie stand da, die Arme an den Seiten, als wollte sie sagen, ich mache keinen Schritt, bevor sie mich nicht dazu zwingen.

Schließlich schrie der Fahrer ihr zu, sie solle sich setzen. Schrie nicht wirklich, aber es hörte sich so an, es war so still im Bus. Er war halb voll, und die meisten Leute schliefen oder dösten in der verbrauchten Luft und unter dem rhythmischen Klopfen der Reifen vor sich hin.

Daraufhin stapfte sie den Gang entlang, rückte bedrohlich näher. Sie sah so solide und stark aus, und trotzdem zitterte sie wie Schokoladenpudding. Ihre Augen waren schwarz, und das Weiße war vom Alter vergilbt wie die Tasten eines Klaviers. Ihre Augen rollten unter halb geschlossenen Lidern von einer Seite zur anderen, auf der Suche nach freien Sitzen. Auf der mir und Andy gegenüberliegenden Seite des Ganges waren zwei Sitze frei. Ich betete, daß sie sich nicht dort hinsetzte; ich wollte sie dort nicht.

Dann sah sie mich an, als ob ich laut gesprochen hätte. Und ging langsam den Gang entlang, an mehreren freien Sitzen vorbei. Sie war so breit, daß sie seitwärts gehen mußte. Sie ließ sich keuchend auf den Sitz neben uns plumpsen. Sie zeigte uns einen Goldzahn und eine feuchte Achselhöhle, als sie ihre Handtasche auf den Sitz neben sich legte. Sie streichelte die Handtasche wie ein Schoßtier. Sie schüttelte den Kopf von einer Seite zur anderen und sagte: »Mmm ... mm ... mmmm«, als würde ein Freund ihr eine traurige Geschichte erzählen. Sie zog ein paar Papiertaschentücher aus ihrer Handtasche und ließ sie aus dem Fenster flattern.

Andy beobachtete sie ebenfalls. »Verrückt«, murmelte er leise. »Verrückt wie ...« Seine Stimme verstummte. Ich konnte auf seiner Stirn eine Ader sehen, die sich wie ein Wurm unter der Haut abzeichnete. Ich sah die großen Poren auf seinen Wangen und seinem Kinn, wo allmählich die Bartstoppeln durchkamen. Sein Mund war schlaff, als hätte er vergessen, wie man lächelt.

Wir hatten uns spontan zu dieser Reise nach Florida entschieden. Um vom Strand aus den Sonnenaufgang zu beobachten, sagten wir. Es war November; jetzt würde es dort unten nicht voll sein, aber immer noch warm. Für ein Wochenende, einfach zum Spaß, sagten wir. Andys Onkel hatte in Melbourne ein Haus am Strand, das wir benutzen konnten.

Also machten wir uns auf den Weg, doch eine halbe Stunde außerhalb von Atlanta gab Andys Auto den Geist auf. Ich war gefahren, und Andy schlief, als es passierte. Er wollte mir nicht glauben, als ich ihm von den schrecklichen Klappergeräuschen erzählte; er schien der Meinung zu sein, ich hätte das Auto absichtlich kaputtgemacht. Wir mußten es abschleppen lassen. Andy sagte nichts. Das Auto war sein Baby; er hatte seit der High School daran gearbeitet. Wahrscheinlich hatte er auf dem zerschlissenen Rücksitz seine Jungfräulichkeit verloren. Er hat nie etwas davon erzählt, aber ich merke so etwas.

Vielleicht hätten wir die Panne als schlechtes Omen nehmen und aufgeben sollen. Doch wir waren entschlossen, Florida zu erreichen, deshalb machten wir uns auf den Weg zur Tankstelle und kauften Fahrkarten für den nächsten Bus. Zumindest Andy war entschlossen. Er hatte einmal gesagt: »Du bist überhaupt nicht spontan, weißt du das? Ich erkenne schon Meilen im voraus, was du vorhast.« Deshalb war ich entschlossen, spontan zu sein; ich versuchte so sehr ich konnte, spontan und sorglos zu sein und nicht daran zu denken, was zu Hause passierte und ob ich bei der Arbeit einen Tag fehlte und was mich das kostete.

Sogar Andys Spontanität ließ langsam nach, dachte ich. Wir saßen seit fünf Stunden. Der Bus fuhr nicht die direkte Route; er schien in jeder Stadt und an jeder Kreuzung in Süd-Georgia und Nord-Florida anzuhalten. An jeder Haltestelle stiegen ein paar Leute ein und aus, der Bus wurde nie voll. Sonnenverbrannte Menschen mit flachen, nuscheligen Stimmen. Irgendwo in dem Bus saßen ein paar Jugendliche. Ich konnte Grahamcracker riechen, und alle fünfzehn Minuten quengelte eine kleine Stimme wie ein Gewissen: »Ma-a, mir ist schlecht.«

In diesem Moment hätte ich alles gegeben für eine Zeitschrift. Eine dicke Klatschpostille mit viel Reklame und Artikeln über Aerobics und Orgasmen. Oder wenigstens ein Stück Papier, um Schiffchenversenken zu spielen. Wir hatten unsere Taschen und unsere Sachen im Kofferraum von Andys Auto gelassen, in der Werkstatt. Waren wieder einmal spontan gewesen. Nein, in Wahrheit hatten wir sie vergessen. Wir hatten nur das Allernotwendigste dabei, die Sachen, die wir zufällig in der Hand hatten, als wir gingen. Ich hatte meine Handtasche mit meinen Kreditkarten und Geld, was wir brauchten, um die Busfahrkarten zu bezahlen. Andy hatte eine Zweiliter-Flasche Cola, die notwendig war, um ein Austrocknen zu verhindern. Und er hatte ein Frisbee, das, wie er sagte, absolut notwendig war für den Strand. Und das abscheuliche alte Flanellhemd, von dem er sich nie trennte, komme was da wolle.

Ich konnte nicht mit Andy reden, wenn er so müde war. Wenn ich es versuchte, gab er keine Antwort, als koste es ihn zuviel Energie, den Mund aufzumachen. Oder er redete in Halbsätzen. Er sagte dann: »Du kennst mich so gut, daß du weißt, wovon ich rede; ich muß nicht zu Ende reden.« Es stimmte: Im allgemeinen konnte ich seine Sätze für ihn beenden, aber nur, weil er in Klischees redete.

Irgend etwas roch sumpfig und sauer. Vielleicht war es Andys Atem, der aus seinem halb geöffneten Mund strömte wie eine Seele, die den Körper verläßt. Vermutlich war es aber eher die Frau auf der anderen Seite des Gangs. Sie saß nach vorne gebeugt, grunzte, zupfte an ihren Socken herum. Es war schwierig für sie, sie war so dick. Sie hatte ihre Schuhe ausgezogen und zog die Socken aus – rosafarbene mit einer Spitzenborte am Saum wie bei einem kleinen Mädchen. Darunter war ein weiteres Paar, grau. Und darunter noch ein weiteres Paar, Sportsocken. Sie legte sämtliche Paare nebeneinander auf den Sitz. Sie zog ein Paar Männersocken mit Argylemuster aus. Darunter trug sie braune Kniestrümpfe, die sie anbehielt.

»Mmm ... mm ... mm«, grunzte sie und setzte sich auf. Ihr dunkles Gesicht glänzte. Ihr Haar war zerzaust, da sie ihren Kopf an den Vordersitz gedrückt hatte; es stand erstaunt in die Luft. »Mmm ... hmm«, und betrachtete die Sockenpaare neben sich, den Mittelfinger auf die Lippen gepreßt. Plötzlich hob sie den Blick und begegnete meinem. Ihr Blick war wütend, die Augen hinter schweren Lidern verdeckt, das ganze Gesicht nach unten gezogen, der Mittelfinger lag immer noch auf den Lippen.

Ich wandte mich ab, beobachtete aber aus den Augenwinkeln, wie sie sich wieder nach vorne beugte und die Socken in neuer Reihenfolge wieder anzog: Sport, rosa, grau, Argyle.

Andy schlief, die Beine hochgestellt, die Colaflasche zwischen die Füße geklemmt.

Die Frau auf der anderen Seite des Gangs studierte ihre Füße und murmelte: »Hmm ... hmmm ...«, und beugte sich dann langsam, keuchend nach vorne und fing an, sie wieder auszuziehen. Die neue Reihenfolge war Sport, rosa, Argyle, grau.

Damit schien sie zufrieden; sie klopfte mit den Füßen auf den Boden und sah eine Weile aus dem Fenster, doch dann schaute sie nach unten und stieß einen ärgerlichen Laut aus und fing wieder von vorne an. Rosa, grau, Argyle, Sport diesmal.

Als sie sich noch einmal nach vorne beugte, lehnte ich mich zurück und schloß die Augen. Was *ich* tun würde, dachte ich, ist zuerst die Sportsocken anziehen, dann Argyle und dann grau und rosa. Oder vielleicht rosa, dann grau.

Ich wachte auf, als Andy neben mir zusammenzuckte. Seine Augen waren in einem verschlafenen, desorientierten Erschrecken weit aufgerissen. »Die Cola, wo ist die Cola? Hast du die?« fragte er und suchte sie auf seinem Schoß und unter dem Sitz.

Ich schaute über den Gang. Die Frau hatte unsere große Plastikflasche an die Lippen gesetzt. Das Zeug war goldbraun, dieselbe Farbe wie ihre Haut. Es floß in sie hinein; ihre Kehle pulsierte beim Schlucken. Wir starrten sie an. Sie erwiderte unseren Blick und trank weiter. Die Flasche war ungefähr noch zu einem Drittel voll. Sie trank sie aus.

Wir starrten sie an. Die Socken waren wieder anders, fiel mir auf. Sie wischte sich die Lippen am Ärmel ab und starrte uns wütend an, als wollte sie sagen: »Was zum Teufel gafft *ihr* so?« Statt dessen sagte sie: »Mmm-hmm, ich, ich hab Bammel.«

Sie lehnte sich zurück, sank noch tiefer in ihren Sitz. »Ich hab Bammel«, sagte sie und blickte uns fest an. »Sie schikken mich fort, weil ich Bammel hab. Es sind die Ameisen im Bett, die Ameisen, die machen Bammel. Die Ameisen loswerden. Sie sagen, da sind keine Ameisen.«

Sie wartete auf eine Antwort. »Da müssen Ameisen im Bett sein«, sagte sie endlich. »Warum sollte ich Bammel haben, wenn da keine Ameisen sind?« Als wir immer noch nicht antworteten, schniefte sie angewidert und schaute aus dem Fenster. »Die Kinder machen mir auch Bammel. Wollen die Kinder nicht loswerden«, murmelte sie. »Mmmm hmmm mm.«

In der nächsten Stadt hielt der Fahrer vor einem McDonald's und sagte, daß wir eine halbe Stunde Zeit hätten, uns etwas zu essen zu holen. Ich sauste aus dem Bus und rannte zur Toilette. In der Kabine neben mir konnte ich zwei Paar Schuhe sehen, ein großes und ein kleines. »Ma-a, mir ist schlecht«, sagte die kleine Stimme. »Dann übergib dich«, sagte die andere Stimme mürrisch. »Da ist die Toilette; jetzt kannst du dich übergeben.«

Stille. Dann: »Ich kann mich nicht übergeben.« »Tu's jetzt; du mußt es tun, bevor du wieder in den Bus einsteigst.« »Ich kann nicht, ich kann nicht, und du kannst mich nicht dazu zwingen.« Ich sah die Füße einen Steptanz aufführen, und dann erschien plötzlich ein rosiges Gesicht unter der Trennwand. »Hallo«, sagte sie und starrte mich an, als wäre ich ein Ungeheuer, bis ihre Mutter sie wegzog. Ich sah, wie ihre Füße sich entfernten.

Danach traf ich Andy, der Pommes frites mit Senf aß, sie grimmig, mechanisch in sich hineinschob, als würde er Kohlen in einen Hochofen schaufeln. An der Theke gab es eine lange Schlange und erhobene Stimmen. Ich ging hin, um zu sehen, was los war.

Es war die alte Frau, die Handtasche in der Hand und einen Schuh auf der Theke. Der kinnlose Typ mit dem McDonald's-Sonnenschild warf immer wieder die Hände in die Luft und schüttelte den Kopf. Sie versuchte, ihren Schuh gegen einen Hamburger einzutauschen. »Ich hab Bammel. Ich brauch einen Burger. Ich bin schon den ganzen Tag im Bus«, sagte sie.

»Tut mir, leid, Ma'am, das können wir nicht machen«, sagte der Typ ungeduldig. »Ma'am, Sie müssen jetzt weitergehen.« Er sagte Ma'am, als würde er »Verdammt« sagen.

Ich ging zurück und erzählte es Andy. »Verrückt«, sagte er. »Sie ist wahrscheinlich unterwegs in ein Heim.«

»Sie ist nicht verrückt«, sagte ich. »Sie möchte einen Hamburger, sie ist hungrig, und irgendwo muß es jemanden geben, der einen Schuh braucht. Sie hätten sich etwas einfallen lassen können.«

»Oh, jetzt mal im Ernst«, sagte er.

»Ich meine es ernst. Früher hat die Welt so funktioniert, lange bevor die Dinge so kompliziert wurden. Sie ist nicht verrückt.«

Andy zuckte die Schultern. Er strich mir mit fettigen Fingern die Haare hinter die Ohren. »Hol dir was zu essen. Nimm Pommes frites. Komm schon, Kartoffeln sind ein Gemüse.«

Ich schüttelte den Kopf. Wir mußten dann wieder zurück in den Bus. Ich sah mich nach der alten Frau um, und da war sie, schleppte sich hinter uns her, ein paar Salzstangen in der Hand, die ihr jemand gegeben haben mußte.

In den nächsten drei Stunden im Bus wechselte sie achtmal ihre Socken. Sie starrte uns immerzu wütend an und murmelte etwas über ihren Bammel. Ich wollte ihr dazu eine Frage stellen; ich dachte, vielleicht hätte ich ebenfalls Bammel. Aber ich fragte nicht. Wir hatten Melbourne beinahe erreicht, als sie sich aufrecht hinsetzte und sagte: »Maine, ich habe gehört, in Maine soll es zu dieser Jahreszeit schön sein.« Sie blickte mich streng an und sagte: »Jesus liebt dich. Hörst du? Er liebt dich. Ungeachtet deiner selbst.«

Ich nickte.

Zwei Wochen zuvor war mein Großvater gestorben. Er war lange Zeit furchtbar krank gewesen. Er hatte alle möglichen Arten von Krebs gehabt, und die Ärzte schnitten ihn immer wieder weg, bis sie sagten, wenn sie noch mehr wegschnitten, wäre nichts mehr von ihm übrig. Bei der Beerdigung regnete es. Meine Mutter hielt die ganze Zeit meinen Arm, das Gesicht verkrampft wie eine Faust. Auf dem Weg zum Friedhof konnte ich nicht umhin, zu denken, daß dies das erste und vielleicht auch das letzte Mal war, daß ich in einer Limousine fuhr. Auf dem Friedhof trugen die Leute Regenmäntel in leuchtenden Farben und Plastikkapuzen. Meine Cousins trugen den Sarg. Meine Cousins waren alle in den Zwanzigern, alle groß und gebeugt. Als ich hinter ihnen herging, sah ich auf ihren Köpfen die Anfänge ihrer Glatzen. Ein dauerhafter Tribut an ihren Großvater.

Das Schlimmste kam hinterher: meine Großmutter, die mich umarmte, ihre Lippen so glänzend rot, die Haare zu Locken gedreht und gute zehn Zentimeter über ihrem Kopf festgesprüht. Sie weinte und sagte immer wieder: »Ich hoffe nur, daß ich deinen Hochzeitstag noch erlebe. Ich hoffe nur, daß ich so lange lebe.«

»Dann fang besser schon mal an«, hatte mein Cousin Lenny gesagt und mir mit dem Ellbogen einen Stoß gegeben. Lenny war ein Arschloch.

Ich hatte seit vor der Beerdigung die Sonne nicht mehr gesehen.

Das war der Grund, weshalb Andy diese Reise unternehmen wollte. Er sagte, ein bißchen Sonne würde mich aufheitern. Ich kannte Andy seit der High School. Ich war seit ein paar Monaten mit ihm zusammen. Seine Stimme am Telefon, seine kratzigen, schwieligen Hände und die Art, wie beim Sprechen seine Nase wackelte, hatten angefangen, mich zu langweilen, und ich überlegte mir, ob ich mich von ihm trennen sollte, damit ich meine Wochenenden wieder für mich hätte; doch nach der Beerdigung beschloß ich, noch ein bißchen länger durchzuhalten und abzuwarten, ob es besser würde. Meiner Großmutter zuliebe.

»Jesus liebt dich«, sagte sie wieder. Sie zog eine rosa Socke aus und ließ sie aus dem Fenster flattern. Irgendwo hinter uns hörte ich Bremsen quietschen.

Schließlich erreichten wir Melbourne. Als der Bus hielt, stand ich auf und trat auf den Gang. Das tat auch die Frau. Ihre Hüfte preßte sich gegen meine, warm und fest und füllig, sie platzte beinahe aus ihrem Rock. An ihr war kein Vorbeikommen. Sie wuchtete sich vor mir hinaus.

Andy und ich stiegen steifbeinig aus dem Bus. Die Frau

wartete; sie folgte uns. Ich überlegte mir, wie es wäre, wenn wir sie mitnähmen, mit an den Strand. Dann sah ich, wie eine große, strenge Schwarze sie am Arm nahm und zu einem Auto führte.

Sie blickte wütend über die Schulter und starrte uns an, als sie davongefahren wurde. Sie sah erledigt und aufgebracht aus, ans Fenster gedrückt, ein Goldfisch in einem Saftglas.

Der Abend war bedeckt, der Himmel dicht bewölkt wie Wachspapier. Der Sonnenuntergang war nicht zu sehen. Es gab nur einen allmählichen Übergang zur Dunkelheit, einen großen Seufzer, der mit der Nacht endete.

Wir werden den Sonnenaufgang nie sehen, dachte ich. Andy sah mich an und sagte: »Freu dich. Du siehst aus wie ... wie ...«

»Als wäre gerade mein Hund gestorben«, half ich ihm aus.

»Ja, so ungefähr.«

Wir fanden das Haus. Eher ein Schuppen. Küche, Wohnzimmer, Schlafzimmer, zwei Einzelbetten. Modriger Geruch und ein altes Trivial-Pursuit-Brett. Andy aß noch ein paar Fritten bei einem weiteren McDonald's. Wir gingen durch die Straßen. Er hielt meine Hand. Wir gingen in eine Bar, und Andy trank ein paar Bier. »Denkst du an deinen Großvater?« sagte er. Ich sagte, nein. »Deprimiert dich die Arbeit?« Nein. Er fing an, Nietzsche zu zitieren. Er hatte am College einen Kurs Nietzsche belegt, und jetzt hat er für jede Gelegenheit ein passendes Nietzsche-Zitat.

Ein Mann mit einem Schnurrbart, der ihm bis in den Mund hing, fragte Andy, ob er mit ihm Darts spielen wolle. Ich sah ihnen beim Spielen zu. Andy verfehlte die Scheibe beinahe jedesmal. Die meisten seiner Pfeile steckten in der Wand. Der Mann hatte die ledrige Haut eines Fischers, der den ganzen Tag draußen auf seinem Boot verbringt. Er hatte blinzelnde, tiefliegende Augen, als hätten sie bereits zuviel gesehen und versuchten, sich in seinen Kopf zurückzuziehen. Seine Pfeile drängelten sich ums Zentrum der Zielscheibe wie Hornissen.

Andy wollte nicht aufgeben. Nachdem der bärtige Mann aufgehört und sich zu seinem Bier gesetzt hatte, schleuderte Andy immer noch die Pfeile gegen die Scheibe. Schnelle, wilde Würfe. Er verfehlte sie immer wieder. Schließlich sagte der Barmann zu ihm, er solle aufhören, bevor er noch etwas kaputtmache.

Wir gingen nach draußen, Andy wütend und immer noch trotzig sein Bierglas festhaltend. Wir gingen durch die flachen Straßen zurück. Florida war flach wie ein Spielbrett. Keine Sterne. Die Luft war nicht warm, aber schwül und dick, eine kalte Suppe. Andy versuchte immer wieder, meine Hand festzuhalten, doch es war, als wäre seine Tiefenwahrnehmung gestört; er verfehlte sie immer wieder. Mir war nicht danach, ihm zu helfen.

»Sie wollte nach Maine«, sagte ich. »Sie hätten sie stattdessen nach Maine schicken sollen.«

»Jetzt gib es auf«, sagte Andy und lehnte sich dicht an mich, hängte sich an meinen Nacken. »Was bedeutete sie dir überhaupt? Was geht sie dich an?« Ich blickte in sein Gesicht, das so nahe war, von den Straßenlaternen weiß beleuchtet, die Lippen von den Zähnen zurückgezogen, und ich dachte, daß ich ihn eigentlich gar nicht kannte; mit jemandem zu schlafen gibt einem keinen Schlüssel zu seinem Kopf.

»Es tut mir leid«, sagte er einen Augenblick später. Wir gingen weiter, hielten Abstand voneinander.

Wir gingen zurück zum Haus seines Onkels. Nur eines der Betten hatte Laken, deshalb dachten wir, wir würden beide darin schlafen. Andy sagte, ihm sei kalt und er wolle unter die Decke. Ich dachte immerzu an Ameisen im Bett und wollte obendrauf schlafen. Wir schlossen einen Kompromiß, einer obendrauf, einer darunter. Andy wippte und zappelte unter mir und unter dem Laken wie ein stürmisches Wasserbett. Ich dachte an Einzeller, die nebeneinander lagen, durch Membranen getrennt, unfähig, einander zu berühren.

Andy weckte mich am nächsten Morgen um fünf. Zerknittert, hustend, mit verkrusteten Augen, stolperten wir über die Dünen zum Strand hinunter. Der Himmel war blaß und ängstlich vor Erwartung.

Und dann passierte es. Riesig und orangefarben, brandneu stieg sie aus dem Wasser. Ich sah, wie sie sich bewegte. Ich hatte noch nie die Sonne sich bewegen sehen. Langsam kräuselte sie sich aus dem Wasser wie ein Atompilz, bis der untere Rand auf dem Horizont ruhte. Sie hing einen Augenblick lang da, dann stieg sie als reguläre, weiß-heiße Sonne im Dunst empor.

Andy murmelte: »Die Sonne bewegt sich eigentlich nicht, es ist nur –«

»Die Erde, die sich bewegt«, sagte ich. »Ich weiß.«

Mir kam der Gedanke, je länger ich mit dem Heiraten wartete, desto länger müßte sich meine Großmutter zwingen, am Leben zu bleiben.

Ich schüttelte meine Schuhe ab. Ich zog meine Socken aus und ließ sie im Wind flattern. Der Wind wehte um meine Beine. Das Wasser schimmerte stumpfgrau wie flüssiges Metall. Es sah aus, als könnte man darauf gehen, bis zum Horizont gehen und über den Rand blicken, um zu sehen, wo die Sonne geboren wurde.

Ich machte einen Schritt.

Ich watete ins Wasser, ins kalte Wasser, die nassen Jeans klatschten auf das Wasser. Wasser so schwer und so leicht, Wasser, das den ganzen Weg bis nach Maine reichte, den ganzen leeren Raum unter diesem Himmel ausfüllte, zwischen Florida und Afrika. Weit hinten am Ufer rief Andy Satzfetzen, die auf den Sand zurückfielen wie einflügelige Möwen.

Sandra Kellein
Ein kleines Spiel

Wolffen stand am Fenster und beobachtete den Müllwagen, der unten vorm Haus vorfuhr. Eine junge Frau, deren Haar mit einem Gummiband zum Pferdeschwanz zusammengefaßt war, stieg aus und ging zu den Mülltonnen. Sie trug strahlendweiße Turnschuhe. Er beobachtete, wie sie eine Tonne in die Hebevorrichtung des Wagens hob, einen Schalter betätigte und Greifarme an der Hebevorrichtung den Behälter anhoben und kippten. Wie nacheinander der Müll, Tonne für Tonne, im Innern des Lastwagens landete und die Frau anschließend eine nach der anderen an ihren Platz zurückrollte. Dann stieg sie tänzelnd in das Führerhäuschen ein, ließ mit einem professionellen Knall die Tür zufallen, startete und fuhr davon.

Müll- und Feuerwehrwagen waren schöner als in Europa, fand er, an die zwei Generationen weiter und erinnerten dennoch nur an funkelnde Spielzeugmobile. Auch Las Vegas würde sich als riesiges Disneyland für Erwachsene entpuppen, und im Roulette würde, wenn schon, mindestens ein-, zweimal die Achtzehn kommen.

Doch er war, neben dieser Verlockung und den paar Konzertterminen, in erster Linie wegen der Haare nach Amerika gekommen. Unglaublich viele Köpfe und Körper, unendlich viel Material, eine Reise, die einem von vornherein die Pflicht aufzuerlegen schien, denkwürdig zu werden. Etwas dabei für sich zu sammeln und sicher zu sein, auch das zu bekommen, was man will. Das kleine Deutschland mit seinen zweiundachtzig Millionen Einwohnern war lange nicht ausgeschöpft und würde es nie sein. Dennoch begannen ihn zweihundertsiebzig Millionen Möglichkeiten mitsamt den anderen amerikanischen Erfindungen, von denen er wohl nur einen winzigen Bruchteil kennenlernen würde, mehr und mehr zu faszinieren.

Er wandte sich vom Fenster ab und nahm den auf dem Tisch liegenden, gestern gekauften und noch in Folie eingeschweißten Kalender in die Hand. Er riß das dünne Plastik herunter und blätterte beiläufig darin herum. Auf der achten Seite, in den unterteilten Feldern des Januars, mitten im weißen Feld eines Freitags, entdeckte er einen kleinen Fleck und sah genauer hin. Offenbar ein kleines zerquetschtes Insekt, etwa in der Größe einer gemeinen Fruchtfliege. Eine zwischen den Seiten zermalmte, lange schon angetrocknete Drosophila, jene Art Insekt, die man bei den frühen genetischen Experimenten gern verwendet hat.

Leicht angewidert legte er den Kalender zurück auf den Tisch. Den trockenen kleinen Kadaver mit dem Fingernagel aus der Mitte des achtzehnten Januar herauszukratzen widerstrebte ihm. Vor Weihnachten würde er bereits wieder zu Hause sein, lieber wollte er sich dort einen neuen Kalender besorgen.

Er ging zu den abgeschabten Samsonite-Koffern, die bereits gepackt an der Tür standen, und verstellte die Zahlenkombinationen an den Schlössern. Ohne von draußen abzuschließen, ließ er die Appartementtür hinter sich zufallen und zog das Gepäck durch den Gang. Die Koffer holperten neben ihm die Stufen hinab.

Die Erfindung von Rollenkoffern schien ihm angesichts der vielen Treppen eine reine Verschwendung. Er schätzte Fahrstühle mehr. Zu Hause lebte er mit seiner Familie glücklicherweise in einem großzügigen Bungalow. In einer völlig banalen Gegend, wie sein fast erwachsener Sohn störrisch behauptete, also ohne Treppen, die bei Transporten stören würden, und voll von ehemals modernen Möbeln auf massiven Edelstahlrollen.

Die Wohnungsschlüssel waren mitsamt dem Kalender drinnen auf dem Tisch liegengeblieben. Irgendwer würde sich darum kümmern, Staub wischen, irgendwer würde das Bett frisch beziehen und den neuen Kalender an sich nehmen, ihn vielleicht selber verwenden oder zu Weihnachten ungeachtet eines kleinen getrockneten Kadavers verschenken.

Die für Gastmusiker vorgesehene Wohnung war ihm wenig genutzt erschienen, als wäre kaum einer in dieser Gegend auf der Durchreise. Amerika besaß, außer an den eng bepflasterten Küsten, vergleichsweise wenig unabhängige Konzertsäle, obwohl für alles genug Platz vorhanden zu sein schien. Die meisten Konzertsäle und auch viele Bungalows waren verfallen oder schon lange ihrem Zweck entfremdet. Womöglich von Sekten zu Kirchen, in denen man verstohlen Kräuterzigaretten rauchte, umfunktioniert worden, wenngleich in vielen Geschäften klassische Musik anstatt des üblichen Muzak-Breis gespielt wurde. Der war noch weniger Anlaß zu reagieren. Auch das Konzert gestern war vergleichsweise spärlich besucht, trotz des gefeierten Hispano-Stars Czerni, ein Bekannter aus seiner Lehrzeit bei Ariès.

Auch die Treppe wirkte wenig genutzt, die Häuser fast unbewohnt. Was taten all die Menschen, wenn sie nicht arbeiteten. Wahrscheinlich banden sie sich lachend die Haare mit bunten Gummibändern zusammen und dachten an nichts. Schauten auf weiße Turnschuhe hinunter und kratzten trockene Fliegen aus neuen Terminkalendern.

Bis zum nächsten Konzerttermin hatte er ein paar Tage Zeit, er wollte durch Berge und Wüste in Richtung Las Vegas fahren. Der grüne Mietwagen, ein japanisches Mittelklassemodell, wartete vor der Tür. Neben einer leeren Stelle, an der vorhin der neue, in der Erinnerung schon übertrieben leuchtende, in der Realität eher graugrüne Müllwagen gestanden hatte.

Die neuen Häuser, im viktorianischen Stil, lagen an der Straße weit auseinander. Es gab genügend Parkraum und wenig Konflikte. Und wenn, dann hatte man sie hinter angebauten Holzveranden versteckt. Zwischen den Häusern standen dafür allerdings ein paar ewig grüne Bäume und verliefen schmale, zurückhaltend mit Beton planierte Wege, die kaum einer entlangging.

Ebensogut hätte er jetzt irgendwo in Europa in einer gehobenen Wohngegend vor dem geöffneten Kofferraum eines Autos herumstehen und beiläufig über alles staunen können, was ihm bekannt vorkam. Es schien nicht zwingend, daß er hier war. Nur der frischgewaschene Müllwagen am Ende der Straße verwies auf einen anderen Kontinent, und der bog gerade in eine Seitenstraße ab.

Er lud seine beiden Koffer in den Wagen, stieg ein, ließ das Fenster einen Spalt herunter und fuhr los. Richtung Grand Junction, hundert Meilen über einer anderen, berühmteren Stelle, wo sich immerhin vier Staaten trafen, aber kein einziger Mensch mehr. Four Corners war ein öder Platz ohne jedes Denkmal und dennoch auf der Landkarte der einzige Stern im Umkreis von Zentimetern.

Auf seinem Weg daran vorbei wollte er interessehalber noch bei einem Friseur hineinschauen. Viele hatte er davon bisher in Amerika nicht entdeckt, es war eben nicht wie seinerzeit in China, wo es ähnlich viele Friseure wie Restaurants und Garküchen gegeben hatte. Einige davon waren einst versteckte Bordelle gewesen.

In einem der Läden hatte ihm ein Pekinger Friseur einmal ein Büschel Haarreste geschenkt, es wäre für die Kunst, hatte Wolffen ihm gegenüber auf englisch behauptet. Die hinter dem Friseur herumstehenden jungen chinesischen Lehrmädchen schienen davon beeindruckt. Nur der Ladeninhaber hatte ihn verständnislos angesehen und zunächst sechzig Yuan verlangt. Eines der Mädchen sagte in fließendem Pidgin-Englisch, Kunst fände sie schön, sie kenne sein Gesicht aus der Zeitung. Er hatte damals gerade in einem der neu eröffneten großen Hotels gespielt, um zum gleichen Zweck weiter nach Shenzen zu fahren. Der Friseur hatte ihm daraufhin eine ganze Tüte voll von zusammengekehrtem Haar gegeben, in der Hoffnung, daß er vielleicht wiederkäme und sich einmal selbst die Haare von ihm schneiden ließe.

Er nahm den Highway in Richtung der Berge und näherte sich ohne Stau oder andere Zwischenfälle wie dem für die Jahreszeit typischen Schneegestöber den letzten Ausläufern der Rocky Mountains. Bis zum Abend kam er zügig nach Utah. Dort wurde die Landkarte im Inneren allmählich größer und leer. Wo das Ende der Welt lag, lohnte nicht zu fragen, es wäre in den Marslandschaften Utahs erst recht unsichtbar geworden.

Nachdem er jene legendäre Hundertfünfzigmeilenstrekke ohne Tankstelle hinter sich gebracht hatte, beschloß er, da es schnell dunkel wurde, in einem der spärlichen Durchgangsnester vor der Grenze Nevadas in einem Motel zu übernachten. Es war außerhalb der Saison, man fand also ohne Umstände an einer Abzweigung, sofern es keine der vielen war, die zu einer Ranch führten, eine Übernachtungsmöglichkeit.

Er nahm also die nächste Ausfahrt und das erstbeste Motel, eins von denen mit wackligem Prospektständer neben der zunächst unbesetzten Rezeption. Während er auf den schüchternen jungen Mann wartete, der ihm schließlich den Schlüssel für eines der Zimmer reichte, musterte er die bunten Drucksachen, die sich mit verschiedenen Sehenswürdigkeiten in dem Bundesstaat befaßten. Einer der kleinen Stapel Prospekte in der windschiefen Hängevorrichtung widmete sich dem Fischen von Forellen in Maine. Die größte Abbildung zeigte schimmernde, frischgefangene Fische neben imposanten Haken und Angelschnüren, malerisch auf künstlich aussehendem Felsen ausgebreitet. Die Wüste begünstigte wohl die Sehnsucht nach entlegeneren Gebieten.

A special offer, sagte der junge Mann, linkisch wie Norman Bates, als er sein Interesse bemerkte, und verschwand sogleich wieder in einem Hinterzimmer. Auf dem Prospekt fehlte jeglicher Grünton.

In dem karg eingerichteten Zimmer mit kleinem Bad und obligatorischem Fernseher lag neben dem Waschbekken auf einem Stapel verwaschener Handtücher zu seinem Ärger weder Seife noch Duschgel. Nur ein farbloser Werbezettel mit sich überbietenden Ausrufungszeichen für einen Laden namens Mom's Café. Er wusch sich mit klarem Wasser und entdeckte erst am nächsten Morgen, merkwürdigerweise gleich hinter dem Fernseher, ein Stück weißer Windsor-Seife, originalverpackt.

In dem kleinen Ort suchte er, ohne die Seife ausgepackt oder Kaffee getrunken zu haben, nach einem Friseur. Vergeblich. In China hatte das filigrane Zeichen für Haar je nach Zusammenhang auch ›Über-Nacht-reich-Werden‹ oder ›Explosion‹ bedeutet, es war in den Zentren überall zu sehen gewesen. Deren Bewohner ließen sich oft nur den Haarschnitt korrigieren. Weitaus mehr Haar fand sich auf den Böden von Friseurläden an den Rändern chinesischer Städte.

Zunächst war er überrascht gewesen, daß in einem amerikanischen Motel kein Frühstück serviert wurde. Die Gäste – und auch die Einwohner des Ortes in ihren gut einsehbaren Vollholz-Einbauküchen hinter kahlen Fenstern – mußten sich also ständig selbst helfen, dachte er belustigt, mit Umhang und Haarschneidemaschine, und andernfalls ihre Haare eben mit lieblosen Gummibändern zusammenbinden. Er selbst suchte nicht weiter, sondern entschloß sich, in dem Laden namens Mom's Café zwei Häuser vom Motel entfernt etwas zu essen und danach weiterzufahren.

Er erhielt einen der schlechtesten Kaffees seines Lebens, erst danach eine lauwarme, aber besser schmeckende Tortilla und beide Male den Hauch eines Lächelns, augenscheinlich von Mom, die beim Servieren tatsächlich ein simples Gummiband im Haar trug.

Ein gedehntes Schweigen, während er durch das Fenster des Cafés den Schnee betrachtete, der sich zögernd über die Wüste legte und auf den auch am Vormittag blinkenden Neonschildern kleine Verlaufsstreifen hervorrief. Kleine Flocken, die tanzende Formationen in der Luft bildeten und deshalb länger brauchten, um auf die Erde herunterzuschweben. Er begann zu warten, ohne zu wissen worauf. Warten half, um nicht nachzudenken, es hielt die Zeit besser in Schach.

Grand Junction und das erste der Casinos, eines, das von Indianern geführt wurde, hatte er lange schon hinter sich gelassen, als der Himmel aufklarte. Der Weg durch Nevada war trocken, bis auf einen Golfplatz erinnerte nichts mehr an Wasser, das von weit her, vielleicht aus Kalifornien, herangepumpt wurde. Riesige, bunte Werbeschilder am Rand des Highways begannen sich zu überbieten, herumfliegende Fetzen von Plastiktüten wiesen als Vorboten auf die nahende Stadt in der Wüste hin. Er fand, er habe genug vom Autofahren, und hielt an, um zu tanken.

An der Kasse der Tankstelle saß eine junge Frau mit dem blauschwarzen Haar der Navajo und starrte unbeteiligt auf die Fensterscheiben. Er bezahlte mit Kreditkarte und musterte einen Augenblick ihren glänzenden Schopf, durch ein schmuckloses Gummiband im Nacken zusammengefaßt. Die Haare an den Reibungsstellen wirkten ausgedünnt, sichtbar durch das Gummi in Mitleidenschaft gezogen. Ein Rätsel, warum in einem riesigen Land einerseits solcher Überfluß herrschte und an banalen Details andererseits derart gespart wurde.

Die Indianerin wünschte ihm flüchtig einen schönen Tag und sah neutral zum Fenster hinaus. An der Glastür zögerte er und drehte sich noch einmal zu ihr um, vielleicht wie am Anfang einer Geschichte, vor einem Lächeln.

Draußen war der Himmel leer und blau. Einer plötzlichen Eingebung folgend, ging er seitlich neben dem Verkaufsraum der Tankstelle zum Fernsprecher, um Czerni anzurufen. Czerni war sogar zu Hause und sagte, er habe gar keine Zeit, er bekäme gerade eine Shiatsu-Massage.

Wolffen glaubte ihm nicht, versprach aber, sich aus Las Vegas, bevor er zum nächsten gemeinsamen Konzert weiterflog, noch einmal zu melden. Er hängte den Hörer ein. Er ging zum Wagen zurück und blieb, bevor er weiterfuhr, einen Moment bewegungslos davor stehen. Er musterte die Spuren des sandigen Staubs, der auf dem Auto lag, und die darin enthaltenen Muster, die sich durch den Fahrtwind ergeben hatten. Spätestens beim nächsten Halt würde er die Scheiben putzen müssen.

Vielleicht würde er Czerni irgendwann einmal eine nette Geschichte über die Haare der Konzertbesucher von vorgestern, mit einigen Ausschmückungen und Albernheiten versehen, oder über ein Stück legendärer weißer Windsor-Seife in einem durchschnittlichen amerikanischen Billig-Motel erzählen. Wie wäre das Leben bis dahin wohl gewesen. Wahrscheinlich nicht wesentlich anders.

Als er wieder auf dem verlassenen Highway fuhr, fiel ihm ein, daß er die Telefonkarte im Fernsprecher steckengelassen hatte. Er würde aber Czerni vor dem nächsten Spieltermin doch nicht mehr anrufen. Wegen der Telefonkarte meilenweit zurückzufahren lohnte nicht, er würde sie in den paar Tagen, die er im Land blieb, aller Voraussicht nach gar nicht mehr benötigen. Vielleicht würden sie sich später in Europa treffen. Czerni war jemand, den man überall treffen konnte, an einem Melonensaftstand in Istanbul oder im Britischen Museum, vielleicht vor einer alten Handschrift. Der Schrift einer sich häufig die Hände waschenden, kopflosen Lady Macbeth, würde Czerni behaupten und dabei weiter lachend herumlamentieren und mit den langen Armen rudern.

Am späten Nachmittag erreichte er inmitten vieler anderer Wagen Las Vegas. Die Fetzen herumfliegender Plastiktüten waren mehr geworden, so daß die ausgetrockneten Erdwälle an den Straßenrändern wie verwilderte Blütenmeere leuchteten. Da er zu spät vom Highway abgefahren war, näherte er sich im flüssigen Verkehr der falschen Seite der Stadt und dem Hotel, in dem er abzusteigen plante. Er mußte, erschöpft wie er war, den von Touristen und Autos verstopften Las Vegas Strip entlangfahren.

Vorüber an dem laut Werbung größten Souvenirshop der Welt, den Pornokinos nebst Kapellen für bonbonfarbene Schnellheiraten. Unter zig Ampeln hindurch, die an stählernen Seilen von farblosen Galgen hingen, vorbei an Miniatur-New-York, groß genug für Tausende von Gästen, und um das kulissenhafte alte Rom um Caesar's Palace herum. Das rasante Panorama einer Seeschlacht direkt neben der Straße, vor dem sich Passanten auf breiten Holzstegen drängten, um die im Wasser und auf hölzernen Fregatten agierenden Stuntmen und Schauspieler zu sehen, dafür jauchzend spritzende Wassermassen in Kauf nahmen, kostenlos. Im Weiterfahren etwa über der Mitte der Straße eine alles überstrahlende Leuchtwand, auf der zwei Männer neben einem erstarrten weißen Tiger mit wächsernem Blick kalt jeden Menschen und jeden der im Schrittempo fahrenden Wagen musterten. Rundherum matt strahlende Offerten für preiswerten Hummer mit Steaks, sich überlappende Angebote für Krabbencocktail. Lauter instabile Prächtigkeiten, und Der etwas andere Laden, links am Ende des Boulevards, versprach in den nachmittags noch blassen Lichtreklamen nur das Übliche. Las Vegas besaß keinerlei Stil, es spiegelte alle wider.

Im Le Mirage gab einer der vielen Stars eines seiner vielen allerletzten Konzerte. Vielleicht würde er am Ende, wie einst die Piaf, bitter lachend, im Pariser Olympia, höflich und bestimmt von der Bühne heruntergetragen werden. Nachdem er wie sie zum x-ten Mal ›Non, je ne regrette rien‹ oder – noch besser – verzweifelt wie Brel ›Ne me quitte pas‹ gesagt hatte. Sich das Publikum, während er am Ende des Lieds ins Bodenlose stolperte, ungerührt und gelangweilt gezeigt hatte. Keiner einen Funken Lust hatte, die kleinste Spur eines verunglückten Lachens als Stimmgabel eines beginnenden Wahnsinns zurückzugeben, ihn etwa liebevoll auf die Straße oder zur Erde zurückzubegleiten.

See you, würde man zu jenem gestürzten Star sagen oder rasch, Everything is fine. Sich angelegentlich die Stimmbänder mit einem Räuspern säubern. Vielleicht, wie man allseits störende Zigaretten hastig in einem der lockenden, vor Kippen bereits rundum überquellenden Pflanzenkübel ausdrückt. Und doch vielleicht hinterhersetzen: Let's stay in contact, während man in Gedanken aus Verlegenheit einen Straßenpfeiler umarmt.

Von dem Hotel hatte Wolffen schon vor einigen Jahren anläßlich seiner Eröffnung gehört. Binnen weniger Wochen eroberten Theben, Kairo und Luxor mit dem Tal der Könige die Medien. Diesmal gemeinsam an einem Platz – und darüber an die zweitausend Zimmer verborgen. Nicht gerade die Umgebung, die man vergißt. Aufgrund der Klimaanlage weniger warm als Ägypten. Schräg aufsteigende Fluchten an gleichschenkligen, im Quadrat auf dem Erdgrund stehenden Streben. Kanten, die oben aufeinander zu liefen und unter der meilenweit durch die Wüste blitzenden Spitze der Riesenpyramide verschwanden. Im Erdgeschoß jedoch, nur vierzig Quadratmeter kleiner als die Fläche der Pyramide von Giseh, standen anstelle alter Grabstelen Slotmachines, Abertausende der Millionen Einarmiger Banditen in der Stadt.

Das einzige wirkliche und erst noch zu lösende Rätsel dieses nachempfundenen ägyptischen Grabmals waren für Wolffen von Anfang an dessen Fahrstühle. Eine Art fliegender Inseln, die die Menschen seitwärts mittels eines quasi gerundeten Treppenverfahrens in die mit Hieroglyphen verzierten Zimmer brachten. Selbst für das Putzen der pyramidalen Palasthülle aus Glas war eine eigene Technik entwickelt worden. Roboter zogen die immense Vorrichtung um das Gebäude, die nach drei Tagen wieder ihren Ausgangspunkt erreichte und ohne Pause übergangslos mit Putzen fortfuhr. Altmodische Treppen, Anfang und Ende waren also endlich abgeschafft.

Mitten im Vakuum der Wüste also ein paar monumentale Aufbauten für die, die von sich wie alle Generationen glaubten, unter den letzten zu sein. Und wie ein paar Generationen davor bereits wieder von unzähligen blinkenden Lampen überdauert wurden, die seit den unzähligen nichtblinkenden Jahrtausenden wie Glühwürmchen letztlich nur die Zeichen von Glühwürmchen setzten und freudig aussandten. Gegen Ende des Jahrtausends, wieder einmal verstärkt in Erwartung des nahen Endes, waren es einige Milliarden mehr, und einige der Glühwürmchen mutierten nun zu wahren Lichtexplosionen, nur um bald darauf auch wieder zu verschwinden und neuen Lichtexplosionen und Glühwürmchen Platz zu machen. Auf den Baustellen für neue und noch kolossalere Casinos über abgerissenen alten verwiesen darauf nachhaltig Preßlufthämmer, Schicht für Schicht wieder abtragend. In Las Vegas gingen indessen Jahre und Jahrzehnte, eins nach dem anderen, immer strahlender und klangloser einfach dahin.

Wolffen erreichte die Einfahrt des Parkplatzes, eines von dreien, der zum Einchecken vorgesehen war. Weitere, größere für Besucher, lagen an einer anderen Seite des Gebäudes. Er wunderte sich, daß aus dem Menschenstrom vor dem Eingang niemand heraustrat, ihm das Gepäck abzunehmen, wie er es sonst von größeren Hotels kannte. So betrat er mit den beiden Rollenkoffern – die Räder des einen quietschten infolge von eingedrungenem Wüstensand aufdringlich – unter vielen anderen die summende Eingangshalle der von zwei Nachbildungen altägyptischer Statuen begrenzten Rezeption. Es waren noch reichlich Zimmer frei, in der Wochenmitte vergleichsweise günstig.

Ein Angestellter in einem Fähnchen von Tunika nahm ihm den Autoschlüssel ab, um seinen Wagen gegen ein angemessenes Entgelt zu waschen und ihn dann in der Tiefgarage abzustellen. Ein anderer Angestellter in einer illustren Mischung aus Toga und Galabiya erschien, er übernahm den Transport der Rollenkoffer bis zur Ankunft hinter der Tür eines Zimmers im achtzehnten Stock.

Der Fahrstuhl, hinter einem sich öffnenden und schließenden Stahlmund zwischen weiteren sich öffnenden und schließenden Stahlmündern verborgen, war ein stählerner Korb in einem schrägen Tunnel, der die Menschen über die weder sichtbaren noch fühlbaren Treppenkonstruktionen einem schräg fliegenden Teppich gleich in die höher gelegenen Etagen transportierte. Unten, unsichtbar unter der Erdoberfläche, das für Hotelgäste verborgene zweite Leben des Hotels, unzählige Gänge und Räume im Untergrund, in denen von Tausenden Mitarbeitern dafür gesorgt wurde, daß das Hotel als eigenständiger Kosmos funktionierte. Die Schnittstelle für alle lag im Erdgeschoß und war das Casino.

Der folkloristisch gewandete Page öffnete die Zimmertür mit einer Plastikkodekarte und ließ Wolffen den Vortritt. Er zog unaufgefordert die Koffer hinter ihm her, stellte sie ab und nahm das Trinkgeld entgegen. Sein Dank war weder servil noch unfreundlich, er fragte routiniert nach weiteren Wünschen, bevor er den Raum mit seinem You are welcome verließ. Wolffen war allein unter Nofretetes Profil, das sich in Wiederholungen um die Decke wand und sich in den Ecken beinah die Nasen brach.

Das kleine Badezimmer war mit Horusmotiven als ornamentaler Verzierung versehen worden. Auch neben dem Bett sorgfältig gepinselte, Wolffen unbekannte oder stilisierte Hieroglyphen an der Wand. Ein perfektes Larvenheim.

Auf dem Bett liegend, schon im Halbschlaf auf einer steifglänzenden Decke mit einem wild mäandernden Seth, dem Rivalen des Falkengottes Horus, grübelte er über mögliche Bedeutungen der Hieroglyphen nach. Er nahm sich vor, bei Gelegenheit einen der Angestellten nach einer eventuellen Aussage zu fragen. Jede Formulierung wäre ihm als Entgegnung recht gewesen.

Eine Sache, die, wenn sie benannt werden würde, rasch in einem primitiven Impuls wie abgeschnittene Nägel oder Haare in die Tasche zu stecken wäre. Um den Feind unter dem Mantel der Zivilisation und den verschiedensten Dynastien in die Gewalt zu bekommen. Beharrlich allem und jedem einen Namen anzuhängen hatte wahrscheinlich wenig mit echter Pedanterie zu tun, sondern war nach wie vor wieder einmal lauthals modern.

Gegen neun Uhr abends erwachte er hungrig und beschloß, in das Casino des Hotels zu gehen. Dort etwas zu Essen zu bekommen, war kein Problem, die großen Gebäude waren so konzipiert, daß man sie weder zum Spielen oder zum Einkaufen, noch etwa das darin enthaltene Casino auch nur zum Essen verlassen mußte.

Er rasierte sich unter der Dusche vorsichtig mit seinem Rasiermesser und dem patentierten, an jeder Duschstange aufhängbaren Klappspiegel, ohne eine Spur von Rasierschaum. Wieder war weder Seife noch Duschgel im Bad vorhanden, und er wusch sich verärgert mit klarem Wasser. Lange sah er gespannt zu, wie das herabrinnende, fast farblose Wasser in geordneten Wirbeln und sich allmählich verengenden Kreisen unter ihm im runden Auge des Abflusses verschwand.

Danach schlug er den Duschvorhang zurück und trat an das Waschbecken. Dort reinigte er, immer noch nackt, sein Rasiermesser unter laufendem Wasser von winzigen Haarstoppeln. Die weiße Windsor-Seife aus dem Motel lag in einem der Koffer, originalverpackt, dachte er, unberührt.

Er trocknete das Messer sehr sorgfältig ab, erst danach sich selbst.

Er rief über den Zimmerapparat zu Hause in Deutschland an und erzählte seiner Frau, die gerade mit der Arbeit anfing, wie intensiv die Sonne in Las Vegas schien. Das Gerede über das Wetter wurde zwischen ihnen immer verbindlicher. Er ertappte sich, wie er in Superlativen davon sprach, als wäre es bisher das einzig Bleibende unter seinen Eindrücken, in der Erinnerung an ein mittlerweile verlorengegangenes Draußen vor dem Hotel.

Diese Konzerttermine im Ausland, sagte seine Frau schließlich, wie sie dich zwischendurch manchmal zurückwerfen in so eine komische Regression.

Du hättest es eher wissen sollen, gab er zurück. Sie war ziemlich lange ahnungslos gewesen. Auch neigte er, im Ausland für gewöhnlich sich selbst überlassen, nicht gerade zu übermäßigem Fleiß.

Es sei gestern im übrigen ein schlimmer Tag für das Komitee gewesen, weißt du, sagte sie und wechselte lieber das Thema.

Und dann noch diese Sitzung am Abend, sagte sie.

Komm schon, sagte seine Stimme am Telefon, wir haben doch gerade auch ein nettes, teures Plauderstündchen. Ihr Förderkomitee, bei diversen Essen und gut gemeint, tage seit Jahren doch nur einmal im Monat. Nach wie vor ohne Satzung, genaues Ziel oder Briefkopf, bisher hatten sie niemanden, weder einen fähigen Nachwuchspaläoanthropologen noch etwa einen Archäochronologen, als Hoffnungsträger gefördert.

Hast du eigentlich schon mal einen von den Kandidaten persönlich kennengelernt, fragte er sie.

Stapelweise, ihre Stimme klang dabei hell, bestimmt alles nette Leute.

Sie lachten und verabschiedeten sich voneinander.

Erst jetzt zog er sich an, nahm wahllos etwas aus dem Gepäck und ließ die Koffer samt der weißen Windsor-Seife bis auf das schon benutzte Rasierzeug unausgepackt. Vielleicht mußte er nicht einmal zwei Tage bleiben. Bevor er das Zimmer verließ, musterte er sich im Spiegel und kontrollierte, mit dem Ergebnis zufrieden, eventuelle Geheimratsecken. Die Haut am Kinn war infolge der Rasur ohne Schaum und Seife gerötet. Das würde wieder vergehen.

Er hatte, was er zu seinem Vorhaben brauchte, ja bereits in der Tasche. Und das Casino kostete nicht einmal Eintritt.

Der Fahrstuhl war voll von amerikanischen Restfamilien, die eines der günstigen Angebote während der Woche wahrnahmen und mit den verbliebenen Kindern auf dem Weg hinunter ins Casino waren. Die Jüngsten wurden unterwegs zur Betreuung im vierten Stock abgegeben. Später wieder abgeholt, vielleicht mit grausamen Magenschmerzen, die sich mit einer Niederlage unlösbar verbunden hatten, dem quälenden Gedanken an nicht abgezahlte Raten, der inneren, wiedererwachten Buchhaltung, nicht mit Gewinn verkauften Sorgen. Doch Kinderbetreuung war, zumindest hier, rund um die Uhr möglich.

Denk jetzt an was Hübsches, Cloé, sagte die Frau, die ihm am nächsten stand, in breitem Iowa-Akzent zu einem halbwüchsigen Kind. Ihr vorwurfsvolles Gesicht war wahrscheinlich chronisch.

Es ist jedesmal das gleiche mit ihr, sagte sie wie um Entschuldigung bittend zu Wolffen.

Letztes Mal war ich auch schon wie aus dem Wasser gezogen, behauptete sie und strebte im Erdgeschoß angekommen grußlos und wie die anderen Leute in Sport- und Freizeitkleidung an ihm vorbei, Richtung Slotmachines.

Mach mir doch mal die Jeannie, hörte er noch zusammenhanglos von ihr und dann, Also bitte, sei nett, sagte sie plötzlich lebhafter geworden zu dem Mädchen.

Cloé, mollig und bezopft, stakelte auf groben Plateausohlen hinter ihr her. Sie gab sich keinerlei Mühe, bezaubernd zu sein, richtige Jeannies würden ohnehin Plateausohlen verweigern, sie laufen, wenn überhaupt, barfuß.

Do the Jeannie, rappte ein junger Mann aus dem Aufzug heraus, doppelt standesgemäß mit Baseballkappe nebst heraushängender erschlaffter Kapuze, do the Jeannie – to me, und Cloé drehte sich zu ihm zurück. Er hatte, etwa wie in früheren Zeiten ein jugendlicher Pfadfinder mit am baumwollenen Hemdkragen angestecktem Etikett, den beiden Frauen als gute Tat den Vortritt gelassen. Eigentlich war nur noch das Beamen eine wirkliche Erfindung, auf die sich in Sechziger-Jahre-Synthetikhemden zu warten lohnte.

Was für ein schauriger Name, Cloé, in diesem Rahmen, fand Wolffen. Damit gezeichnet könnte man nur mürrisch werden, es blieb einem nichts anderes übrig. Einsilbige Namen schienen in einer solchen Umgebung in jeder Hinsicht besser geeignet. Biff, meinetwegen Hank oder Tom würden sich gut machen und in diesem Überfluß der altägyptischen Symbole, des rhythmischen Geklingels und Sirrens der Maschinen im Erdgeschoß angemessen und so schlicht wie Piffpaff klingen. Nur fiel ihm jetzt außer etwa Pam kein einziger einsilbiger Name für eine Frau ein, ein Name, den er noch weniger mochte als Cloé, also lieber gleich: Piffpaffpuff.

Er sah sich in der durch Nachbauten berühmter Sehenswürdigkeiten durchbrochenen Halle um, sah den Obelisken, einige Male Nofretete, in der einen oder anderen Weise variiert, und er sah den kleinen Fluß, auf dem, je nach Saison, mit fünf Japanern oder drei Deutschen vollbesetzte Touristenboote durch das Rinnsal eines Flusses schaukelten.

Die Zeitungen hatten darüber nicht ausführlich berichtet, eher nur die Größe der Anlage und einen Park aus Statuen am Eingang wie vor dem Tempel von Karnak hervorgehoben. Sphinxe standen in Reihen wie Zinnsoldaten und innen, an den imaginären Ufern des Nils, wiegten sich nun zwei lebhaft winkende Bauchtänzerinnen im durchbrochenen Grün. Die Touristen auf dem Boot winkten zurück wie auf einer gehobenen Butterfahrt. Einige machten Fotos, andere ein beeindrucktes Gesicht. Es war jene Art Film, die liebenswürdig aussieht, und es gibt zwei wichtige Dinge im Film: Zeit und Raum. Eines davon schien teilweise zu fehlen, jemand hatte hinterrücks hineingegriffen, die Figuren neu gruppiert.

Fliegen ging womöglich doch nicht schneller, und selbst die derzeit in Las Vegas' Rotlichtmilieu stattfindenden Orgasmuswettbewerbe waren zu nichts nütze. Vielleicht war das alles unter dem Schutz einer Göttin der Melancholie so trügerisch wie einst das Mondlicht in Vietnam.

Schon erhob sich eine kleine Wolke aus synthetischem Nebel und schob sich vor die Sonne. Wolffen wischte sie aus seinem Augenwinkel, und die Felsen am Flußufer wurden wieder zur massiven Kulisse aus Pappmaché, ähnlich wie die im Prospekt über das Forellenfischen in Maine, in dem billigen Motel an Nevadas Grenze. Den Schatten und Wolken waren also doch noch Manieren beizubringen.

Wann kommt der nächste Bus, fragte mitten in seine Gedanken ein Passant im Anzug, er stand wartend neben einer der verzierten Säulen und brachte es dabei zugleich fertig, vielsagend auszuatmen.

Seine Wolffen zugewandte Gesichtshälfte schien ihm einst seitlich am Kinn weggeschossen worden zu sein. Der Mann drehte sich fort, wandte ihm die andere Gesichtshälfte zu, ebenfalls ohne konsequent ausgeformten Kieferknochen, und setzte seinen Weg unbeirrt fort. Auch das Nichts erschien an diesem Ort in entsprechender Kleidung ohne weiteres sofort akzeptabel.

Das kommt darauf an, wohin Sie wollen, rief Wolffen ihm hinterher und beobachtete den unbeirrt am sich windenden Flußrinnsal herumspazierenden Mann. Dessen Gesichtsausdruck war schon wieder in sich gekehrt und perfekt dreieckig. Er sprach mechanisch den nächsten Touristen an, der sich seinerseits kurzangebunden und freundlich lächelnd in Richtung Pappmachéfelsen abwandte.

Immer, wenn der Mann weiterredete, mutierte das Dreieck des Gesichts zum Oval. Je länger seine Geschichte wäre, um so wahrer würde sie wirken. Sicher nur ein Western, schlimmerenfalls eine der Spätfolgen des Zweiten Weltkriegs. Der Mann meinte es ernst und machte dabei etwas falsch. Irgend etwas, was noch von den Schichten unter der monströsen Pyramide herrührte und nach einer Ausgrabung im Sand zutage treten mußte, würde die Erklärung für alles sein.

Irgend etwas, vielleicht Hunderte, Tausende Kilometer weiter, möglicherweise an der kalifornischen Küste, schemenhaft sichtbar oder schon lange auf dem Grund des Meeres verborgen. Oder gleich hinter der Ortsausfahrt Venice, direkt unter einem Ständer voller schlaff hängender Surfsegel versteckt. Schlaffe Surfsegel, deren minimalste Bewegung im Wind wie ein abgestorbener Libellenflügel nichts mehr auf der anderen Seite der Welt auslösen würde. Oder etwas so Banales wie ein einzelnes Sandkorn, der winzige Keim einer Entwicklung, deren Ursprung nicht mehr zurückzuverfolgen war, lange schon unter dem endlosen Sand kalifornischer Strande versteckt, nicht mehr zu orten, verschluckt.

Das dreieckige Gesicht verschwand nun ebenfalls wie ein einzelnes Sandkorn in der Menge, und der dazugehörige verschwindende Hinterkopf sah dabei ganz unauffällig aus. Die Touristen in den Booten begannen zu johlen, sie waren wegen etwas, das Wolffen von seinem Standpunkt nicht erkennen konnte, völlig aus dem Häuschen. Falls man sie dabei faßte, würden intelligente Leute womöglich alles abstreiten.

Seine Frau würde ihm jetzt ironisch lächelnd sagen, mach es dir nicht schwer. Niemand will jemanden fassen, würde sie sagen und dabei so etwas wie eine gütige Version ihres Gesichts aufsetzen. Und, du mußt dich doch nicht stellen, beruhigender dazusagen, während sich ihre Stirn zu kleinen Gittern runzelte. Gitter, die sich langsam über ihre Augen senkten, bis sie sie rasch aufriß, um ihm zuzuzwinkern.

Wolffen ging weiter zu einer der Inseln aus Einarmigen Banditen an der anderen Seite der Pyramide und stellte sich hinter eine der vollbesetzten Reihen. Die Insel war blattlos, hie und da allerdings ein paar Ständer auf Ästen, Aschen- und Plastikbecher mit Getränken darauf. Die Spieler hoben und senkten jeweils einen ihrer Arme, der andere hing schlaff am Schultergürtel herab. Einige ließen in scharf gesetzten Intervallen Vierteldollarchips in den Spielautomaten fallen, andere bedienten mittels schneller seitlicher Drehungen zwei Geräte nebeneinander. Niemand von ihnen beachtete ihn, als hätte er im nebligen Rattern der Maschinen als einziger Zeit und allen Raum.

Solange man spielend an den Automaten saß, bekam man alle Cocktails umsonst serviert. Eine stählern wirkende farbige Angestellte in kurzem Rock und schwarzgoldenem Oberteil verteilte die Getränke in Plastikbechern und lehrte zwischendurch einige Aschenbecher mit der gleichen Hand in andere leere Plastikbecher. Alles sah perfekt und lässig aus. Als wäre nicht der kleinste Rest von der Zigarettenglut werbewirksamer Prominenter mehr in den Casinoteppichen zu finden, war jeder Spieler sich selbst genug.

Wolffen wechselte zu einer der Bars, an der eine Reihe von Männern nebeneinander saßen, die auf in die Theke eingelassene Bildschirme starrten und geschäftig Tasten drückten, äußerlich gleichbleibend ruhig. Er bestellte ein teures Bier und hörte lange den Klängen der blinkenden Spielautomaten zu.

Am Roulettetisch winkte der Croupier über das kleine Spielfeld, und die Spieler beendeten das Setzen der Chips. Die Kugel begann zu kreisen, vollführte einen Salto in der Luft und wurde auf der sich drehenden Scheibe allmählich ruhiger. Der völlige Stillstand erfolgte bei Acht. Wieder spielte der Croupier eindrucksvoll mit den Händen in der Luft, malte imaginäre Rundungen, bis er mit den Händen einige wischende Bewegungen über den Spieltisch machte und die Drehung des Roulettes allmählich versiegte.

Wachpersonal in blauen Uniformen passierte den Spieltisch. Ein anderer Croupier zahlte die Gewinne aus, während der erste mit einem goldenen Rechen die Chips vom Tisch herunterzog. Beide arbeiteten wortlos und per Handzeichen. Das einzige Paar am Spieltisch unterhielt sich leise und sprach die Einsätze höflich miteinander ab. Die höchste Zahl, die gewann, war die Siebzehn.

Von Zeit zu Zeit stand ein Spieler auf, wohl um den Blutkreislauf in Bewegung zu halten. Selten wechselte einer von den Tischen zu einer Maschine. Mag sein, daß er dort gewann, mag sein, daß er verlor. Es schien ähnlich wie mit Parkvorschriften, nicht wie man denkt. Ab und zu tauchte sogar etwas wie Glück auf, ohne jede Vorwarnung.

Eine der Maschinen spuckte einen Schwall von Geräuschen und Metallchips aus. Vorübergehend sammelten sich einige Leute darum. Die meisten von ihnen waren sicherlich nicht aus Langeweile da, und kaum einer von ihnen blieb länger als ein paar Tage. Viele kamen aus unterschiedlichen Richtungen und Gründen schon seit Jahren hierher.

Der Spieler, der Schwarz trug und aus einem inländischen kriminellen Muß heraus die schlechtesten Zähne hatte, schaufelte sich ein paar Plastikbecher mit Silbermünzen voll. Er füllte einen nach dem anderen hinein, aber es waren nur Vierteldollar. Er schien davon völlig erschöpft.

Ach, sagte eine Frau im Vorübergehen, und ihre Stimme war angespannt. Auch die anderen Leute gingen weiter, und die meisten Plastikbecher waren nur mit Flüssigkeit gefüllt.

Wolffen seinerseits hatte das Bier schon ausgetrunken

und wechselte zu einer der sirrenden Inseln zurück. Er stellte sich mitten hinein, eng hinter einen der spielenden Männer und probierte, wie nah er ihm kommen konnte, ohne daß der andere es merkte. Der Mann reagierte erst, als Wolffen ihn fester am Rücken berührte.

Eine Reihe weiter stand eine langhaarige Frau in grauen Jogginghosen mit buntem Aufdruck. Sie zog hektisch an einer Zigarette und ließ eine Dollarmünze nach der anderen in den Automaten fallen.

Wolffen trat seitlich hinter sie, zog blitzschnell das Rasiermesser aus seiner Tasche, führte es ausgeklappt an ihren Kopf und schnitt ihr eine aschblonde Haarsträhne etwa drei Zentimeter unter einem schnöden Gummiband ab. Er führte die Bewegungen schnell und geschickt mit einer Hand aus. Die Frau reagierte nicht und spielte ungerührt weiter.

Er schaute aus den Augenwinkeln nach eventuellem Wachpersonal und ging, das Rasiermesser eng an die Kleidung gepreßt, drei Plätze weiter. Dort wählte er eine rotlokkige Strähne unter orangefarbenem Samt aus, dann etwas dunkles Haar aus einer Perücke und steckte beides ungehindert in die Seitentasche seiner Jacke.

Nachdem er schließlich alle Haarfarben, glatt und gelockt, beisammen hatte, fand er es an der Zeit, abzubrechen und die Herde der Spieler mit den um sie herum kreisenden Sicherheitsmännern zu verlassen. Nichts zu riskieren, auf krauses Haar, das problematischer und mehr miteinander verbunden, oft viel zu verwoben war, dieses Mal zu verzichten. Er hatte die Menschen bisher lieber nur flüchtig berührt, und es hatte dabei keine Komplikationen gegeben.

Er ging zum Fahrstuhl, er wollte zurück zum achtzehnten Stock in der Schräge. Ein Kind stand hinter der Stahltür, die sich öffnete, ohne daß Wolffen den heftig blinkenden Pfeil in Richtung oben gedrückt hatte. Der schwarze Junge hielt ein Malbuch vor seine Brust gepreßt.

Er bat Wolffen schüchtern und in auffällig wohlartikuliertem Englisch, einen Knopf, einen, an den er noch nicht herankam, nämlich den mit dem Falkenkopf, für ihn zu drücken. Sein ausgestreckter Arm reichte nur bis knapp über das Erdgeschoß, und das war auf der Armatur der viertunterste Knopf, einer mit dem königlichen Cheopsschiff. Der Junge kam aus einer der nur für Angestellte zugänglichen, unterirdischen Ebenen. Nun stand er allein im Fahrstuhl mit seinem Malbuch, schlug es auf und zeigte dem eintretenden Wolffen stolz ein bunt ausgemaltes Flugzeug.

Leise begann er dessen Farben zu bezeichnen, tastend und suchend, als begänne er eine neue Art Alphabet herzusagen. Er schien übermüdet oder traurig, als Folge von Vernachlässigung, wahrscheinlich war er beides.

Wolffen korrigierte ihn freundlich und sagte ihm die richtigen Farbnamen langsam und deutlich nacheinander auf. Sie waren die ganze Schwebe lang allein, ohne daß ein anderer Hotelgast dazustieß. Der Junge wiederholte, lauter und störrisch geworden, seine Bezeichnungen der Farben. Als der Fahrstuhl im achtzehnten Stock stillstand, hielt er das Malbuch hoch, wie eine Trophäe, die er ganz allein erlegt hatte.

Blue and yellow, rief er.

Wolffen ärgerte sich über den eigenen Versuch, Farbvorstellungen eines Kindes zu korrigieren, über seine Rechthaberei. Sein mittlerweile wahrscheinlich verlegenes Lächeln und besonders jene Art, in der er seine Falten anmaßend oder einfach dumm im Gesicht herumschob. Der Junge ließ das aufgeklappte Malbuch sinken, der Fahrstuhl stand.

Blue and yellow, murmelte er.

Gar nicht übel, sagte Wolffen schließlich zu ihm, strich ihm über das krause schwarze Haar und war schon draußen, auf dem Hotelflur des achtzehnten Stocks. Der Junge fuhr weiter.

Okay, okay, okay, sagte Wolffen.

Er hatte ja immerhin versucht, seine Stimme sanft und beruhigend klingen zu lassen. Auf eine offenkundige Rotgrünblindheit hin, oder war es schlicht kindlicher Trotz gewesen, den man vorübergehend hinzunehmen hatte, bis er sich irgendwann von selbst wieder legte. Und wer wollte schon die richtigen Bezeichnungen für Farben wissen. Keiner wollte hier in eine Quizsendung.

Die glänzenden Fahrstuhltüren schlossen sich. Er hatte ihn weiter hinaufgeschickt, ihm den Horusknopf zum einundzwanzigsten Stock gedrückt. Hin und weg – zum falkenköpfigen Gott. Der Junge würde auf dem Korridor herumwandern und schließlich kleine, heisere Schreie zum Zeichen des Triumphs ausstoßen. Und das kleine Gesicht dabei so braun wie eine Einkaufstüte, ohne verräterische Röte.

Und zumindest war ihm nur eine der Grundfarben verschüttgegangen, dachte Wolffen, gehässig geworden. Die vermeintliche Vernachlässigung war nur ein winziger Teil eines weitaus komplexeren Puzzles.

Wolffens Zimmer hatte sich in der Zwischenzeit vergrößert, die Kronen der zahlreichen Nofretetes schimmerten stärker, doch das Miniaturbadezimmer war unverändert geblieben. Er steckte die Haare, darunter auch zwei sauber abgeschnittene Strähnen Männerhaar aus ehemals gepflegten Zöpfen, in einen der herumliegenden altmodisch wirkenden Hygienebeutel für gebrauchte Tampons und Binden und verstaute alles in einem der Koffer.

Das leise Atemgeräusch der Klimaanlage begann ihn zu stören. Er beschloß deshalb, früh am nächsten Morgen zum Flughafen zu fahren, den Wagen zwei Tage eher bei Avis abzugeben und gegen den Teil der Gebühr, den er durch die niedriger gebliebene Automiete leicht wiederbekam, umzubuchen. Die nächste freie Maschine nach Denver zu nehmen und dort in eine andere in Richtung des nächsten Konzerts umzusteigen. Wenn zwischendurch Zeit übrig wäre, sich bei einem der Flughafenfriseure den allmählich herausgewachsenen Haarschnitt korrigieren zu lassen. Und vielleicht noch etwas Obst, ein paar Äpfel, zu besorgen. Flughäfen galten nicht umsonst als moderne Tempel, in denen man alles bekam. Er zumindest hatte bis auf einen neuen Terminkalender in Las Vegas schon alles bekommen, was er sich wünschte.

Nur eines hatte er völlig vergessen – etwas zu essen. Hunger jedoch war in dieser Stadt ein kleines Problem, eines am Rande. Es gab soviel anderes, Fett oder Hölle, was einen davon ablenken konnte. Das Rätsel von auf Treppenstufen funktionierenden Rollenkoffern und das der schrägen Fahrstühle würde er in dieser Stadt nicht mehr lösen. Und wer würde jetzt noch ernsthaft behaupten wollen, daß ein wenig Obst, ein paar banale Äpfel, irgend etwas mit gut oder böse zu tun hat.

Sorry, was soll ich jetzt durchsagen, würde ein Ausrufer womöglich am nächsten Morgen auf dem Flughafen mit sonorer Stimme über die Lautsprecheranlage fragen, zwischen all den Ankündigungen startender und landender Maschinen. Diesen Aufrufen, all diesen vergeblichen letzten und oft so überflüssigen Aufrufen der schmeichelnden weiblichen Stimmen.

Und vielleicht würde der Ausrufer daraufhin eine ernstgemeinte Warnung vor Taschendieben durchgeben, warum nicht das. Zwischen schon lange üblichen Anweisungen, das mitgeführte Gepäck bitte sorgfältig im Auge zu behalten, und man würde dem gern nachkommen und einen flüchtigen Blick mehr riskieren.

Zu Wasser, zu Lande

Manuel Rivas
Reiter im Sturm

Es war meine erste Fahrt zum Gran Sol. Ich wollte mir eine Gitarre kaufen. Nicht irgendeine, sondern eine ganz bestimmte, eine echte Fender. Eine Strato. Ich hatte ihr schon einen Namen gegeben in meinen Träumen, wenn ich, verfolgt von einem Gefängnisscheinwerfer, auf dem Bühnennebel dahingaloppierte. Ich würde sie Sirene nennen.

Es heißt, daß das irische Meer ab dem 48. nördlichen Breitengrad das schlimmste ist, aber ich hatte keine Angst. Und dabei weiß ich, daß das Meer es auf mich abgesehen hat. Mit diesem Wissen wurde ich geboren. An dem Tag, an dem ich auf die Welt kam, war der Sturm kurz davor, die Haustür zu sprengen. Ungelogen. Er fegte plötzlich durch die Hafeneinfahrt und ruinierte die Schleppnetzflotte von Malpica. Und er ruinierte auch das Fest der Ehepaare, den Ball des zwanzigsten Januar. Es spielten *Die Satelliten.* Er hatte noch Kräfte genug, um die Gasse hochzufahren, brüllte wie ein Tier vor der Tür und ließ dann eine flüssige Galle einsickern wie die Ankündigung eines Telegramms.

Empfangen.

Landmenschen haben merkwürdige Vorstellungen vom Meer. Sie machen ihm Gedichte und so Sachen. Aber ich rede nicht mal mit dem Meer. Es dort, ich hier. Wenn man arbeitet, muß man es aus dem Augenwinkel überwachen und tun, als ignorierte man es, mit allen Sinnen im Alarmzustand. Denn das Meer besiegt man nie. Man kann es nur ablenken oder fliehen. Sobald ich meine Sirene gekauft habe, werde ich ihm für immer den Rücken kehren. Lebt wohl, Haie.

In diesen Versen reden die feinen Herren das Meer als Geliebte an und so Sachen. Schwachsinn. Und dann behaupten diese dämlichen Experten, wir Fischer würden es als Frau ansehen und immer die See sagen. Die können mich mal! Das Meer ist was Beschissenes. Das Meer ist ein Gefängnis. Schlimmer als ein Gefängnis. Es gibt nicht mal ein Gegenüber.

Jeder bewahrt seine historischen Sätze im Gedächtnis. Seine filmreifen Dialoge. Hier ist meiner.

Im Gefängnis ging's einem besser! sagt mein Vater. Er zittert vor Kälte und Wut, völlig durchnäßt. Sie hatten die Netze verloren und waren wie durch ein Wunder mit heiler Haut davongekommen.

Und ich könnte gut ein paar Tage Krankenhaus gebrauchen! sagt meine Mutter.

Die Zukunft zeigte sich mir von der besten Seite.

Ich bin auf der *Blue Angel*. Der Rost vom Salpeter färbt ab, wenn man ihn nur anschaut. Wir waren auf dem Weg zum Gran Sol. Meine erste Fahrt. Ich kenne den Kodex. Ich muß allen gehorchen. Vielleicht den einen mehr als den anderen.

Ein kleiner Mann, der jedoch ein Gesicht wie eine große Landkarte hat und Arme lang wie Ruder, überall behaart, von seinem kahlen Kopf abgesehen flüstert brüllend auf dem Pier: He, Junge, hol mir den Sirup! Und laß eine Kiste Mineralwasser rüberwachsen!

Er versucht anscheinend ein diskretes Manöver, aber die ganze Besatzung liegt auf der Lauer und empfängt ihn mit scherzhaften Rufen.

Was? Gibst du wieder mal den Alkohol auf, du Unglücksmensch? sagt der Bootsmann spöttisch.

Geh zum Teufel! antwortet der eben Eingetroffene. Er kommt in sauberer Kleidung. Er riecht nach einer wilden Lotion.

Der Herr Ha-O-zwei! ruft der Bootsmann maliziös. Und alle lachen, mehr oder weniger.

Der untersetzte Kahlkopf heißt Andión. Er wird sehr freundlich zu mir sein, wahrscheinlich weil ich noch keine

Erlaubnis zum Lachen habe. Den Bootsmann nennen alle Bou. Er ist barsch, aber auch er behandelt mich gut. Als junger Mann hat er meinen Vater kennengelernt. Die Seeleute werden gewöhnlich nach dem Ansehen ihrer Familie eingeschätzt. Und ich hatte diesen Vorteil. Eine Partie Tote. Und in den Eingeweiden die Erinnerung, nicht seekrank zu werden.

Bou gibt mir einen Eisensplint, eine kiloschwere Nadel, zum Verspleißen der Stahlkabel. Ich bestehe die Prüfung mit Blut an den Händen, aber ich schaue sie nicht an, als wäre es roter Schweiß.

Es ist die erste Nacht. Wir sind zu viert in der Kajüte, die man mir zuweist. Außer den Betten gibt es einen Schrank und gerade genug Platz, um sich nicht auf die Füße zu treten.

Nutz die Zeit, Junge, jetzt, wo du dich zum Schlafen noch nicht festbinden mußt, sagt mir der Gefährte, der gesprächig ist. Der andere liest einen Wildwestroman, *Das Dorf der Feiglinge*. Andión trinkt eine Flasche Wasser. An der Schranktür hat er das Foto einer Frau befestigt. Mir fällt auf, daß das Foto gerahmt ist. Ich setze mir die Kopfhörer auf. Schließe die Augen. Ich bin auf einer großen Bühne und hüpfe mit Sirene in meinen Armen.

Bou erscheint in der Tür. Er bringt eine Flasche Whisky mit. Er trinkt daraus und bietet uns einen Schluck an. Die Flasche geht von Hand zu Hand. Andión, der auf der Pritsche sitzt, weist sie zurück. Bou lacht und läßt sie langsam hin und her pendeln, wie das Pendel einer Uhr, in Augenhöhe von Andión, der den Blick wortlos zu dem Spender erhebt und dann von seinem Wasser trinkt.

Das Haar einer Möse zerrt mehr an einem als eine Harpunenleine, was, Andión? Sogar eingerahmt hast du sie!

Zum Mittag- und zum Abendessen trinken wir San-Simón-Wein aus dem Tetra Pak. Alle treiben ihre Scherze mit Andión, der Wasser und große Mengen Kaffee trinkt.

Im Lauf der Tage lassen sie ihn in Ruhe, nur Bou stellt ihm mit spöttischem Lächeln ständig einen randvoll mit Wein gefüllten Zinkbecher vor die Nase. Der Seegang wird stärker, und wenn der Wein sich über den Tisch ergießt, nimmt Andión einen Lappen und wischt ihn auf. Dann geht er sich die Hände mit Seife waschen. Anfangs rauchte er nicht, aber jetzt sehe ich ihn hektisch eine Zigarette nach der anderen anstecken. So schlitzt er auch mit dem Messer den Fisch auf, um ihn auszunehmen. Mit einer mechanischen Eile. Ich stelle fest, daß er kaum schläft. Er sitzt auf der Pritsche und raucht. Er trinkt immer weniger Wasser und mehr Kaffee. Bou erscheint jeden Abend und hält ihm die Flasche Whisky hin. Aber er schaut ihn jetzt nicht mehr an. Seine Augen sind auf die eingerahmte Frau gerichtet.

Du wirst schon noch umfallen, Andión, du wirst schon noch umfallen.

Es war ein seltsames Foto, das von der eingerahmten Frau. Es wirkte altmodisch, ohne es zu sein. Ein Halbporträt mit Widmung und allem in der rechten Ecke: »Ich warte immer auf dich, mein Liebling.« Die Pelzstola um den Hals und die hochroten Lippen machten dieses kantige Gesicht, das mich an das eines Kosaken erinnerte, den ich einmal in einer Zeitungsbeilage gesehen hatte, nicht sanfter. Das mit dem Kosaken vergesse ich nie, denn mein Vater vertut sich immer und sagt: »Damals tranken wir wie die Sokaken.«

Je mehr man sie anschaute, und ich tat es verstohlen, wenn Andión anwesend war, um so stärker und attraktiver zugleich wurde dieses Mannweib. Wenn es sich ergab, daß ich allein war, betrachtete ich sie, bis sie aus dem Rahmen heraustrat, mich an den Handgelenken faßte und an die Wand drückte und mir tiefe Küsse mit ihrer Seeaalzunge gab.

An den ersten Tagen war der Fischfang sehr schlecht. Das Meer war träge wie ein umgedrehter Spiegel und bewegte sich in bleiernen Wellen, doch in der Tiefe übte es sich in den Haß ein. Wir verloren ein Netz, und der Patron reagierte mit einer Auswahl grober Flüche darauf. Und das Meer antwortete mit einem Brecher, der die Knochen der *Blue Angel* zum Knirschen brachte.

Hier einer meiner historischen Sätze: »Die Stille vor dem Brecher gleicht nur der Stille danach.«

Ab dem 46. folgte uns ein Baßtölpel. Wenn es stürmisch wurde, füllte sich das Netz, so als würde das Meer Fische ausspucken. Mitten beim Netzeeinholen die ersten Meerengel, Engel des Meeres mit schwarzen Flügeln. Der Glücksfisch. Das war der Moment, in dem der Baßtölpel nach Irland flog und als Herold eines großen Stammes zurückkehrte. Es würde ein verdammt guter Fang werden, der den Schiffsraum inmitten eines Infernos füllen würde.

Nach einem Brecher, der über das Deck fegte, und nachdem wir den Fisch ausgenommen und gesäubert hatten, wobei wir uns wie Puppen zwischen Sturzbächen aufrecht hielten, ließen wir uns erschöpft auf die Bänke der Kantine fallen. Ich fühlte das Meer in mir, wie es mir mit seinem kalten Blut durch die Adern rann. Wir tranken große Schlukke. Andión war blaß, eingefallen und rieb die mit Schuppen gesprenkelten Hände aneinander. Bou stellte den Zinkbecher vor ihn hin und füllte ihn mit billigem Roséwein. Andión zögerte lange Sekunden. Dann trank er ihn in einem Zug aus. Er selbst schenkte sich nach. Und das tat er, bis er die Tüte geleert hatte.

Niemand sagte etwas. Auch kein Scherzwort. Aufkommendes Gelächter wurde durch einen strengen kollektiven Richter zum Schweigen gebracht. Nicht einmal Bou feierte seinen Sieg mit lauter Stimme. Er erhob das Glas, nahm seinen Schluck, schnalzte mit der Zunge und ging.

An jenem Abend saß Andión auf der Pritsche vor dem Foto. Er hatte eine Flasche Whisky zwischen den Beinen und leerte sie mit langsamen kleinen Schlucken, meilenweit entfernt vom zunehmenden Schlingern der *Blue Angel*. Das Meer brodelte am Bullauge. Ein heftiger, unaufhörlicher Husten. Ich glaube, in diesem Augenblick begriff ich den Zauber der eingerahmten Frau. Sie war wie ein Poller mit der Verholleine um den Hals.

Andións Flasche rollte über den Boden. Er stand auf nahm das Foto herunter und steckte es zwischen die saubere Wäsche. Dann griff er nach einem der Seile, die unter dem Schrank lagen. Er trug das Fischmesser am Gürtel.

Du solltest dich festbinden, Junge. Heute nacht kommt Sturm.

Doch er verließ die Kajüte mit dem Seil und mit wild verzerrtem Gesicht, als kämpfte er sich durch einen Stacheldrahtzaun. Und die Flasche rollte. Und Bou blökte wie ein Lamm. Und ich setzte die Kopfhörer auf. Es gab und gibt nichts wie Jim Morrison und seine Reiter im Sturm. Reiter im Sturm. Reiter im Sturm.

Spiel, meine Sirene, spiel.

A. Alberts
Die letzte Insel

Olon und ich saßen auf der kleinen Kajüte der Hecuba, und vom Deck der Arimassa hörten wir Mevrouw Olon schimpfen. Das mit der Arimassa war damals sonderbar gelaufen. Das Schiff war auf der größten der nördlichen Inseln gebaut worden, und als es vom Stapel laufen sollte, hatte man uns gebeten, den Namen zu morsen. Man brachte uns das Telegramm, als wir gerade im Club saßen und mit dem Knobeln schon drei Runden gegenüber dem Trinken im Rückstand waren, und wir hatten es für einen guten Witz gehalten, dem Schiff den Namen Dreimaster zu geben. Aus zwei Gründen: Das Schiff, ein kleiner Schlepper, besaß gar keine Masten. Und außerdem wegen der Verwicklungen, die vorauszusehen waren, wenn die Dreimaster auf See ihren Namen austauschen müßte.

Wie heißt Ihr Schiff?

Dreimaster.

Wie heißt Ihr Dreimaster?

Dreimaster.

Wie zum Teufel heißt denn Ihr Dreimaster?

Wir dachten, das könnten recht amüsante Gespräche werden, und morsten deshalb zur nördlichen Insel: Name Schiff Doppelpunkt Dreimaster.

Daß dieses Telegramm verstümmelt ankam, habe ich eigentlich immer für die normalste Sache der Welt gehalten. Wie dem auch sei, die Dreimaster hieß also nicht Dreimaster, sondern Arimassa. Eine Taufe eine Taufe, ein Name ein Name.

Olon und seine Frau waren am Vortag zu mir ins Büro gekommen, weil sie Schwimmer suchten. Auf einer unserer Inseln müßten Schwimmer leben, hatte Olon gesagt. Schwimmer, die alles könnten. Olon wollte die besten

Schwimmer, die es gab. Sie sollen für mich fischen, sagte Olon. Sie sollen mit den Netzen hinausschwimmen. Ich will die besten Schwimmer haben.

Ich fragte: Auf welcher Insel leben denn die besten Schwimmer?

Olon warf seine Brieftasche auf den Tisch. Die Geldscheine ragten an allen Seiten heraus.

Ich bezahle auch dafür, sagte Olon.

Ja, sagte ich, gut. Aber wie heißt die Insel?

Wir werden sie schon finden, sagte Olon. Wir fahren hin. Wir fahren alles ab. Wir fragen. Hier und da und überall. Und dann hören wir Geschichten über Schwimmer. Über Schwimmer, die alles können. Und dann wissen wir, daß wir da sind.

Olons Schoner, die Hecuba, lag in unserem Hafen. Wir würden mit der Hecuba die Insel der Schwimmer suchen. Olon, Mevrouw Olon und ich, und wenn wir dazu einen Monat brauchten.

Genug Proviant an Bord, sagte Olon. Bier und Rum genug. Als ich vom Rum hörte, fragte ich, ob der Doktor nicht mitkommen könne. Um die Schwimmer auf ihre Tauglichkeit zu untersuchen, wollte ich noch sagen, aber Olon erklärte sich schon einverstanden. Der Doktor wollte jedoch nicht mit.

Ach, gib ihm trotzdem eine Flasche Rum, sagte ich.

Zum Teufel mit ihm, sagte Olon.

Am Abend fuhren wir los. Wir hatten noch an Land gegessen, und wir tranken an Bord. Es war still. Völlig windstill.

Wir bekommen sicher Wind, wenn wir nicht mehr so nah am Land sind, sagte Olon. Er stieß die Hecuba mit dem Bootshaken etwa drei Meter von der Kaimauer ab und hißte das Großsegel. Nichts rührte sich.

Pfeif den Wind herbei! rief Olon seiner Frau zu.

Mevrouw Olon pfiff, aber es kam kein Wind auf.

Pfeif, schrie Olon.

Mevrouw Olon pfiff, ich pfiff, aber nichts geschah. Wir drehten uns ganz langsam im Kreis, in drei Meter Entfernung vom Kai.

Olon schrie, Mevrouw Olon pfiff, und ich ging in die Kajüte. Auf dem Boden lag eine Matratze. Ich legte mich darauf und schlief ein.

Ein harter Stoß weckte mich. Als ich an Deck kam, sah ich, daß wir wieder am Kai lagen.

Wir haben keinen Wind, sagte Olon. Wir laufen heute nacht nicht aus. Wir warten bis morgen früh. Morgens ist immer Wind.

Am nächsten Morgen war zwar Wind, aber nicht genug, wie Olon meinte.

Wir nehmen einen Schlepper, sagte Olon. Habt ihr hier einen Schlepper?

Ich erzählte ihm von der Arimassa, und so liefen wir um halb elf aus, wir, Olon und ich, auf der Hecuba, im Schlepptau der Arimassa. Mevrouw Olon hatten wir auf die Arimassa geschickt. Wir sahen sie neben dem Ruderhaus stehen und hörten, wie sie die Besatzung beschimpfte.

Ich hatte eine Karte unserer Inseln mitgenommen und zeigte sie Olon.

Wohin fahren wir? fragte ich.

Zur Insel der Schwimmer, sagte Olon.

Welche Insel? fragte ich.

Wir finden sie bestimmt, sagte Olon.

Ich rief zum Kapitän der Arimassa hinüber, wohin wir führen. Er rief etwas zurück.

Hierhin fahren wir, sagte ich und zeigte Olon die Insel, deren Namen mir der Kapitän zugerufen hatte. Das dauert acht Stunden.

Gibt es dort Schwimmer? fragte Olon.

Keine Ahnung, sagte ich.

Wir finden sie bestimmt, sagte Olon.

Abends liefen wir in den kleinen Hafen der Insel ein.

Es war totenstill.

Hier wohnt niemand, sagte Olon.

Doch, sagte ich, aber es ist dunkel. Die Leute sind zu Hause. Sie wollen schlafen.

Wir müssen sie zusammenrufen, sagte Olon. Wir müssen Geschichten hören. Geschichten über Schwimmer.

Ich ließ uns zum Haus des Inselvorstehers bringen. Der Vorsteher saß in einem kleinen Büro neben seinem Haus und arbeitete beim Licht einer Öllampe. Er fülle gerade die Steuerlisten aus, sagte er.

Wir müssen die Leute zusammentrommeln, sagte Olon.

Der Vorsteher sagte, das ginge nicht mehr. Es sei zu spät. Am nächsten Morgen würde er die Leute zusammenrufen.

Gibt es Schwimmer auf dieser Insel? fragte Olon.

Der Vorsteher sagte, es gäbe Fischer.

Schwimmen sie auch? fragte Olon.

Nein, sie schwammen nicht.

Wir müssen morgen mit den Fischern reden, sagte Olon. Wir müssen Geschichten über Schwimmer hören.

Am nächsten Morgen hatte der Vorsteher alle Männer der Insel zusammengerufen.

Sind die Fischer auch da? fragte Olon.

Ja, die Fischer säßen in den ersten Reihen.

Sie sollen jetzt Geschichten erzählen, sagte Olon.

Aber außer dem Vorsteher sagte niemand etwas. Der Vorsteher erzählte, daß die Männer oft weite Fahrten unternähmen, manchmal wochenlang wegblieben und viel von der Welt sähen. Doch wir hörten keine Geschichten über Schwimmer. Nein, sie hätten noch nie von einer Insel gehört, deren Männer dafür berühmt seien, daß sie gut schwimmen könnten. Ja, es sei schon möglich, daß es so eine Insel gäbe, aber sie wüßten wirklich nicht, wo diese Insel liegen könnte.

Wir blieben den Rest des Tages auf der Insel und fuhren

am nächsten Morgen weiter. Wir ließen uns wieder von der Arimassa schleppen. Olon ging diesmal zu seiner Frau an Bord des Schleppers. Ich lag auf der Kajüte der Hecuba. Ich hörte das Wasser um den Bug spritzen. Ich hörte das Meer an den Flanken rauschen. Ich aß, ich trank, ich schlief.

Abends gelangten wir zu spät vor die nächste Insel, um noch an Land gehen zu können. Ein Matrose der Arimassa holte eine Matratze für Mevrouw Olon, die dort an Bord blieb. Olon selbst kam auf die Hecuba.

Am nächsten Morgen gingen wir an Land, und nach einer Stunde hatten sich die Männer der Insel versammelt. Ja, sie waren fast alle Fischer. Nein, sie schwammen nicht. Nein, sie kannten keine Geschichten über Schwimmer.

Am nächsten Morgen waren wir auf der nächsten Insel. Und dort saß in der Versammlung ein alter Mann in der ersten Reihe. Er sagte, er hätte schon einmal von einer Insel gehört, wo sehr gute Schwimmer leben sollten.

Welche Insel? fragte Olon.

Nun, er kannte den Namen der Insel nicht, und er wußte auch nicht, wo sie lag.

Aber sie können gut schwimmen, sagte Olon.

Ja, er hatte früher schon einmal von einer Insel gehört, wo die Menschen sehr gut schwimmen könnten.

Zeig ihm die Karte, sagte Olon.

Ich holte die Karte und zeigte sie dem alten Mann.

Ist es diese Insel? fragte Olon und zeigte auf eine der größeren Inseln.

Ja, das könnte sie sein.

Wir finden sie bestimmt, sagte Olon.

Nach zwölf Tagen war nur noch eine Insel übrig. Eine kleine Insel, die nur dünn besiedelt war. Wir gingen abends vor Anker, und als wir aus dem Dunkeln Musik hörten und Lichter sahen, die sich bewegten, nahmen Olon und ich den Kahn der Arimassa und ruderten an Land.

Vor dem Haus des Oberhauptes fand ein Fest statt. Sein

Sohn hatte an diesem Tag geheiratet, und die Hochzeit wurde groß gefeiert.

Die Leute kamen uns lachend und singend entgegen, und man bat uns ins Haus. Es waren viele Gäste da. Fast alle Bewohner der Insel waren erschienen. Olon fragte: Gibt es hier auch Schwimmer?

Oh ja, sie wußten schon von uns. Von einer der anderen Inseln war ein Schiff mit Gästen gekommen, die hatten es ihnen erzählt.

Nein, Schwimmer gäbe es hier nicht.

Aber hier muß es doch irgendwo eine Insel geben, wo Schwimmer wohnen, sagte Olon.

Sicher, irgendwo gäbe es bestimmt so eine Insel.

Aber wir haben schon alle Inseln abgesucht, sagte ich.

Tja, dann würde es schwieriger sein.

Habt ihr schon einmal Geschichten darüber gehört? fragte Olon.

Oh ja, sie würden uns zu einem alten Mann bringen, der solche Geschichten kannte.

Der alte Mann erzählte uns von einer kleinen Insel, wo nur zwei Männer wohnten, Vater und Sohn. Sie waren arm, und sie waren Fischer. Und sie waren sehr traurig, denn der Vater hatte keinen Enkel, weil der Sohn keine Frau hatte.

Sie wohnten nur zu zweit auf der kleinen Insel, und sie gingen jeden Tag fischen.

Mit Netzen, sagte Olon.

Ja, mit Netzen.

Und sie schwammen mit den Netzen hinaus? sagte Olon.

Richtig, sie schwammen, und eines Tages hatten sie etwas Schweres im Netz, und als sie es heraufholten, war es eine schöne Frau. Und der Sohn heiratete die schöne Frau, und am Abend der Hochzeit mußte er ihr versprechen, daß er sie nie fragen würde, woher sie käme. Und sie bekamen zwei Kinder, einen Sohn und eine Tochter, und die Frau blieb immer so schön wie am ersten Tag. Und als der Sohn achtzehn geworden war, fragte er seinen Vater, woher seine Mutter gekommen sei, und der Vater wollte nicht sagen, daß er seine Frau mit einem Netz aus dem Meer gefischt hatte, und fragte seine Frau:

Woher kommst du?

Und die Frau sagte: Ich bin die Tochter des Königs der großen Insel im Süden, wo der Tag länger ist als die Nacht und die Nacht wärmer als der Tag.

Und wo alle guten Schwimmer leben, sagte Olon.

Ja, wo alle guten Schwimmer leben. Und als sie das gesagt hatte, war sie verschwunden. Und niemand hat sie jemals wiedergesehen.

Am nächsten Tag fuhren wir mit der Hecuba nach Süden. Wir hatten Mevrouw Olon mit der Arimassa nach Hause geschickt. Wir hatten guten Ostwind, und die Hecuba war ein ruhiger Segler. Olon hatte den Kurs bestimmt, und wir lösten uns am Ruder ab. Am Nachmittag dieses ersten Segeltages sagte ich: Olon, Sportsfreund, wir wissen doch, was wir tun, oder? Wir fahren mit einem Schiff voller Essen, Bier und Rum auf ein Meer hinaus, dessen Weite wir uns nicht einmal annähernd vorstellen können. Ein Meer ohne Inseln. Dort im Süden gibt es keine Inseln mehr, das weiß jeder. Wir segeln auf ein leeres Meer hinaus, und wenn wir Land sehen möchten, müßten wir umkehren. Weißt du wirklich, was das heißt, umkehren zu müssen, nachdem man sieben Tage lang gesegelt ist, ohne Land gesehen zu haben? Ich glaube nicht, daß du jemand bist, der umkehren würde. Du würdest weitersegeln.

Olon sagte: Mach dir keine Sorgen. Ich weiß genau, daß es die Insel gibt. Heute nacht ist mir eine ganze Menge eingefallen. Ich erinnere mich allmählich an bestimmte Dinge.

Warst du denn früher schon mal dort? fragte ich.

Ich muß mit Sicherheit dort gewesen sein, sagte Olon. Ich war in meinem Leben auf so vielen Inseln. Aber ich kann mich jetzt immer besser daran erinnern. Es ist eine flache, langgestreckte Insel. Der höchste Punkt beträgt wahrscheinlich nicht mehr als zehn, fünfzehn Meter. Von West nach Ost ist sie nicht länger als dreißig Meilen, und sie ist etwa fünf Meilen breit.

So, so, sagte ich, auf einmal kannst du ja so viel von dieser Insel erzählen.

Mir fällt bestimmt noch mehr ein, sagte Olon. Nach und nach kommt meine Erinnerung zurück.

Als ich abends am Ruder stand, leistete er mir Gesellschaft.

Auf der Insel gibt es zwei große Dörfer, sagte er. Eines haben sie auf den östlichen Punkt gebaut, das andere liegt zwanzig Meilen weiter westlich. Ich weiß noch nicht, bei welchem Dorf wir am besten anlegen.

Ich würde bei dem Dorf anlegen, wo der König wohnt, sagte ich.

Der König? fragte Olon.

Der König mit der schönen Tochter, sagte ich. Die Tochter, die einfach nicht alt werden will.

Geh zum Teufel, sagte Olon und ließ mich am Ruder stehen. Ich sah, wie er sich an die Kajüte lehnte. Er blickte zu den Sternen empor. Kurz darauf kam er wieder zurück.

Überlaß mir das Ruder, sagte er. Ich bleibe heute nacht sowieso an Deck. Ich muß auf den Kurs achten. Ich glaube, hier herrscht eine starke Westostströmung. Wir müssen aufpassen, daß wir nicht nach Osten abdriften.

Bei Sonnenaufgang löste ich Olon ab. Er ging in die Kajüte und kam gegen zehn Uhr wieder nach oben.

Wir fahren zum östlichen Dorf, sagte er. Jetzt ist es mir wieder eingefallen. Es gibt dort einen kleinen Hafen, und auf dem äußersten Punkt der Insel ist ein Leuchtfeuer. Nichts Besonderes, das Leuchtfeuer. Eigentlich ein brennender Docht in einer großen Schale, die jeden Abend mit Öl gefüllt wird. Aber der Hafen ist hervorragend. Eine kleine Bucht mit einem Landungssteg. Und im östlichen Dorf wohnen auch die meisten Fischer. Wir werden beim östlichen Dorf anlegen. Aber ich traue der Strömung hier nicht. Ich fürchte, wir sind heute nacht doch zu weit nach Osten abgedriftet. Und du hast dich heute morgen natürlich auch nicht um den Kurs gekümmert.

Ich habe den Kompaß immer im Auge behalten, sagte ich.

Das stimmte nicht. Ich hatte heute morgen aufs Meer hinausgeschaut. Ich hatte über das weite, leere Meer nach der Insel mit den zwei Dörfern Ausschau gehalten. Aber ich hatte die ganze Zeit so gut ich konnte den südlichen Kurs gehalten.

Ich überlege mir gerade, ob ich nicht dorthinziehe, sagte Olon. Die Schwimmer möchten ihre Insel vielleicht nicht gern verlassen. Ich hätte Mevrouw Olon und die Arimassa besser nicht nach Hause geschickt. Ich habe heute nacht ein paar Pläne gemacht. Ich könnte kleine Lastkähne bauen lassen und sie jeden Monat oder notfalls jede Woche mit Fisch beladen und von der Arimassa zum größten Fischmarkt in dieser Gegend schleppen lassen. Und ich muß eine Lagerhalle bauen lassen auf dem Ostzipfel hinter dem Leuchtfeuer. Ich muß den Fang natürlich lagern können. Und ich brauche Salz. Im anderen Dorf wohne ich dann. Oder vielleicht zwischen den beiden Dörfern. Ja, das wäre noch besser. Deutlich zeigen, daß man sich im Grunde doch von ihnen unterscheidet. Das kommt auch bei den Leuten gut an.

Ich hätte auch Lust dazu, sagte ich.

Natürlich, sagte Olon, natürlich kannst du mitmachen. Du könntest die Konservenfabrik leiten.

Ist die Insel schön? fragte ich.

Ach, sagte Olon, was heißt hier schön. Sie ist ganz hübsch, sehr viel Grün. Viele Hecken, die die Felder begrenzen. Die Bauern wohnen im Westen.

Ich hätte auch gern einen kleinen Bauernhof, sagte ich.

Warum nicht, sagte Olon, kein Problem.

In dieser Nacht hielt ich von zwölf bis Sonnenaufgang Wache. Ich blickte zu den Sternen, ich sah auf den Kompaß, und ich spähte in Richtung Süden, zu der Schale mit dem brennenden Öl, die schließlich aus den Wellen auftauchen müßte.

Olon meinte, wir seien wieder viel zu weit nach Osten abgedriftet. Er wollte nun so lange an Deck bleiben, bis die Insel in Sicht käme. Als ich gegen Abend wieder nach oben kam, sah ich, daß wir fast auf Kurs Westsüdwest segelten. Der Wind war viel stärker geworden, und wir machten gut Fahrt.

Jetzt weiß ich auch wieder, wie die Insel heißt, sagte Olon. Sie heißt Raas. Ich habe das Gefühl, daß wir sie heute nacht erreichen. Ich schlafe jetzt ein paar Stunden. Ruf mich, wenn du was siehst, aber auf jeden Fall um zwei Uhr. Und halte den Kurs.

Bald war es vollkommen dunkel. Der Wind war um acht etwas abgeflaut und frischte gegen zwölf wieder auf. Um eins dachte ich: Ich rufe Olon, langsam wird mir doch ein wenig mulmig. Ich hatte am Ruder gesessen und stellte mich nun hin, damit ich mich besser verständlich machen konnte. Und in diesem Augenblick sah ich das Licht. Gleich darauf war es wieder verschwunden, denn es herrschte recht starker Seegang. Aber ich hatte das Licht gesehen. Ich rief: Olon! Olon!

Ich brauchte mindestens fünf Minuten, um ihn zu wekken.

Du schläfst ja wie ein Stein, sagte ich.

Was ist los? fragte er.

Die Insel, sagte ich. Das Leuchtfeuer der Insel.

Wo? fragte Olon.

Ich deutete in die Richtung, wo ich das Licht gesehen hatte. Gleich darauf war es wieder da. Olon sah es auch.

Wir sind noch weiter abgedriftet, als ich befürchtet hatte, sagte Olon. Er übernahm das Ruder. Ich sah, daß er Kurs Westnordwest nahm.

Spürst du auch, daß wir in den Windschatten der Insel kommen? rief Olon. Ich nickte, sah ihn aber nicht an. Das Licht, das ich als erstes gesehen hatte, verschwand nun nicht mehr in den Wellen. Es kam noch ein Licht dazu und dann noch eins. Ich ging in die Kajüte. Ich wußte nun, daß wir, wenn wir es wollten, in einer halben Stunde in unserem eigenen Hafen an Land gehen würden. Wir waren mit der Hecuba auf der kürzesten Route nach Hause gesegelt, zu unserer letzten Insel.

Olon stand am Ruder. Er wollte bei Tageslicht einlaufen. Der Wind sei zu stark. Er wollte bis Sonnenaufgang vor der Küste kreuzen. Ich würde ihm bis Sonnenaufgang Zeit lassen.

Hermann Lenz
Die alte Stadt an den drei Flüssen

Mein Rad trug mich auf der schwarzblauen Straße. Jetzt mußte die Stadt nahe sein, die alte Stadt an den drei Flüssen. Umflogen von der Abendluft, der sommerwarmen, und im Licht, das orangefarben wurde, glitt ich weiter. Der Wind riß mir am Haar. Hell war's, ich durfte zum Strom hinuntertauchen. Seine Nähe war zu spüren, seine Ausstrahlung und das Gefühl, zu schweben, frei zu sein. Dies hing vielleicht damit zusammen, daß ich vor der Reise gedacht hatte: Wenn dir jemand, den du lang nicht mehr gesehen hast und mit dem du verbunden gewesen bist für einige Jahre, auf deiner Radfahrt wiederbegegnet, was wirst du dann tun? Willst du so tun, als sähest du ihn nicht? Ich wollte allein bleiben.

Schweiß und Waldgeruch waren auf meiner Haut getrocknet. Ich fühlte mich leicht, als durchdränge mich die Luft. Etwas Berauschendes war ins Gefühl der Fahrt gemischt, als ich jetzt segelte, im blauen Hemd, meinen dikken Rucksack hinter mir, Knie, Arme und Gesicht warm von der Tageshitze und gekühlt vom Schattenfluß der Bäume. Traum mischte sich in die Bilder, die ich gesehen hatte und jetzt sah. Sommergäste saßen in einem Wirtsgarten, eine Leinenplache war hell durchschienen. Ich dachte an den Ort, von dem Dächer und ein viereckiger Graniturm zwischen Tannenwaldspitzen herübergeschaut hatten. Wie zwei dunkle Schiffe hatten sich die Wälder gegeneinander geneigt. Der Mittagshimmel war weißlich gewesen, als wäre Zinn geschmolzen, und hatte den kantig gemauerten Turm umflossen, in dem ich gerne gewohnt hätte, um mir einen Bart wachsen zu lassen; der wäre mir dann grau gesproßt. Im Dorf wäre ich in einem Wollhemd und einer Samthose herumgegangen, abwesenden Sinnes, wie ich's immer bin.

Drüben streckte sich ein Gasthof aus, eine Allee führte zu ihm, und über einer Mauer rührten sich die Schwingen von Kastanienbäumen. Das war ein alter Gasthof; früher hatte er genauso ausgesehen, nur daß die Bäume vielleicht kleiner gewesen waren. Ich stellte mir ein Holzfuhrwerk vor, das dort hielt, und einen braunbäckigen Pferdeknecht, der Hafer in den Holztrog an der Deichsel schüttete; die Messingbleche am Pferdegeschirr blitzten. In diesem Gasthof aufwachen hinter dicken Mauern, das frühe Licht sehen, wie es Blätter durchdringt, das wäre wert gewesen, anzuhalten und abzusteigen; aber ich wollte zur Stadt vor den Flüssen hinabtauchen. Da hörte ich meinen Namen rufen: Mein Vorname war gerufen worden.

Ein graues Auto fuhr vorbei. Es kam mir vor, als führe es langsamer und wolle anhalten. Der Ruf klang mir im Ohr wie von einer Frauenstimme. Stört mich nicht, laßt mich allein, jetzt, wo's herrlich ist, da ruft ihr mir ... so etwa dachte ich. Kühle wehte, ein tiefer Straßenschacht umfing mich, in dem es nach warmem Staub roch, ein Puderduft. Das graue Auto von vorhin kam mir merkwürdig vor, wie einem alles merkwürdig erscheint, wenn man allein ist. Und dann sah ich die Stadt mit dem Dom auf dem Hügel, das Wasserlicht, die Hängebrücke, diese Parabel aus Eisen, und oben die Festung mit ihren Steinflanken.

Am Fluß nahm ich Quartier. Eine weißhaarige Frau, hoch aufgerichtet im schwarzen Kleid mit Rüschen auf der flachen Brust und langem Faltenrock, als hätte sich seit sechzig Jahren die Mode nicht verändert, sagte, als ich nach einem Zimmer fragte: »Das Zimmer können Sie bekommen.« Es hörte sich würdevoll an, zeremoniell. Wir standen in einem dämmerigen Vestibül, die Wände waren holzvertäfelt, und auf einer von schwarzem Schnitzwerk umrahmten Uhr wiesen verschnörkelte Zeiger auf halb sechs; das Zifferblatt war bräunlich. An einem Tisch, dessen Füße altdeutsch durchbrochen waren, saß eine magere alte Frau und faltete Tischtücher mit dickäderigen Händen zusammen. Eine Glaswand hatte bleigefaßte Fensterscheiben, und im Nebenzimmer, dessen Tür offenstand, waren über einer Etagere zwei gekreuzte rostige Rapiere, wie sie einstmals von Studenten benutzt worden waren, über zwei moosgrünen, verblichenen Schirmmützen an der Wand befestigt. Das war also ein modriges Hotel voll krachender und knarrender, voll wurmstichiger Möbel. Hierher paßte ich. Aber ich mußte mich beeilen, weil ich noch vor Dunkelwerden die Stadt sehen wollte, denn jetzt war's schon halb sechs.

Ein Mädchen führte mich hinauf. Hinter der Küche begann eine Steintreppe aufzusteigen. Das Mädchen ging vor mir. Ich dachte: Die Stufen stammen vielleicht aus der Römerzeit. Dann verschwand das Mädchen hinter einer Mauerecke. »Nicht geradeaus, hier rauf!« rief sie; da merkte ich, daß diese Verliesstaffel in einer Rechtskehre sich verengte. Ich kam auf einen Flur mit nachgiebigen Dielen, die so ausgescheuert waren, daß die Astlöcher wie Holzaugen hervorquollen; ich kannte dies aus meinem Kindheitshaus. (Wie lang war's her? Bloß fünfunddreißig Jahre.) Und dann den engen, sonngewärmten Gang entlang (Vorsicht, Stufe!), wo ein Waschbecken mit gußeisernen Hahnen an der Wand befestigt war. »Hier können Sie sich waschen, wenn Ihnen der Krug mit dem Lavoir zu klein ist«, sagte das Mädchen.

Das schiefe Zimmer war eng, aber frisch getüncht. Draußen auf der Donau tutete ein Schiff mit hörnernem Ton, der größer war als alle alten Häuser hier. Grüß Gott, sonderbare Stadt, sagte ich bei mir. Dann sah ich enge Gassenstiegen zwischen alten Gebäuden, von denen eins bis unters Dach mit dick verrosteten Läden neben leeren Fensterlöchern belegt war. Ich fragte ein Kind, was dort drin sei; es sagte: »Nichts.« Dann erfuhr ich, daß es früher eine Zigarettenfabrik oder einen Tabakspeicher beherbergt habe, aber das sei lange her. Ich sah wieder die Fensterläden an, die sternförmig durchbrochene Öffnungen hatten, auch sie vom Rost angefressen. In einem Milchgeschäft grinste aus dem Schlußstein der Gewölberippen ein Fratzengesicht herab, Neonlicht leuchtete fahl und kühl, und ein Mädchen mit braunschattigen Augen begrüßte mich, als wäre ich schon lange hier; sie staunte, als ich ihr erzählte, ich sei mit dem Rad hergefahren; das machte mich dann stolz. »Ganz allein?« fragte sie. »Ja, ganz allein.« »Und da werden Sie nicht traurig? Da würd' ich mit mir selber reden, zum Beispiel: Schau dir das an, gelt, das gfallt dir jetzt.«

Es war, als wäre ich noch jung. Aber dann kam eine Freundin zu ihr, eine mit hohen roten Absätzen, wohl zum Tanzvergnügen aufgeputzt, Schminke auf den Lippen. Sie redeten leise miteinander. Die mit den braunschattigen Augen sagte: »– und das ausgerechnet für mich, wo ich doch nie mitmache bei dem Lauten«, und ich war wieder sechsunddreißig Jahre alt. Hinterm Dom führte eine Gasse am Südhang neben einer efeuüberhangenen Mauer an heißen Gärten vorbei. Dort merkte ich, daß es erst halb fünf war. Die Uhr in meinem Quartier war also tot, wahrscheinlich zeigte sie seit sechzig Jahren auf halb sechs. Ich war lebendig und hatte so etwas wie einen klaren Hauch hinter der Stirn, der alles, was ich sah, groß machte und die Stadt zwischen den Flüssen mit Seltsamem durchtränkte; aus ihren dumpfig-kühlen, überbauten Straßen wehte er mich an, daß ich dachte: Jetzt kommt gleich einer durchs Tor geritten, im silbernen Brustpanzer, den Purpurumhang auf der Schulter von einer Schließe in Schlangenform gerafft. Vor den Fassaden bewegten sich Fahnen und zeigten weißblaue Rauten aus dem Wappen Kaiser Maximilians, von dem's immer noch hieß, er habe sich einmal an einer Felsenwand verstiegen und sei einem Hirsch mit einem Kreuz im Geweih begegnet.

Über einen Fluß, dessen Wasser grünlich zu kochen

schien, führte ein Steg. Davor saß ein Mann in einer Art Schilderhaus und sagte: »Bitt schön, zehn Pfennig Brückenzoll miassn 'S zohln.« Das war wie Anno fünfzehnhundert. Ich ging über den Eisensteg und fühlte ihn unter den Füßen zittern. Die nachgiebigen Dielen in meinem Gasthof fielen mir wieder ein. Drüben erhob sich das Ufer; es lag im Licht; gelbe Häuser mit braunen Dächern waren seit langem dort eingenistet, als wären sie eingeschmolzen ins Blättergrün. Ich kam zur Stadtmauer. Dort stand ein rötlicher Turm, angewittert und die Fensteraugen mit grauen Brettern versperrt; die Zipfelmütze des Dachs auf dem Kopf, sah der Turm in sich hinein und döste. Auf dem Weg und in den Mauerecken nisteten Moos und Gräser. Ein Garten war voll Rosen, Pfirsiche waren samtig reif und wie Felle junger Tiere; Glasdächer glänzten auf Gemüsebeeten und hatten zerbrochene Scheiben. Dann trat ich in einen Tabakladen. Ein Mann, das lange und dichte graue Haar über den Ohren zurückgestrichen, saß am Ladentisch und las in einem Buch; die schwarze Hornbrille war ihm auf der Nase vorgerutscht. Er schaute auf, streckte mir die Hand hin und sagte mit hartem, fremdem Akzent: »Guten Tack. Wieder zurück? Sie sind schon lange nicht mehr hiergewesen.« Ich drückte ihm die Hand und sagte: »Ich bin zum erstenmal in dieser Stadt.« Er schüttelte den Kopf, lehnte sich im Stuhl zurück, wobei die Lehne krachte, und sagte: »Waren Sie auf einer Reise?« »Ja. Auf einer langen«, sagte ich. »Ach so«, sagte er dann. »Kein Wunder.« »Aber Sie sind auch nicht von hier«, sagte ich. »Ich bin Grieche«, sagte der Mann. »Ich war aber zuvor im Baltikum. Angesiedelt hierher an den Inn.« Nun veränderten sich seine Augen, und er sagte in einem grauen Ton und so, als wiche er vor mir zurück: »Ja, jetzt sehe ich's. Sie sind ein anderer.« Ich merkte, daß er mich nun schnell aus seinem Laden draußen haben wollte. Er empfahl mir eine Tabaksorte, die ich nicht kannte, die sich aber hernach als besonders würzig erwies.

Ich ging über die Brücke und aß grünliche und geschmacklose Aprikosen. Drüben ging ich dicht am Wasser. Das Wasser spülte flach am Steinrand des Wegs, die Mauer war randvoll, und ein papierdünner Zuwachs an Wasser hätte den Fluß überlaufen lassen. Ein Bursch schwamm herüber, rasch herangetrieben von der Strömung, und stieg vor mir heraus; patschend ging er über die Steinplatten und schlenkerte Tropfen von den Händen. Die Häuser am Hang lagen im Schatten, ihre Fenster waren spiegelnd lebendig. Da winkte mir eine Dame von einem Balkon aus zu und rief herunter. Sie lachte, drehte sich um, und ein Herr kam an die Brüstung, der sich neben ihr herausbeugte; es waren elegante Leute, vielleicht Sommergäste oder ein Schauspielerpaar, das bei den Festspielen mitwirkte, derentwegen überall weißblaue Fahnen hingen. »Der ist es ja gar nicht«, sagte jetzt der Herr, und beide wichen langsam von der Brüstung zurück, als wären sie erschrocken.

Merkwürdig. Aber es paßte zu der Stadt. Zum drittenmal war ich für andere ein anderer gewesen. Das graue Auto fiel mir wieder ein, aus dem ich angerufen worden war, dann der Mann im Tabakladen, der Grieche, der aus dem Baltikum zugewandert war. Man hat bei solchen Erlebnissen das Gefühl, als läge etwas in der Luft. Vielleicht war ich nicht mehr ich selbst, oder es war mir etwas Unsichtbares abhanden gekommen. In meinem Gasthof hörte ich, bei der Überschwemmung vor drei Wochen hätten sie nicht einmal mehr die Tischtücher von den Tischen auf der Terrasse herunterreißen können, so schnell sei das Wasser dagewesen. Wenn das jetzt wieder passierte, wurde auch mein Fahrrad überschwemmt. Ich dachte also an mein Fahrrad, das mir wichtiger erschien als ich. Es war feucht und kühl auf der Terrasse. Am Nebentisch saß einer mit knochigem Gesicht und kurzärmeligem, rotem Hemd, an der Backe eine blaue Schramme; er lachte mit einer üppigen Blondine, der ein Ehering am Finger glänzte. »Wenn Sie zeigen so das Dekolleté ...«, sagte ein Herr mit Brille, dem die Zigarette in tabakgebräunten Fingern hing, über die Lehne seines Stuhls hinweg. Der im roten Hemd flüsterte der Blondine etwas zu, worauf sie scheppernd lachte. Der mit der Brille wurde von einer ältlichen Kellnerin mit »Herr Kapitän« angesprochen. Das Paar stand auf und ging. Der Kapitän fragte die Kellnerin: »Wer ist der Mann?«, und sie antwortete, früher sei er Sportlehrer gewesen, was er jetzt sei, wisse sie nicht. »Seine Frau?« »Nein, Freundin«, sagte die Kellnerin. »Ach so«, sagte der Kapitän. »Sie sind aus Jugoslawien?« sagte ich zu ihm. Er nickte: »Dalmatien ... Fiume, dort unten aus dieser Ecke.«

Wieder kam mir das graue Auto, aus dem ich angerufen worden war, in den Sinn. Ich hätte absteigen und warten sollen, ob es anhielt. Dann hätte sich vielleicht etwas entschieden. Es kam mir vor, als hätte ich etwas versäumt, und ich wurde das Lungenkrebsgespräch mit der ältlichen Kellnerin nicht los. So etwas haftet immer lange im Gedächtnis.

Am andern Morgen fuhr ich weiter. Drei Tage später wurde die Stadt wieder überschwemmt; ich las es in der Zeitung.

Bohumil Hrabal
Das diamantene Auge

Der Reisende hatte bereits seinen Schuh aufs Trittbrett des Waggons gesetzt, als ihn jemand an der Schulter faßte. Er wandte sich um. Auf dem Bahnsteig stand ein älterer Mann.

»Herr, bitte fahren Sie bis Prag?« fragte der Mann. »Ich fahre nach Prag«, antwortete der Reisende. »Würden Sie bitte meine Tochter Vendulka mitnehmen. In Prag auf dem Bahnhof wird sie ein Eisenbahner erwarten.«

Der Vater redete hastig; er legte die Hand des Mädchens in die Hand des Reisenden. Der Fahrdienstleiter pfiff, die Schaffnerin half dem Mädchen auf die offene Plattform des Waggons. Der Vater lief jetzt neben dem anfahrenden Zug her. »Vendulka, wir halten dir die Daumen. Und wenn es soweit ist, schicke gleich ein Telegramm, hörst du?«

»Ich höre, Vater, ich schicke gleich ein Telegramm!« Als der Zug das Blocksignal passiert hatte, öffnete der Reisende die Waggontür und führte das Mädchen in den Gang. Er hielt noch immer ihre Hand, ein wenig ratlos.

Aus dem Abteil hörte man Stimmen, laute Unterhaltung. »Tatsache, wenn ichs Ihnen sage. Wir waren noch ledig, da wollte sie mir ein Hemd kaufen, aber es ging nicht, weil sie meine Kragenweite nicht wußte. Sie wollte schon wieder gehen, als ihr einfiel, wie sie sich helfen konnte, und sie rief durch den ganzen Laden: ›Wenn ich ihn würge, habe ich die Hand immer so!‹ Der Verkäufer holte ein Zentimetermaß, maß die gekrümmten Finger nach und sagte: ›Nummer 40.‹ Und das Hemd, wie Sie sich überzeugen können, sitzt wie angegossen.«

Der Reisende schob die Tür auf und betrat, das Mädchen an der Hand, das Abteil.

»Guten Tag«, sagte das Mädchen, »ich heiße Vendulka

Kříštová und fahre nach Prag.« Sie streckte tastend die Finger aus, berührte den Krauskopf des Witzbolds, der sich ebenfalls vorstellte: »Ich heiße Krása, Emil.«

»Und ich Václav Kohoutek«, fuhr der zweite Fahrgast fort, ein kleiner, glatzköpfiger Mann.

Der Reisende, der das Mädchen hereingeführt hatte, warf seine Tasche ins Gepäcknetz, dabei streifte er den Glatzköpfigen.

»Sakra, können Sie nicht achtgeben?«

»Pardon.«

»Ist jemand getroffen worden?« wollte das Mädchen wissen.

»Nehmen Sie hier am Fenster Platz«, riet ihr der Glatzköpfige und wischte sich die Augen, »damit Sie was von der Gegend haben.«

Das Mädchen betastete den Sitz, dann das Fenster. Sie hielt die linke Hand waagrecht in der Luft, als prüfte sie, ob es regnete. Dann sagte sie: »Draußen scheint die Sonne.« Die Mitreisenden verstummten.

»Der Herr auf dem Bahnhof war wohl Ihr Vater?« fragte nach einer Weile der Reisende, der mit dem Mädchen zugestiegen war.

»Ja. Ach, Sie müßten ihn näher kennenlernen. Um ihn kann mich jeder beneiden. Er ist Obstgärtner. Was der alles erlebt! Vor ein paar Jahren überfuhr er mit dem Lieferwagen die Dymáčková, unsere hinkende Nachbarin. Die Sache kam vors Gericht. Vaters Feinde freuten sich schon, Gott sei Dank, der alte Kříšta kommt in den Knast, oder er muß blechen, bis er schwarz wird. Aber die alte Dymáčková erschien ohne Krückstock bei der Verhandlung und küßte dem Vater die Hand, weil er sie so gut überfahren hatte, daß sie nun nicht mehr hinkte. Schade, meinte sie, daß sie der Vater nicht schon vor dreißig Jahren überfahren hatte, dann wäre sie bestimmt noch unter die Haube gekommen.«

»Großartiger Vater«, lobte der Krauskopf.

»Gelt?« Vendulka lachte. Der Zug fuhr in eine Kurve, und die Sonne sprang vom Abteilfenster zum Gangfenster über. »Die Sonne ist verschwunden«, sagte das Mädchen.

Die Fahrgäste blickten einander an und nickten. »Wie ist denn Ihr Vater?« fragte Vendulka und legte ihre Hand dem Witzbold aufs Knie.

»Mein Vater ist schon seit fünfzehn Jahren Rentner, er hat das größte Herz in ganz Europa. Ein Herz so groß wie ein Eimer.«

»Das kann doch nicht ...« nörgelte der Glatzköpfige.

»Einfach großartig!« rief Vendulka.

»Gewiß. Und deshalb hat der Vater einen Vertrag mit der Fakultät, daß nach seinem Tod sein Herz der Universität zufällt. O ja, Ausländer wollten Vaters Herz kaufen, aber der Vater ist Patriot und sagte nein. Seit er den Vertrag hat, darf er weder baden noch fliegen, noch Schnellzüge benutzen.«

»Ich weiß«, rief das Mädchen. »Damit das berühmte Herz nicht kaputtgeht oder verlorengeht.« Sie ertastete die Hand des Erzählers und drückte sie. »Ein Vater wie der Ihre geht nicht verloren, genausowenig wie der meine.«

»Jaja. Manchmal besuche ich mit dem Vater die Fakultät, wo sie ihn nackt ausziehen. Der Professor bekritzelt ihn mit einem blauen und einem roten Stift.«

»Natürlich«, rief das Mädchen, »mit dem roten Stift zeichnet er die Arterien und mit dem blauen die Venen, stimmts?«

»Jawohl. Vater wird in den großen Saal gefahren, die Studenten stehen um ihn herum, der Professor befummelt ihn mit einem Zeigestock wie eine Gewässerkarte. Manchmal schließt der Professor das Herz eines Studenten ans Megaphon an, aber das ergibt nichts, das ist bloß, wie wenn man aufs Tamburin tupft, oder wie wenn der Unteroffizier vom Dienst über den Kasernenflur stapft. Wenn das Herz meines Vaters ans Megaphon ...«

»Das klingt wie Gewittergrollen«, unterbrach ihn Vendulka, »wie ein berstender Felsen. Wie wenn man Kartoffeln in den Keller schüttet, oder wie wenn Emil Gilels spielt, gelt?«

»Genauso.« Der Krauskopf schob den Finger zwischen Hals und Hemdkragen.

»Ach«, rief das Mädchen, »ich bin ja so froh, daß ich hier mit Ihnen beisammensitze. Daß auch noch jemand andrer einen berühmten Vater hat!«

»Herr Professor Vondráček kann es gar nicht mehr erwarten, bis er mit dem Skalpell zu dem berühmten Herzen meines Vaters vordringen kann.«

»Wieder wird ein Tschechenherz berühmt sein!« lachte das Mädchen.

»Aber mit Ihrem Vater kann sich keiner messen«, erwiderte der Glatzköpfige und holte seine Aktentasche aus dem Gepäcknetz.

»Da haben Sie recht. Nur, man muß ihn *sehen.* Wenn er tanzt! Wenn Kirchweih ist, tanzen wir immer zusammen, und der ganze Saal schaut zu. Der Vater läßt ein Solo spielen. Einmal bestellte Vater sich die *Rotweißen*, weil er zu dieser Melodie die *Grünweißen* singen kann, unsere Fußballmannschaft hat nämlich grüne Trikots und eine grüne Fahne, ganz wie die *Slavia,* nur in Grün. Da kam ein Polizist und sagte: Die *Rotweißen* werden nicht gespielt! Vater zog einen Hunderter heraus, gab ihn dem Kapellmeister und sagte: Die *Rotweißen* werden gespielt! Die beiden reizten einander wie beim Färbelspiel, bis der Vater Schluß machte und dem Polizisten die Faust aufs Nasenbein setzte. Sie müssen wissen, daß der Polizist eine ziemlich schiefe Nase gehabt hatte, durch den Stoß wurde sie zurechtgerückt. Die Gerichtsverhandlung ging deshalb für den Vater sehr gut aus, der Polizist war ihm richtig dankbar für die Korrektur, denn inzwischen hatte sich eine Bauerntochter in ihn verliebt, es gab eine Hochzeit, und heute noch bekommt der Vater an Kirchweih von dem Polizisten ein Körbchen voll Kolatschen geschenkt, und zu jedem Schlachtfest bekommt er seine Wurst.«

»Kaum zu glauben«, sagte der Glatzköpfige, »ein Nasenstüber, der ein Familienglück begründet.« Er zog seinen Mantel an.

»Und was macht Ihr Vater?« erkundigte sich das Mädchen bei ihm.

»Der lebt nimmer. Aber er war ein herrlicher Vater, das merke ich erst jetzt, wo er tot ist. Er arbeitete in der Nachtschicht. Gegen Morgen knarrte die Gartentür, die Mutter goß heißes Wasser in den Bottich, inzwischen verstaute der Vater den Hausbrand im Hof ...«

»Was ist Hausbrand?« fragte Vendulka.

»Ein großes Stück Kohle, das die Bergleute von der Schicht heimbrachten in einer großen Rocktasche. Der Vater trat ein, zog sich aus, die Mutter stellte einen Topf Kaffee auf den Hocker, der Vater wusch sich, setzte sich auf den Hocker, aß einen Kanten Brot und trank Kaffee dazu, dann schlüpfte er aus den Stiefeln und zog sich die guten Sachen an. Er richtete es immer so ein, daß er mit dem letzten Schluck Kaffee auch mit dem Anziehen fertig war. Er setzte seine Mütze auf und ging in den *Blauen Stern* zum Kartenspielen. Mittags brachte ich ihm das Essen, der Vater aß und spielte weiter. Gegen vier kam er heim und legte sich auf den Fußboden, um sich, wie er sagte, das Kreuz gradezurichten. Dann machte er ein Nickerchen und ging wieder in die Schicht. Eines Tages aber, Mutter goß grade das heiße Wasser ein ...«

Der Zug verlangsamte die Fahrt, und der Glatzköpfige reichte Vendulka die Hand: »Ich wünsche dir alles Gute, Mädchen. Ich muß hier aussteigen.« Er öffnete die Abteiltür und trat auf den Gang hinaus. Der Zug hielt.

Vendulka tastete nach dem Messingknopf am Fenster, ließ die Scheibe herunter und beugte sich hinaus. »Lieber Herr, erzählen Sie mir doch die Geschichte zu Ende!«

Der Glatzköpfige trat unter das Abteilfenster. »Also gut. Die Mutter hatte das Wasser eingegossen, aber der Vater kam nicht. Das Wasser wurde kalt, die Mutter öffnete die Tür, um nach dem Vater auszuschauen. Als sie die Tür aufmachte, rollte Vaters Pfeife in die Stube.« Der Zug fuhr wieder an, der glatzköpfige Mann ging neben dem Wagen her. »Die Mutter hob die Pfeife auf und fing an zu weinen, sie warf ihren Wollschal über und lief zum Schacht. Vater war von einem Felsbrocken erschlagen worden, seine Kameraden fürchteten sich davor, das Unglück der Mutter zu melden, deshalb lehnten sie nur die Pfeife an die Tür und rannten davon. Weißt du, Mädchen, ich habe meine Mutter nie schlafen sehn. Wenn ich morgens aufwachte, war sie schon auf den Beinen, wenn ich schlafen ging, flickte sie in der Stube, ich hab sie erst schlafen sehn, als ... nachher.« Er war stehengeblieben. Keuchend sah er dem Zug nach, der den Bahnhof verließ und in eine weite Kurve bog. Die Sonne sprang vom Gangfenster zum Abteilfenster zurück. Im Abteil war es lange still.

»Mein Vater war Gerber«, fing der Reisende, der das Mädchen mitgebracht hatte, nach einer Weile zu erzählen an. »Er litt an Altersbrand. Jedes Jahr mußte ihm ein Stück mehr vom Bein amputiert werden. Er fuhr in einem Wägelchen. Sein größtes Vergnügen waren die Rosen, die an der Mauer der Gerberwerkstatt wuchsen. Marschallrosen. Sie waren gelb. Und nur Vater durfte welche abschneiden, er tat es fast nur für die Kirche oder für junge Mädchen. Als später die Hofmauer wegen der neuen Straßenführung durchbrochen wurde, gingen die Marschallrosen ein. Vater grämte sich sehr. Doch er fand bald ein neues Vergnügen. Täglich fuhr er zur Todeskurve und regelte dort den Verkehr, anfangs durch Handzeichen, später mit einem Fähnchen. Von morgens bis in die Nacht hinein, auch wenn es regnete. Ich mußte ihm mit Draht einen Regenschirm am Wägelchen befestigen. Acht Jahre lang regelte er in der Todeskurve den Verkehr. Bei seiner Beerdigung standen vorm Friedhof mehr als hundert Lastautos, und sein Platz an der Kurve war bedeckt mit einem Blumenhügel.«

»Wie hoch?« fragte Vendulka.

»So.« Der Reisende hob die Hand des Mädchens. »Bald darauf kam es in der Kurve wieder zu Unfällen. Man brachte dann zwei große Spiegel an ...«

»Du lieber Gott, Sie haben ja auch einen berühmten Vater!« rief sie. »Einen Vater, der sich in einen Spiegel verwandelt hat.«

Die Fahrgäste blickten einander an.

»Ihr Vater kam mir auf dem Bahnhof recht schlank vor«, sagte der Reisende.

»Sie hätten ihn vor einem Jahr erleben müssen. Rund war er wie eine Kartoffel. Und Herzverfettung hatte er, und Gallen- und Magen- und Nierenbeschwerden. Die Mutter sagte immer, das käme von der ungeregelten Lebensweise. Der Doktor verordnete Diät, aber weil der Vater gern aß, hielt er nicht durch. Da gab ihm die Gewürzkrämerin den Rat: Wem der Wille fehlt, dem kann nur die Polizei helfen. Und es stimmte! Vater wurde auf die Polizei gebracht, er beleidigte die Beamten und diktierte die Beleidigungen ins Protokoll. Er bekam ein halbes Jahr. Vaters Feinde freuten sich schon, Gottseidank, dieser Kerl wird uns nicht mehr provozieren. Aber nach einem halben Jahr kehrte Vater schlank wie ein Student zurück, im *Kranz* veranstaltete er gleich eine Pressekonferenz, er hielt alle frei und sagte zu den Reportern: Ihr Deppen, ein richtiges Gefängnis ist besser als alle Badekuren der Welt! Ich bin gesund geworden und hab außerdem noch zweitausend Kronen mitgebracht! Die fetten Nachbarn wurden ganz neidisch. Meine Herren, es wäre wirklich schön, wenn Sie einmal zu uns nach Hradčana kämen, ich lade Sie ein, jeden Donnerstag ist Tanz bei uns. Ich lade Sie ein. Aber kommen Sie, bitte, erst in zwei Monaten.«

»Tanzen?« fragte erschrocken der Krauskopf.

»Tanzen, ja. Ich bin doch erwachsen. Der Herr Doktor hat gesagt, daß er mir die Operation macht, sobald ich sechzehn bin. Und die Operation wird diese Woche gemacht. Ich werde sehen können. Ich werde die Leute sehen können, und die Dinge und die Landschaft und meine Arbeit. Ob die Körbe hübsch sind, die ich flechte? Die Welt muß prächtig sein.«

»Glauben Sie?« fragte der Reisende, der mit ihr zugestiegen war.

»Und ob! Sie muß prächtig sein. Wissen Sie, bei uns in der Anstalt arbeitet einer, Ludvík heißt er, der war so unglücklich verliebt, daß er sich mit einem Kopierstift die Augen aufkratzte. Der Doktor warnte ihn: Noch einmal, Ludvík, und du siehst nichts mehr von der Welt. Dem Ludvík war das egal, er wollte nichts mehr gemein haben mit dieser Welt, und deswegen kratzte er sich ein zweitesmal die Augen auf. Jetzt flicht er Körbe und ist immer traurig. Ach, ich glaub schon, daß die Welt schön ist, schön wie das Herz Ihres Vaters, das groß ist wie ein Eimer, und schön wie Ihr Vater, der sich in zwei Spiegel verwandelt hat. Wenn ich sehen kann, in zwei Monaten, kommen Sie dann zum Tanz nach Hradčana?«

Die Abteiltür ging auf. »Die Fahrkarten, bitte«, sagte die Schaffnerin. Sie gähnte vor Langeweile.

Julian Barnes
Der Tunnel

Der ältere Herr aus England reiste geschäftlich nach Paris. Er richtete sich bedächtig auf seinem Platz ein und regulierte Kopf- und Fußstütze; von leichten Frühjahrsarbeiten im Garten tat ihm noch der Rücken weh. Er klappte das Tischchen herunter, kontrollierte die Luftdüse und das Leselämpchen. Die Gratiszeitschrift, die Kopfhörerstöpsel und die individuelle Videoanlage mit Onscreen-Informationen über Lunch-Angebot und Weinkarte ließ er unbeachtet. Nicht, daß er Essen und Trinken abgeneigt war: Mit Ende sechzig sah er der nächsten Mahlzeit noch immer mit aufgeregter und bisweilen schuldbewußter Vorfreude entgegen. Doch er erlaubte es sich, etwas altmodisch zu erscheinen – besser gesagt, sich selbst und nicht nur anderen gegenüber etwas altmodisch zu erscheinen. Vielleicht wirkte es ja affektiert, sich Butterbrote von zu Hause und eine kleine Flasche Meursault in einem Kühlmantel mitzubringen, wenn das Mittagessen in der Business-Class zum Service gehörte. Aber er wollte es so, und darum machte er es auch so.

Während der Zug würdevoll aus dem Bahnhof St. Pancras glitt, sann er, wie jedes Mal, über die erstaunliche Binsenwahrheit nach, daß Paris im Laufe seines Lebens näher gerückt war als Glasgow, Brüssel näher als Edinburgh. Er konnte daheim im Londoner Norden aus dem Haus gehen, und keine drei Stunden später spazierte er den sanft geneigten Boulevard de Magenta hinunter, ohne auch nur mit dem Paß gewedelt zu haben. Er brauchte nichts als seinen europäischen Personalausweis, und auch das nur für den Fall, daß er eine Bank ausraubte oder unter die Metro kam. Er zog seine Brieftasche hervor und besah sich das rechteckige Stück Plastik: Name, Adresse, Geburtsdatum, Sozialversicherungsdaten, Telefon-, Fax- und E-Mailnummer, Blutgruppe, Krankengeschichte, Kreditrahmen und nächste Angehörige. Außer den beiden ersten waren alle diese Angaben unsichtbar in einem kleinen irisierenden Rhombus kodiert. Er las seinen Namen – zwei Wörter mit einem großen Anfangsbuchstaben dazwischen, nach jahrelanger Vertrautheit bar jeder Assoziation – und musterte sein Paßbild. Hageres, längliches Gesicht, Kehlsack unter dem Kinn, rote Gesichtsfarbe und ein paar geplatzte Äderchen infolge Mißachtung ärztlichen Rats in bezug auf den Alkoholgenuß und dazu die üblichen Serienkilleraugen, wie man sie von Paßbildautomaten bekommt. Er hielt sich nicht für eitel, doch in Anbetracht seiner Neigung zu leichter Unzufriedenheit mit den meisten Fotos von sich mußte er sich eingestehen, daß er es wohl doch war.

Vor sechsundfünfzig Jahren war er zum ersten Mal nach Frankreich gefahren, eine Autoreise mit der Familie in die Normandie. Damals hatte es noch keine Roll-on-roll-off-Fähren, keinen Eurostar und keinen Le Shuttle gegeben. Das Auto wurde am Kai von Newhaven auf einer Holzpalette verankert und dann wie Stückgut in den Schiffsbauch geschwenkt. Diese gewohnheitsmäßige Erinnerung ließ vor seinem inneren Auge die verschiedenen Reiserituale abrollen. Er war schon in Dover, Folkestone, Newhaven, Southampton und Portsmouth an Bord gegangen. Er war in Calais, Boulogne, Dieppe, Le Havre, Cherbourg und Saint-Malo angekommen. Er war von Heathrow, Gatwick, Stansted, London City Airport abgeflogen; war in Le Bourget, Orly, Roissy gelandet. In den sechziger Jahren war er über Nacht mit dem Schlafwagen von Victoria zur Gare du Nord gefahren. Etwa zu der Zeit hatte auch der Silver Arrow verkehrt: stolze viereinviertel Stunden von einer Stadtmitte zur anderen, von Waterloo nach Lydd, von Lydd nach Le Touquet, und da wartete dann der Zug nach Paris am Flugplatz. Und sonst? Er war von Southampton (Eastleigh, genauer gesagt) über eine sogenannte Air-Bridge nach Cherbourg geflogen, wobei sein unförmiger Morris Minor im Laderaum eines rumpeligen Transportflugzeugs reiste. Er war in Montpellier, Lyon, Marseille, Toulouse, Bordeaux, Nizza, Perpignan, Nantes, Lille, Grenoble, Nancy, Straßburg, Besançon gelandet. Auf dem Rückweg hatte er den Autoreisezug von Narbonne, Avignon, Brive-la-Gaillarde, Fréjus und Perpignan genommen. Er hatte das Land überflogen, mit Bahn und Bus durchquert, hatte selbst am Steuer gesessen und sich per Anhalter mitnehmen lassen; auf Wanderungen durch die Cevennen hatte er sich saubohnengroße Blasen zugezogen. Er war stolzer Besitzer mehrerer Generationen gelber Michelinkarten, die bei der geringsten Entfaltung lebhafte Träumereien in ihm auslösten. Er konnte sich noch gut an den Schock vor etwa vierzig Jahren erinnern, als die Franzosen den Kreisverkehr entdeckten: Da kollidierte die Bürokratie mit der Freiheit des Individuums, dieser urfranzösische Widerstreit. Später hatten sie auch die Stolperschwellen oder schlafenden Polizisten entdeckt: die *ralentisseurs* oder *policiers couchants*. Komisch, daß die Polizisten bei uns geschlafen und sich bei denen nur hingelegt haben. Worauf ließ das schließen?

Der Eurostar tauchte aus dem letzten Londoner Tunnel in den jähen Aprilsonnenschein auf. Böschungsmauern aus bisterfarbenem Backstein mit schreienden Graffiti wichen allmählich einer schweigenden Vorortlandschaft. Es war einer von jenen trügerisch glasklaren Vormittagen: Hausfrauen gingen fälschlicherweise in kurzen Ärmeln ihre Wäsche aufhängen, und junge Männer holten sich Ohrenschmerzen, weil sie voreilig ihr Autoverdeck heruntergelassen hatten. Geklonte Doppelhäuser flogen an seinem Auge vorüber; Pflaumenblüten hingen schwer wie Früchte in den Bäumen. Verschwommen huschten Schrebergärten vorbei, dann ein Sportplatz mit einer Reihe für den Winter abgestellter Kricket-Sichtblenden. Er wandte den Blick vom

Fenster ab und machte sich an das Kreuzworträtsel in der *Times.* Vor ein paar Jahren hatte er seinen Schlachtplan gegen die Senilität verkündet: Jeden Tag das Kreuzworträtsel lösen und sich selbst als alten Knacker bezeichnen, wenn man merkt, daß man sich wie ein alter Knacker benimmt. Obwohl – hatten nicht allein schon diese Vorsichtsmaßnahmen etwas Seniles oder Präseniles an sich?

Er beendete seine Selbstbetrachtungen und begann, Spekulationen über seine unmittelbare Nachbarschaft anzustellen. Rechts von ihm saßen drei Männer in Anzügen und dazu ein Typ in einem gestreiften Blazer; ihm gegenüber eine ältere Frau. Älter: Das hieß, etwa so alt wie er selbst. Er sagte sich das Wort noch einmal vor, ließ es auf der Zunge zergehen. Er hatte es nie so recht gemocht – es hatte etwas Schleimiges und Liebedienerisches an sich, wenn man es verwendete –, und nun, da er selbst das war, was das Wort bezeichnete, gefiel es ihm noch weniger. Jung, in mittleren Jahren, älter, alt, tot; so steigerte man das Leben. (Nein, Leben war ja ein Substantiv, demnach wurde das Leben dekliniert, was auf englisch und französisch auch bedeutete, daß es damit bergab ging. Ja, das war sowieso besser: *life declined.* So ergab sich hier wie dort auch noch ein dritter Sinn: ein abgelehntes, nicht voll erfaßtes Leben. »Jetzt erkenne ich, daß ich mich immer vor dem Leben gefürchtet habe«, hatte Flaubert einst gestanden. Ob das für alle Schriftsteller galt? Und war es eigentlich eine unumstößliche Wahrheit: Um Schriftsteller zu sein, mußte man in irgendeiner Form das Leben deklinieren – beugen, bergab gehen lassen, dankend ablehnen? Oder: Man war in dem Maße Schriftsteller, in dem man das Leben so behandelte?) Wo war er stehengeblieben? *Älter.* Ja, die aufgesetzte Vornehmheit dieses Ausdrucks sollte verschwinden. Jung, in mittleren Jahren, alt, tot, so ging das. Er verachtete es, wie die Leute um das Alter – ihr eigenes Alter – herumschlichen und es gleichzeitig anderen fröhlich um die Ohren schlugen. Männer Mitte siebzig, die von »einem achtzigjährigen Alterchen« sprachen, fünfundsechzigjährige Frauen, die über ein »armes altes Herzchen« von siebzig Jahren redeten. Da machte man lieber den umgekehrten Fehler. Bis fünfunddreißig war man jung, bis sechzig in mittleren Jahren und danach alt. Also war die Frau ihm gegenüber nicht älter, sondern alt, aber er war auch alt: war es nun schon exakt neun Jahre lang. Dank der Medizin konnte man sich auf ziemlich viel Alter freuen. Ziemlich viel dessen, wie er sich selbst nun schon allzu oft vorkam: anekdotenverliebt, erinnerungsverhaftet, unzusammenhängendes Zeug redend; die lokalen Bezüge noch fest im Griff, doch ängstlich, was den Gesamtzusammenhang anging. Er zitierte gern den Ausspruch seiner Frau, den sie vor langer Zeit geprägt hatte, als sie beide in den mittleren Jahren waren: »Je älter wir werden, desto mehr verfestigen sich unsere unangenehmsten Eigenschaften.« Das stimmte; doch selbst wenn man das wußte, wie konnte man sich davor bewahren? Unsere unangenehmsten Eigenschaften waren solche, die für andere, nicht für uns selbst am deutlichsten zutage traten. Und was waren seine? Eine bestand darin, sich in aller Seelenruhe unbeantwortbare Fragen zu stellen.

Die Männer hob er sich für später auf. Die Frau: silbrige Haare, die keinerlei Anspruch auf Echtheit erhoben (das heißt, die Farbe – das Haar war echt, soweit er das beurteilen konnte), primelgelbe Seidenbluse, marineblaue Jacke mit primelgelbem Ziertuch in der Tasche, karierter Rock, der ... nein, er konnte Rocklängen modisch nicht mehr einordnen, also versuchte er es gar nicht erst. Sie war ziemlich groß, zwischen eins dreiundsiebzig und eins fünfundsiebzig, und sah gut aus. (Dieses andere schleimige Wort – hübsch – lehnte er ab. Auf Frauen jenseits einer gewissen Altersgrenze angewandt, bedeutete es soviel wie »sah früher mal gut aus«. Ein grobes Mißverständnis, denn Schönheit war etwas, das sich bei Frauen erst allmählich entwikkelte, im allgemeinen um die Dreißig, und das sie später nur selten ablegten. Frühreife, ordinäre Unschuld war etwas ganz anderes. Schönheit war eine abgeleitete Funktion von Selbsterkenntnis plus Kenntnis der Welt; daher konnte man logischerweise höchstens bruchstückhaft schön sein, bevor man um die Dreißig war.) Warum nicht ein Revuegirl aus dem Crazy Horse? Das würde passen. Sie hatte die richtige Größe, den Knochenbau, das gepflegte Aussehen. Unterwegs zu einer Wiedersehensfeier: Das war doch bei denen so Brauch, nicht wahr? Madame Olives Jahrgang '65 oder so. Komisch, daß es das noch gab, daß diese fleißigen englischen Hupfdohlen mit ihrem wie Vorort-Doppelhäuser genormten Aussehen, die sogenannte niveauvolle Erotik tanzten und sich im Umkreis von 200 Yards von dem Club mit niemandem verabreden durften, den derberen sexuellen Wonnen zum Trotz noch immer ihr Publikum fanden. Er malte sich rasch ihre Vorgeschichte aus: Ballettschule in Camberley, Auftritte auf Kreuzfahrtschiffen, ein Termin zum Vortanzen im Crazy Horse; dann ein glitzernder lateinamerikanischer Künstlername, ein Berufsleben in familiärem Betriebsklima, ein vom Club verwaltetes Sparkonto; schließlich, nach vier oder fünf Jahren, heim nach England mit der Anzahlung für einen Modesalon, Verehrer, Hochzeit, Kinder. Er musterte den Ehering, der in der Mitte zwischen zwei weiteren Stücken geologischer Herkunft plaziert war. Ja, das kam ungefähr hin, sie war unterwegs zum fünfzigsten Jahrestag ... Madame Olive hatte natürlich längst das Zeitliche gesegnet, aber Betty aus Falmouth würde da sein, und dann noch ...

Der Blazer von dem Mann schräg gegenüber wirkte ziemlich großkotzig. Natürlich waren alle gestreiften Blazer per se großkotzig, weil sie nach Jerome K. Jerome oder Henley Regatta aussehen wollten, aber die ochsenblutfarbenen und lindgrünen Elemente bei dem da grenzten schon ans Lächerliche. Ein untersetzter Typ in mittleren Jahren mit allmählich grau werdendem Haar, Koteletten und aufdringlich gebräuntem Teint, der gähnend in einer Radsportzeitschrift blätterte. Ein Edelprolet, der mal so richtig die Puppen tanzen lassen wollte? Zu klischeehaft. Ein Fernsehmanager, der hinter den Übertragungsrechten für die diesjährige Tour de France her war? Nein, denken wir mal um die Ecke herum. Ein Antiquitätenhändler unterwegs zum Hotel Drouot? Schon besser. Das fesche Jackett sollte einen gewissen Verkleidungseffekt bewirken, damit ihn der Auktionator nicht so leicht übersah und die Konkurrenten ihn gleichzeitig unterschätzten, wenn es mit dem Bieten ernst wurde.

Hinter den Männern in den Anzügen sah er ein abgefädeltes Hopfenfeld und den geknickten Schornstein einer Hopfendarre. Er wandte sich wieder seiner näheren Umgebung zu und versuchte, den Burschen gerecht zu werden. Der mit der Brille und der Zeitung schien das Wagenfenster recht eingehend zu mustern: Na schön, machen wir ihn zum Bauingenieur. Der ohne Brille, aber mit Zeitung und gestreiftem Schlips: dritte Garde bei der Europäischen Kommission? Der andere ... ach, das kannst du an den Knöpfen abzählen: Dichter, Denker, Richter, Henker ... tja, immer klappte es nicht, das hatte er bereits gemerkt.

In den alten Tagen – selbst in den älteren Tagen – wäre man mittlerweile wohl schon ins Gespräch gekommen. Heutzutage reichte es bestenfalls zu einer Art zögerlicher Kameraderie. Halt. Alter Knacker. Das Wort *heutzutage* hat dich verraten, es kommt immer vor oder nach einer Aussage, die das abwesende, jüngere, kritische Ich in Grund und Boden verdammen würde. Und was die Empfindung selbst anging: Das kennst du doch auch, vergiß das nicht. In deiner Kinderzeit haben die Erwachsenen ständig herumgesülzt, wie »im Krieg alle *miteinander geredet* haben«. Und wie hast du da reagiert, als du noch in der brodelnden Langeweile der Pubertätszeit dümpeltest? Du hast vor dich hingebrummelt, ein Krieg wäre wohl ein ziemlich hoher Preis für dieses offenbar erstrebenswerte soziale Ergebnis.

Ja, aber trotzdem ... Er erinnerte sich ... nein, dieses Verb war, wie er zunehmend feststellen mußte, oft nicht ganz richtig. Er meinte sich zu erinnern oder bildete sich im nachhinein ein oder reimte sich mit Hilfe einer Nostalgie, die so schwammig war wie alter Camembert, aus Filmen und Büchern zusammen, es hätte einmal eine Zeit gegeben, als Reisende, die Europa per Eisenbahn durchquerten, für die Dauer der Fahrt Bekanntschaft schlössen. Da gab es Zwischenfälle, Nebenhandlungen, exotische Gestalten: den libanesischen Geschäftsmann, der Korinthen aus einer kleinen Silberdose aß, den rätselhaften Vamp mit dem unvermuteten Geheimnis – so in der Art. Die britische Reserviertheit wurde mit Hilfe scheeläugig-argwöhnischer Paßkontrollen und der Klingelglocke des weißbejackten Stewards überwunden; oder man ließ vielleicht das perlmutterne Zigarettenetui aufschnappen und schaffte so den sozialen Absprung. Heutzutage ... ja, heutzutage ging die Fahrt durch diesen neuen europäischen Zollverein zu rasch, das Essen wurde an den Platz gebracht, und niemand rauchte. DER TOD DES ZUGABTEILS UND SEINE AUSWIRKUNGEN AUF DIE SOZIALE INTERAKTION DES REISENS.

Das war noch so ein Zeichen der Altknackeritis: das Erfinden mäßig komischer Doktorarbeitstitel. Und dennoch ... Anfang der neunziger Jahre war er einmal in Zürich gewesen und dort in einen schmucklosen, wenig einladenden Zug nach München gestiegen. Der Grund für diese Schäbigkeit wurde bald ersichtlich: Die Endstation war Prag, und es handelte sich um altes kommunistisches rollendes Material, das gnädigerweise die untadelig kapitalistischen Gleise beflecken durfte. Am Fenster saß ein tweedgewandetes Schweizer Paar, mit Reisedecken, Butterbroten und älteren Koffern bepackt (das war schon in

Ordnung, ein Koffer konnte – sollte sogar – älter sein), die nur ein Herr in mittleren Jahren aus England in das Gepäcknetz zu wuchten vermochte. Ihm gegenüber saß eine große, blonde Schweizerin in scharlachroter Jacke und schwarzen Hosen, die ein gewisses Goldgeklimper verbreitete. Er hatte sich gedankenlos wieder seiner europäischen Ausgabe des *Guardian* zugewandt. Der Zug hatte gemächlich holpernd die ersten Kilometer zurückgelegt, und wenn er langsamer wurde, ging jedesmal neben ihm mit lautem Knall die Abteiltür auf. Dann fuhr der Zug wieder schneller, und die Tür polterte mit einem weiteren ungedämpften Krachen wieder zu. Alle paar Minuten wurden ein, zwei oder gar vier stumme Flüche gegen einen unbekannten tschechischen Wagenkonstrukteur ausgestoßen. Nach einer Weile legte die Schweizerin ihre Zeitschrift hin, setzte eine dunkle Brille auf und lehnte den Kopf zurück. Die Tür knallte noch ein paarmal, bis der Herr aus England den Fuß dagegen stellte. Dazu mußte er sich etwas verdrehen, und in dieser unbequemen, wachsamen Haltung verharrte er etwa eine halbe Stunde lang. Sein Dienst endete, als ein Schaffner mit der Metallzange an das Fenster klopfte (ein Geräusch, das er schon jahrzehntelang nicht mehr gehört hatte). Sie wachte auf, zeigte ihre Fahrkarte vor, und als der Beamte gegangen war, sah sie ihn an und sagte:

»Vous avez bloqué la porte, je crois.«

»Oui. Avec mon pied«, hatte er pedantisch erläutert. Und dann, ebenso unnötig: »Vous dormiez.«

»Grâce à vous.«

Sie fuhren an einem See vorüber. Welcher das sei, hatte er gefragt. Sie wußte es nicht. Der Bodensee vielleicht. Sie konsultierte das andere Paar auf deutsch. »Der Bodensee«, bestätigte sie. »Hier ist das einzige Schweizer U-Boot gesunken, weil man vergessen hatte, die Tür zuzumachen.«

»Wann war das?« fragte er.

»Das sollte ein Witz sein.«

»Aha ...«

»Je vais manger. Vous m'accompagnerez?«

»Bien sûr.«

Im Speisewagen wurden sie von breithüftigen tschechischen Kellnerinnen mit müdem Gesicht und naturbelassenem Haar bedient. Er bestellte ein Pils und eine Prager Omelette, sie einen unansehnlichen Haufen von diesem und jenem mit einer Scheibe Rindfleisch, Speck und einem grausam zugerichteten Spiegelei obendrauf. Seine Omelette erschien ihm so köstlich wie diese unverhoffte Situation. Er trank Kaffee, sie ein Glas heißes Wasser, in dem ein Teebeutel Marke Winston Churchill baumelte. Noch ein Pils, noch ein Tee, noch ein Kaffee, eine Zigarette, während die sanfte deutsche Landschaft vorüberratterte. Sie waren sich uneins gewesen über das Unglücklichsein. Sie sagte, Unglücklichsein käme vom Kopf, nicht vom Herzen her und würde von den im Kopf entstehenden falschen Vorstellungen hervorgerufen; er sah die Sache pessimistischer, unheilbarer und behauptete, Unglücklichsein käme ausschließlich vom Herzen her. Sie nannte ihn *Monsieur,* und sie redeten sich schicklicherweise per *vous* an; er fand die Spannung zwischen dieser sprachlichen Förmlichkeit und der unterstellten Intimität höchst sinnlich. Er lud sie zu seinem Vortrag am selben Abend in München ein. Sie antwortete, sie habe eigentlich nach Zürich zurückfahren wollen. Auf dem Bahnsteig in München hatten sie sich auf beide Wangen geküßt, und er hatte gesagt: »À ce soir, peut-être, sinon à un autre train, une autre ville ...« Es war ein vollendeter Flirt gewesen, dessen Vollendung sich dadurch bestätigte, daß sie nie zu seinem Vortrag erschien.

Der Shuttle-Bahnhof in Cheriton huschte vorüber; der Zugführer gab bekannt, daß sie sich dem Ärmelkanal näherten. Zäune, unbefleckter Beton, ein unmerkliches Gefalle, dann aalglatte Finsternis. Er schloß die Augen und hörte im Tunnel der Erinnerung das Echo rhythmischer

Sprechchöre. Fünfzehn, zwanzig Jahre mußte das her sein. Vielleicht hatte der dubiose Bursche auf der anderen Seite des Ganges die Erinnerung ausgelöst, indem er sein Ebenbild heraufbeschwor. Menschen wiederholten sich, genau wie Geschichten.

In der privaten Finsternis seiner Vergangenheit drehte er sich um und sah eine Gruppe von Fußballfans auf sich zukommen, Bierdosen in der Hand, die freie Faust gereckt. »Dra-gons! Dra-gons!« Schwarze Lederjacken, Ringe in der Nase. Sie erspähten den grauhaarigen Lenny Fulton in einem Blazer wie aus dem Comicheft, den kriecherischen und zugleich besserwisserischen Moderator von »Sportsworld UK«. Lenny Fulton, »der Mann, der so leicht nichts anbrennen läßt« und der in jener Saison die ungesitteten Anhänger eines Südlondoner Vereins schon mit »schlimmer als Schweine« tituliert hatte – »ja«, hatte er weiter gesagt, »sie Schweine zu nennen käme einer Verleumdung dieses bewundernswerten Tieres gleich«. Die solcherart Bezichtigten hatten mit spöttischem Einverständnis reagiert. Du nennst uns Schweine? Na schön, dann benehmen wir uns auch wie die Schweine. Zu Hunderten waren sie mit in die Nase geklemmten Messingringen zum nächsten Spiel aufgekreuzt; die Eifrigeren unter ihnen hatten sich die Nasenscheidewand durchstechen lassen und so aus einem Modegag eine bleibende Aussage gemacht. Von den Rängen hatten sie ihre Mannschaft mit lautem Gegrunze angefeuert. Jetzt hatten sie ihren Ankläger gefunden.

»Der verdammte Lenny! Ja, was haben wir denn da?« Verschwommene Bewegungen, wirres Gebrüll, ein Sprühregen von Bier und ein in Panik gekreischtes »Hey, Kumpels«, dann wurde Lenny Fulton von seinem Platz gezerrt und abgeschleppt.

An die zehn Minuten lang schauten die anderen Fahrgäste in die Runde und bestärkten sich gegenseitig in ihrem Nichtstun. Dann tauchte Fulton mit seinen Bewachern wieder auf, die ihn annähernd auf seinen Platz zurückschubsten. Er war zerzaust, rot im Gesicht, hatte Bier in den Haaren und trug jetzt einen großen Messingring in die Nase geklemmt.

»Hast verdammt Schwein gehabt, eh, Lenny? *Die Türen.*« Ein etwas größer gewachsener Fan gab ihm einen Klaps ins Gesicht. »Du trägst das Ding, verstanden, Lenny?«

»Schon gut, Kumpels.«

»Bis nach Paris, Scheiße eh. Und im Fernsehen auch. Wir passen genau auf.«

Sie drehten sich um und gingen, wobei ihre Nasenringe blitzten. Hinten auf ihren Lederjacken waren unübersehbar scharlachrote Drachenflügel aufgestickt. Lenny Fulton sah sich im Kreise seiner nächsten Reisegefährten um und lachte verlegen. »Sind eigentlich gute Jungs. Bloß etwas aufgedreht. Ist ja ein großes Spiel. Nein, gute Jungs.« Er hielt inne, faßte sich an den Nasenring, lachte wieder und setzte hinzu: »Verdammte *Tiere.*« Er fuhr sich mit den Händen durch das feuchte Haar und kämmte es mit den Fingern zurück, bis es so hochstand, wie es die Zuschauer von »Sportsworld UK« kannten. »Wenn die Türen nicht abgeschlossen wären, hätten sie mich rausgeschmissen. Schweine.« Dann fügte er mit sichtlichem und melodramatischem Bedacht die nötige Einschränkung an. »*Schweine* ist viel zu gut für die. Sie Schweine zu nennen käme einer Verleumdung dieses bewundernswerten Tieres gleich.«

Um wieder zu Ruhe und Normalität zurückzufinden, hatten sie über Sport geredet: das Spiel gegen Paris Saint-Germain, die winterliche Kricket-Tournee, das Five Nations Tournament. Er beteiligte sich unbehaglich daran und stellte eine seiner Lieblingsfragen: »Wann wurde das letzte Mal bei den Olympischen Spielen Kricket gespielt, und wer hat die Medaillen gewonnen?« Lenny Fulton sah ihn mit dem professionellen Argwohn an, den er offenbar für den Fall bereithielt, daß ihm jemand mit blödsinnigem Sportgeschwätz auf den Geist ging. »Da ist nicht zufällig ein Trick dabei?« Keiner traute sich zu antworten. »1900, Los Angeles, Gold für England, Silber für Frankreich. Bronze wurde nicht vergeben, weil nur diese beiden Länder angetreten waren.« Das stieß nur auf geringes Interesse. Nun ja, es war schon über hundert Jahre her. Seine zweite Frage sparte er sich: Was war der Sonderpreis in dem Jahr, in dem die Tour de France durch Colombey-les-deux-Eglises führte? Keine Ahnung? Alle drei Bände von General de Gaullies Memoiren.

Als das Mittagessen serviert wurde, sah der Steward Lenny Fulton fragend an und murmelte: »Dragons vor, eh, Mister Fulton?«

»Scheiß auf die Dragons, und zwar von hier bis Timbuktu. Und noch einen Vierfachen, bitte. Single Malt, nicht euren billigen Verschnitt da.«

»Ja, Mister Fulton.«

Jetzt, Jahre später, wickelte der ältere Herr aus England seine Butterbrote aus, holte den Reisekorkenzieher hervor und machte die kleine Flasche Meursault 2009 auf. Er bot dem Revuegirl aus dem Crazy Horse ihm gegenüber ein Glas an. Sie zögerte, nahm die Flasche, drehte sie um, damit sie das Etikett lesen konnte, und willigte dann ein. »Aber nur zum Kosten.«

Die Leute tranken überhaupt nicht mehr, sinnierte er. Oder sie tranken jedenfalls nicht so wie er, gerade ein bißchen mehr als ratsam. Das war die beste Art zu trinken. Bei den anderen waren es entweder vierstöckige Whiskys samt Gehirnerweichung oder winzigkleine »Probeschlückchen« wie der, den er jetzt einschenkte. Er malte sich aus, wie sie damals in ihren Glitzertagen den kleinen Finger anwinkelte, während sie den *coupe de champagne* hob, den ihr ein heißzüngiger Verehrer bestellt hatte, mit dem sie sich 201 Yards vom Club entfernt traf.

Aber er hatte sich getäuscht. Sie fuhr nicht nach Paris, und sie hatte noch nie getanzt, es sei denn aus Liebhaberei. Sie erzählte ihm, sie fahre nach Reims zu einer vertikalen Verkostung von Krug bis zum Jahrgang 1928 zurück. Sie war eine diplomierte Weinprüferin, und nachdem sie seinen Meursault gegen das weiße Tischtuch gehalten und kurz im Mund herum gespült hatte, erklärte sie, für einen minderen Jahrgang sei er von hinreichender Fruchtigkeit, aber man schmecke den Regen heraus, und das Faßbukett sei ziemlich unausgewogen. Er bat sie, den Preis zu raten, und ihre Schätzung lag noch unter dem, was er dafür gezahlt hatte.

Nun, ein gutes Mißverständnis; nicht großartig, aber nützlich. Das von Casablanca gefiel ihm immer noch am besten. Dort hatte er vor rund zwanzig Jahren auf dem Weg nach Agadir auf seinen Anschlußflug gewartet; er war durch das schwüle Terminal gehastet und hatte in einer Wartehalle voll seriöser und stoischer britischer Reisender zugeschaut, wie die Lichter auf der Anzeigetafel aufflackerten. Plötzlich war eine junge Frau ausgeflippt und hatte ihre Handtasche über den ganzen Fußboden ausgeleert. Schminkutensilien, Papiertaschentücher, Schlüssel, Geldstücke kamen mit unterschiedlicher Geschwindigkeit herausgefallen, und mit einer Art manischem Trotz schlug sie immer noch auf die Tasche ein, als die schon längst leer war. Dann, ganz langsam, als wolle sie es darauf ankommen lassen, daß das Flugzeug ohne sie abflog, fing sie an, die Sachen wieder einzusammeln und zurückzutun. Ihr Freund blieb verbissen in der Schlange stehen, während sie wutentbrannt und schamlos zugleich wühlte wie ein Lumpensammler.

Sie hatten das Flugzeug wohl doch erwischt, denn sie tauchten im selben Hotel auf, einer oasenhaften Idylle mit sonnenbeschienenen Mandarinenhainen, hinter denen schneebedeckte Atlasberge aufragten. Als er am ersten

Morgen zu dem bougainvilleaverhangenen Hauptgebäude wanderte, hatte er gesehen, daß das Mädchen an einem Tisch saß und Aquarellmalerei-Utensilien vor sich ausgebreitet hatte. Da lebte seine Neugier auf das, was sie im Flughafen von Casablanca verloren haben mochte, mit aller Macht wieder auf. Sonnencreme mit dem speziellen Faktor X? Ihre Liste von Kontaktpersonen am Ort? Bestimmt Wichtigeres als das: etwas, das sie fuchsteufelswild gemacht hatte und ihrem Reisegefährten das Blut in die Wangen trieb. Ein Verhütungsmittel, mangels dessen ihr Urlaubsglück in Gefahr war? Insulinkapseln? Wunderzäpfchen? Henna-Haarspülung? Im nachhinein machte er sich ihretwegen Sorgen, und insgeheim ließ ihn der ganze Vorfall nicht mehr los. Er begann, sich ein Leben für sie auszudenken, das den psychologischen Abstand zwischen der tobenden Reisenden und der ruhigen Aquarellmalerin überbrückte. Über Tage hinweg wurden seine Spekulationen immer barocker, während er seine Unwissenheit hinauszögerte wie eine Versuchung. Am Ende wurde seine Angst, nicht zu erfahren, was das Mädchen wußte – und zweifellos gar nicht recht zu würdigen verstand –, zuviel für ihn. Eines Nachmittags ging er auf sie zu, lobte abgedroschenerweise ihre Arbeit und fragte dann mit entsetzlicher, verkrampfter Lässigkeit, als stünde sein Glück auf dem Spiel, was sie in Casablanca verloren habe. »Ach«, antwortete sie mit scharfer, wegwerfender Stimme, »meine Bordkarte.« Vor Freude hätte er am liebsten gebellt, stand aber nur da wie ein verzweifelter, glotzäugiger Bräutigam, unschlüssig, was ihn mehr ergötzte: das Maßlose seiner Trugbilder oder die Sprödigkeit der Wahrheit. Am nächsten Tag waren sie und ihr Begleiter abgereist, als hätten sie ihren Zweck erfüllt – was sie für ihn zumindest auch hatten.

Er sah auf die französische Landschaft hinaus und betrachtete müßig die spärlichen Neuheiten darin. Schmale

Entwässerungsgräben und verschlafene Kanäle. Wassertürme auf Hügelkuppen, manche wie Eierbecher, andere wie Golf-Tees geformt. Bleistiftspitze Kirchtürme statt der rechteckigen in England. Ein Soldatenfriedhof aus dem Ersten Weltkrieg, über dem eine hohe Trikolore wehte. Aber seine Gedanken wanderten immer wieder in die Vergangenheit zurück. Agadir: ja, dieses andere Trugbild vor einem halben Jahrhundert, als er als *assistant* in Rennes unterrichtete. Bei ihm im Kopf war dieses Jahr seines Lebens mittlerweile auf ein paar Anekdoten komprimiert, die schon vor langer Zeit ihre endgültige erzählerische Form gefunden hatten. Aber da war noch etwas anderes, nicht eigentlich eine Anekdote, und daher wohl eine wahrheitsgetreuere Erinnerung. Seine Schüler waren freundlich gewesen – oder hatten ihn zumindest mit humorvoller Neugier behandelt –, nur ein bestimmter Junge nicht. Er konnte sich auf keinen Namen, kein Gesicht, kein Mienenspiel besinnen; nur der Platz des Jungen – hinterste Reihe, etwas rechts von der Mitte – in dem kleinen, länglichen Klassenzimmer war ihm im Gedächtnis geblieben. Irgendwann einmal, und er wußte nicht mehr, wie es dazu kam, hatte der Schüler rundheraus erklärt, er hasse die Engländer. Nach dem Grund befragt, sagte er, weil sie seinen Onkel umgebracht hätten. Nach der Zeit befragt, sagte er, 1940. Nach der Art und Weise befragt, sagte er, die Royal Navy hätte die französische Flotte bei Mers-el-Kebir heimtükkisch überfallen. Ihr habt meinen Onkel umgebracht: ihr. Für den jungen *assistant d'anglais* waren dieser Haß und seine Ursache ein historischer Schock gewesen, der ihm seine Aufgabe noch schwerer machte.

Mers-el-Kebir. Moment mal, das war doch gar nicht bei Agadir. Mers-el-Kebir lag bei Oran: Algerien, nicht Marokko. Alter Trottel. Alter Knacker. Da hast du die lokalen Bezüge hergestellt, aber den Gesamtzusammenhang nicht erfaßt. Nur hatte er hier nicht einmal die lokalen Bezüge richtig hergestellt. So verfestigen sich die unangenehmsten Eigenschaften. Er redete unzusammenhängendes Zeug, sogar mit sich selbst. Sein Gedankengang war aus dem Gleis geraten, und er hatte es nicht einmal bemerkt.

Jemand reichte ihm ein heißes Tuch; sein Gesicht trocknete es zu einem kalten, feuchten Lappen aus. Noch einmal von vorne. 1940: Da fängt es an. Also gut. 1940 lag, das konnte er mit Bestimmtheit sagen, fünfundsiebzig Jahre zurück. Seine Generation war die letzte, die sich noch an die großen Kriege in Europa erinnern konnte, bei der dieserart Geschichte mit der eigenen Familie verwoben war. Vor genau einhundert Jahren war sein Großvater in den Ersten Weltkrieg gezogen. Vor genau fünfundsiebzig Jahren war sein Vater in den Zweiten Weltkrieg gezogen. Vor genau fünfzig Jahren, 1965, hatte er sich zu fragen begonnen, ob er in dem Fall der lachende Dritte sein würde. Und so war es denn auch gekommen: Sein ganzes Leben lang hatte sein großes, historisches, europäisches Glück angehalten.

Vor hundert Jahren war sein Großvater als Freiwilliger mit seinem Regiment nach Frankreich verschifft worden: Ein oder zwei Jahre später war er zurückgekehrt, er hatte sich den Brand in den Füßen geholt und war als dienstuntauglich entlassen worden. Rein gar nichts aus seiner Zeit dort war erhalten geblieben. Es gab keine Briefe von ihm, keine bräunlichen Feldpostkarten, keine von seinem Uniformrock abgeschnittene Ordensspange mit seidigen Bändern; nicht ein Knopf, nicht ein Stück Arras-Spitze als Andenken hatte sich vererbt. Grandma hatte sich im vorgerückten Alter zu einer fanatischen Wegwerferin entwikkelt. Und dieses Fehlen auch des kleinsten Souvenirs wurde durch eine zweite Verschleierungs- und Nebelschicht weiter kompliziert. Er wußte oder meinte zu wissen oder hatte zumindest sein halbes Leben lang geglaubt, daß sein Großvater freimütig von seiner Einberufung, Ausbildung, Abreise nach Frankreich und Ankunft dort erzählte; doch darüber hinaus konnte oder wollte er nichts sagen. Seine Geschichten hörten stets an der Front auf und überließen es den anderen, sich hektische Vorstöße durch den widerwärtigen Schlamm auf einen gnadenlosen Empfang hin auszumalen. Derartige Verschlossenheit schien mehr als verständlich: korrekt, vielleicht gar glanzvoll. Wie konnte man das Gemetzel jener Zeit mit bloßen Worten ausdrükken? Das Schweigen seines Großvaters, ob traumatisch oder durch seinen heldenhaften Charakter bedingt, war angemessen gewesen.

Doch eines Tages, als beide Großeltern schon tot waren, hatte er seine Mutter nach dem schrecklichen Krieg ihres Vaters gefragt, und sie hatte seine Gewißheiten, seine Geschichte unterminiert. Nein, sagte sie, sie wisse nicht, wo in Frankreich er gedient hatte. Nein, sie glaube nicht, daß er der Front überhaupt nahegekommen war. Nein, er habe den Ausdruck »in die Schlacht ziehen« nie gebraucht. Nein, er sei durch seine Erlebnisse nicht traumatisiert worden. Aber warum hatte er dann nie über den Krieg gesprochen? Die Antwort seiner Mutter kam nach einer längeren Bedenkpause: »Ich glaube, er hat nicht darüber gesprochen, weil er es nicht interessant fand.«

Und das war das. Daran war nun nichts mehr zu ändern. Sein Großvater gehörte jetzt zu den Vermißten von der Somme. Sicher, er war zurückgekommen; nur hatte er eben hinterher alles verloren. Sein Name könnte ebensogut in den großen Bogen von Thiepval gemeißelt sein. Bestimmt war er als Angehöriger seines Regiments in ein *livre d'or* eingetragen, ein Beleg für dieses nicht vorhandene Ordensband. Aber das würde nichts nützen. Kein Willensakt konnte jene Gestalt mit Wickelgamaschen und vielleicht auch Schnurrbart von 1915 wieder auferstehen lassen. Er war jeglicher Erinnerung entschwunden, und keine in Tee getunkten, unförmigen kleinen französischen Kuchen würden jene fernen Wahrheiten freisetzen. Nur mit einer anderen Technik konnte man ihnen auf die Spur kommen, nämlich der, auf die der Enkel dieses Mannes noch immer spezialisiert war. Da sollte er schließlich in seinem Element sein, bei dem Wissen und Nichtwissen, den fruchtbaren Trugbildern, den partiellen Entdeckungen und nachhallenden Fragmenten. Das war der *point de départ* seines Gewerbes.

Tommies hatten sie vor hundert Jahren geheißen, als Frankreich abgeholzt wurde, um Balken für die Schützengräben zu gewinnen. Später, als er in Rennes Lehrer war, nannte man ihn und seine Landsleute *les Rosbifs:* ein liebevolles Etikett für diese robusten, verläßlichen, wenn auch phantasielosen Insulaner aus dem Norden. Aber noch später fand man einen neuen Namen für sie: *les Fuck-offs.* Großbritannien war das Sorgenkind Europas geworden und schickte seine halbherzigen Politiker aus, damit sie Unwahrheiten über ihre Obliegenheiten verbreiteten, und seine Zivilguerillas, damit sie die Straßen unsicher machten, ohne die Sprache zu können und die Nase rümpfend über das Bier. Fuck off! Fuck off! Fuck off! Aus den Tommies und den Roastbeefs waren die Fuck-offs geworden.

Was war daran verwunderlich? Er hatte nie so recht daran geglaubt, daß die Menschheit besser, geschweige denn vollkommen werden könnte; ihre kleinen Fortschritte waren wohl ebenso spontaner Mutation wie sozialen oder moralischen Steuerungsmaßnahmen zu verdanken. Im Tunnel der Erinnerung wurde ganz nebenbei an Lenny Fultons Nasenring gezerrt und »Dragons vor, eh, du Fotze?« gemurmelt. Ach, vergiß es. Oder vielmehr, betrachte die Dinge mal etwas langfristiger: Es waren ja nicht immer die lieben alten Tommies und Roastbeefs gewesen, nicht wahr? Davor hatten sie jahrhundertelang, bis zu der Jungfrau von Orleans zurück (wie im Oxford English Dictionary belegt), Goddems und Goddams und Goddons geheißen, gotteslästerlich fluchende Verwüster des glücklichen Landes im

Süden. Von Goddem zu Fuck-off: kein sehr weiter Weg. Und überhaupt, alte Männer mit ihrem Lamento über die ungebärdige Jugend: was für ein abgedroschenes Leitmotiv. Genug der Klagen.

Nur war Klagen nicht ganz der richtige Ausdruck. Meinte er vielleicht Verlegenheit, Scham? Ein bißchen, aber nicht in erster Linie. Die Fuck-offs waren ein Verstoß gegen die Sentimentalität, das hatte er wohl gemeint. Ein Urteil über andere Länder ist selten fair oder präzise: Die Magnetkraft wirkt in Richtung Verachtung oder aber Sentimentalität. Das erste interessierte ihn nicht mehr. Und was die Sentimentalität betraf, die wurde ihm wegen seiner Ansichten über die Franzosen bisweilen zum Vorwurf gemacht. Wenn die Anklage so lautete, bekannte er sich immer schuldig und machte als mildernden Umstand geltend, dazu seien andere Länder schließlich da. Das eigene Land idealistisch zu sehen war ungesund, denn beim ersten klaren Blick stellte sich alsbald Ernüchterung ein. Daher diente die Existenz anderer Länder der Deckung des Idealismusbedarfs: Sie waren eine Variante des Schäferspiels. Mit diesem Argument handelte er sich ab und zu eine weitere Anklage wegen Zynismus ein. Das war ihm egal; eigentlich war es ihm sowieso egal, was die Leute heutzutage von ihm dachten. Dafür stellte er sich gern ein französisches Pendant seiner selbst vor, das in die entgegengesetzte Richtung fuhr und auf ein abgefädeltes Hopfenfeld hinausschaute: einen alten Mann im Shetlandpullover, verzückt von Orangenmarmelade, Whisky, Bacon and Eggs, Marks and Spencer, *le fair-play, le phlegme* und *le self-control;* von Cream Teas in Devonshire, Shortbread-Keksen, Nebel, Bowlerhüten, Kirchenchören, geklonten Häusern, Doppeldeckerbussen, Revuegirls aus dem Crazy Horse, schwarzen Taxis und Dörfern in den Cotswolds. Alter Knacker. Ein französischer alter Knacker. Ja, aber warum sollte man ihm diese notwendige Exotik mißgönnen? Vielleicht lag das wahre

Vergehen von *les Fuck-offs* in einem Verstoß gegen die Sentimentalität dieses imaginären Franzosen.

Er hatte kaum etwas von der Strecke wahrgenommen: eine hinter Glas projizierte Landschaft, eine zwanzigminütige Tunnelfahrt, dann wieder projizierte Landschaft. Er hätte in Lille aussteigen und die letzte noch erhaltene Schlackenhalde Frankreichs besichtigen können: Das hatte er schon immer einmal vorgehabt. Als er das erste Mal in dieser Gegend Frankreichs war, hatten da Hunderte dieser Anthrazithügel schwarz im Regen geglänzt. Dann ging es mit der Industrie bergab, und die verlassenen Halden wurden malerisch: grüne, verdächtig symmetrische Pyramiden, wie die Natur sie nie erschaffen hätte. Später entdeckte man irgendeine Technik zum Vermahlen oder Einschmelzen der Schlacke – die Einzelheiten hatte er nicht mehr im Kopf –, und jetzt war schon seit geraumer Zeit nur noch eine einzige Halde übrig, von der man die Pflanzendecke entfernt hatte, so daß sie sich wieder in ihrer wahren Schwärze zeigte. Dieser Überrest war jetzt in das Freilichtmuseum an der Somme integriert: das Grubenpony streicheln, das Diorama angucken, wo ein Bergmann mit verrußtem Gesicht wie ein Steinzeitmensch hinter dem Glas stand, im Slalom die Schlackenhalde hinuntersausen. Allerdings war es den Besuchern ausdrücklich untersagt, auf die Halde zu steigen; man durfte auch kein Stück Schlakke wegnehmen. Uniformierte Wärter hüteten das Mineral, als hätte es einen echten und nicht nur angenommenen Wert.

War der Kreis dieser Geschichte damit geschlossen? Nein, ein geschlossener Kreis kam nie zustande: Wenn die Geschichte dieses Kunststück versuchte, dann verfehlte sie ihre Umlaufbahn wie ein Raumschiff, dessen Pilot zu viele Flaschen von diesem Meursault getrunken hatte. Die Arbeit der Geschichte bestand vor allem im Eliminieren, im Verschwindenlassen. Nein, das war auch nicht richtig. Er dachte an das Umgraben seines Gemüsegärtchens im Londoner Norden: Da hob man im Schweiße seines Angesichts den Boden aus, und jedes Frühjahr brachte das Rigolen etwas anderes zum Vorschein; dabei blieb die eigentliche Bodenfläche stets konstant. Das Freilegen dieser Scherbe von einer Guinness-Flasche, dieser Filterkippe, dieses Kronkorkens oder gerippten Kondoms wurde also durch das Vergraben anderer Sachen aus früheren Jahren wieder ausgeglichen. Und was wollten sie jetzt vergraben? Nun, dem Europäischen Parlament lag ein Antrag zur Rationalisierung der Friedhöfe aus dem Ersten Weltkrieg vor. Alles selbstverständlich furchtbar dezent und respektvoll und mit Versprechungen von feinfühligen demokratischen Konsultationen gespickt; aber er war alt genug, um zu wissen, wie Regierungen arbeiten. Also würden sie irgendwann, vielleicht erst nach seinem Tod, doch unausweichlich die Gräberfelder verschwinden lassen. So würde es kommen. Hundert Jahre Gedenken sind doch wohl genug, wie ein selbstgefälliger Redner sich in der Debatte ausgedrückt hatte. Wir folgen dem gewohnten Beispiel der Schlackenhalde und behalten ein einzelnes Musterexemplar, der Rest wird umgepflügt. Wozu braucht man mehr?

Sie hatten Roissy hinter sich gelassen. Ein Rangierbahnhof voll müßiger Pendlerzüge sagte ihm, daß sie sich Paris näherten. Der altvertraute rote Gürtel der nördlichen Vororte. Immer mehr schillernde Graffiti auf nacktem Beton, wie in London. Hier allerdings hatte irgendein Minister für kulturelle Angelegenheiten die Sprayer zu Künstlern erklärt, deren Formensprache Hip-hop und Skateboardfahren als Ausdrucksmittel kreativer Selbstverwirklichung in nichts nachstand. Alter Knacker. Geschähe ihm ganz recht, wenn das derselbe Minister gewesen wäre, der ihm den grünen Anstecker verliehen hatte, den er jetzt im Knopfloch trug. Er schaute nach unten und sah ihn sich an: noch so eine kleine Eitelkeit wie die, mit seinem Foto unzufrieden zu sein. Er musterte seinen Anzug, der annähernd richtig saß: Mode und Körperkonturen entwickelten sich immer weiter auseinander. Der Bund schnitt in einen expandierenden Bauch, während die Beine geschrumpft waren und die Hose schlabberig nach unten hing. Man benutzte keine Einkaufsnetze mehr, aber er konnte sich noch erinnern, wie sich diese Netze voller Gemüse wunderlich gebeult hatten und so die Form dem Inhalt anpaßten. Das war also jetzt aus ihm geworden: ein alter Mann, vor lauter Erinnerungen klumpig und ungestalt. Die Metapher wies allerdings einen Fehler auf: Im Gegensatz zu Gemüse hatten Erinnerungen die Eigenart, krebsartig zu wuchern. Das Einkaufsnetz beulte sich jedes Jahr mehr, wurde immer schwerer und zog einen schief zur Seite.

Was war er denn letztlich anderes als ein Sammler und Sichter von Erinnerungen: seinen Erinnerungen, den Erinnerungen der Geschichte? Dazu noch ein Verpflanzer von Erinnerungen, der sie an andere weitergab. Das war eine durchaus ehrenwerte Art, sein Leben zu verbringen. Er redete sich selbst unzusammenhängendes Zeug vor, und anderen sicher auch; er trudelte wie ein alter eisenradbewehrter *alembic,* der knarzend von Dorf zu Dorf rollt und überall Proben destilliert. Doch da waren auch so viele gute Seiten, so viel innere Kraft, daß er noch immer in der Lage war, seinen Beruf auszuüben.

Der Zug fuhr artig und behutsam in die Gare du Nord ein. Im Tunnel der Erinnerung ließ Lenny Fulton seinen Nasenring unter dem Sitz verschwinden, als hätte er ihn nie getragen, und spurtete zur Tür. Die übrigen, Erinnerungen wie gegenwärtige Gestalten, hier wie anderswo, nickten sich zum Abschied verlegen zu. Der Zugführer dankte ihnen, daß sie mit Eurostar gefahren waren, und hoffte, sie bald wieder an Bord begrüßen zu dürfen. Ein Schwarm von Reinigungspersonal stand bereit, den Zug in Besitz zu nehmen und den Anflug von historischem Grus daraus zu entfernen, den diese Gruppe von Fahrgästen hinterlassen hatte, und ihn für eine andere Gruppe vorzubereiten, die sich zur Begrüßung verlegen zunicken und wieder einen Anflug von Grus hinterlassen würde. Der Zug gab einen ausgiebigen, gedämpften mechanischen Seufzer von sich. Lärm, Leben, eine Stadt war wiedergewonnen.

Der ältere Herr aus England aber begann, als er wieder zu Hause war, die Geschichten zu schreiben, die Sie gerade gelesen haben.

Marica Bodrožić
Windspiele

Es gibt Tage, an denen das Licht sich tief in die Landschaft bettet. Auf der kleinen Insel Loševo waren diese Tage keine Seltenheit, hier legte die Sonne flutende Spuren auf die Erde, denen die Menschen folgten und von denen sie umspielt wurden. Solche verschwenderisch schönen Tage brachten ihnen Glück, das sie nicht vergaßen und das wie ein lebendiges Wesen in ihnen weiterlebte. Sie glaubten dann, selbst die Spurenleger der Helle zu sein. Sie lachten, unter ihren Augen sah man runde Spiegelungen, über die sie sich freuten. Daran sollte sich nichts ändern. Und wenn es doch einmal der Fall war, so zeigte es sich zuerst am Licht. Die grünen Hänge, auf denen die Bäume in die Weite des Himmels hinausragten und ihre Wurzeln in die steinige Erde wachsen ließen, sahen nun bedrohlich grau aus. Es half nichts, sie mußten sich, wie jedes Jahr, um die Sonne kümmern.

Wie immer, wenn die Sonne gerufen werden mußte, suchte man einen der schönsten jungen Männer aus. Dieses Jahr fiel die Wahl auf Roš. Als seine Gestalt hinter dem letzten Olivenbaum verschwunden war, konnte man sicher sein, daß er die Wanderung entlang der Küste auf sich nahm und, wie vorgeschrieben, den heiligen Weg ins Gebirge ging. In den Häusern legte man helle Tücher über die Dinge und begann zu beten. Die Kinder hörten zu spielen auf.

Zur gleichen Zeit, auf dem Gipfel, breitete Roš seine Arme aus. In die Stille des Berges hinein bat er um ein Zeichen der Sonne. Da nichts geschah, mußte er das Ritual durchführen, in das er kurz vor seiner Reise eingewiesen worden war. Er schnitt sich unter seinem linken Auge eine Rundung ins Fleisch und ließ das Blut auf die kahle Erde tropfen. Mit verbundenen Augen, wie es der Brauch vorsah, stieg er langsam wieder zum Meer hinab. Sosehr er sich auch bemühte, es wollte ihm nicht gelingen, jene vertraute Wärme in sich zu finden, die er schon so oft erlebt hatte, als er den Spuren der Sonne gefolgt war und sich selbstvergessen der Erde anvertrauen konnte. Anstatt der erwünschten Scheibe hatte er jedoch immer nur die Gesichter der Dörfler vor seinem inneren Auge. Was er auch tat, um sich von ihnen zu befreien, es gelang ihm nicht. Durch einen dichten Nebelschleier blickte er auf eifrige Münder, die Ratschläge erteilten. Jeder wollte einen Hinweis loswerden, den er für besonders klug hielt. Der Junge fühlte sich gedrängt. Einer sagte beispielsweise, er solle sich den Berg runterrollen lassen und sich dabei vorstellen, er werde rund wie die Sonne. So gut gemeint diese Ratschläge auch waren, so wenig brauchbar schienen sie dem Jungen. Nichts von all dem konnte er sich vorstellen. Nur eines leuchtete ihm ein, jedoch nicht, weil es realistisch klang, sondern weil es ein Bild in ihm traf, das er vergessen hatte und an das er sich jetzt wieder erinnerte. Einer seiner Vorgänger hatte auf seinem Weg ins Gebirge fliegen lernen müssen, um die Sonne aus dem Himmel hinter dem Himmel zu holen, wo sie in der gefürchteten Schwärze verschwunden und nicht mehr wegzulocken gewesen war. Roš aber hätte nicht gewußt, wie er das vollbringen sollte. Fliegen, er konnte es nicht einmal denken. Außerdem war die Insel Loševo klein, und um sie herum sah man nur Wasser. Was, wenn er nicht mehr fliegen konnte. Niemand würde wissen, daß er im Meer ertrunken war.

Die Wunde unter seinem Auge blutete und pochte immer heftiger. Seine Füße taten weh, und er verlor einen Schuh, als er unvorsichtig an vorspringenden Klippen Rast machte und beinahe abgestürzt wäre, weil er mit allem, nur nicht mit dem Gehen beschäftigt war. Tagelang irrte er im Gebirge umher. Die Stimmen in seinem Kopf wurden lauter. Ratlos blieb er stehen und versuchte, eine dieser Stimmen als die eigene zu erkennen, was ihm selbst unter größter Anstrengung nicht gelang. Er fing an zu weinen und hämmerte mit den Fäusten gegen seinen Kopf. Doch die Stimmen blieben. Das einzige, was er bewirkt hatte, war ein noch stärkerer Schmerz unter seinem Auge, hinter dem sich, so stellte er erbittert fest, ganz offensichtlich keine Sonne befand. Was hatte er nur falsch gemacht, fragte er sich. Konnte er denn alles so sehr mißverstanden haben? Todmüde schlief er ein. Als er aufwachte, spürte er seine Füße nicht mehr auf der Erde. Sie schwebten, und ein warmer Wind umspielte seinen seit Tagen ausgehungerten Körper und trug ihn schließlich fort. Er wehrte sich nicht, ließ es zu, blieb in den Lüften. Es war das schönste Gefühl, das er seit seiner Expedition ins Gebirge kennengelernt hatte. Er dachte jetzt nicht mehr an seine Aufgabe. Da seine Augen noch immer verbunden waren, sah er nichts. Außer seiner inneren Stimme vernahm er keine mehr. Da er nach einiger Zeit an seinem Ziel angekommen schien, setzte ihn der Wind auf dem weichen Boden ab, der unter seinen Füßen leicht nachgab. Roš stieg das Gebirge hinunter. Er sang der Sonne ein Lied. Es war plötzlich in ihm aufgestiegen, jenem Wind vergleichbar, der ihn fortgetragen und in die Mitte einer ihn empfangenden Landschaft geführt hatte.

Als er bei den Leuten ankam, sangen sie schon seine Worte nach. Durch den stark tragenden Hall hatten sie alles fast zeitgleich vernommen. Sie klatschten in die Hände und küßten die kleine Rundung unterhalb seines Auges. Erst zart und dann immer kräftiger begann das Licht aus seiner Wange herauszuströmen. Ein langer Strahl ging nun von ihm aus, und der Himmel tat es ihm nach. Auch aus dem schwarzen Tuch der Nacht begann es zu leuchten. Zaghaft kamen die ersten Glitzer auf den Wiesen an. Die Bäume waren grün wie eh und je, man sah nun das Blau des Meeres, das Weiß der Zähne, das Braun und Grün der Augen, die gelben Schmetterlinge flogen in scheuen Gruppen an den großen Tischen der fröhlich gestimmten Menschen vorbei, die sich wieder in ihre Gärten gesetzt hatten.

Der Junge, der ihnen all das wiedergebracht hatte, lag auf einer Wiese und schaute auf die Erde. Er glaubte, durch sie hindurch sehen zu können, und sah ein Rot, das immer wieder wellenartig vor ihm aufschäumte. Das Ohr auf die Gräser gelegt, hörte er die zukünftigen Blumen ihre Farben und Blüten besprechen, er sah Blätter, deren Form niemand vor ihm unter die Augen bekommen hatte. Vieles wurde ihm gezeigt an diesem Tag, vieles verschwiegen. Die Wurzeln der Bäume, die sah er nicht. Das war ihm nur recht, das Ende der Dinge machte ihm ohnehin keine Freude.

Gegenwind

Peter Stamm
Die ganze Nacht

Am späten Nachmittag hatte es angefangen zu schneien. Er war froh, daß er sich den Tag freigenommen hatte, denn der Schnee fiel sofort so dicht, daß er nach einer halben Stunde schon die Straßen bedeckte. Vor dem Haus sah er den Hausmeister den Gehweg kehren. Er trug eine Kapuze und führte auf einer kleinen dunklen Insel einen vergeblichen Kampf gegen den stetig fallenden Schnee.

Es war gut, daß er diesmal nicht zum Flughafen gefahren war, um sie abzuholen. Das letzte Mal hatte er ihr Blumen aus dem Automaten gekauft und sie dazu überredet, die lange Fahrt nach Manhattan mit der U-Bahn zu machen. Als sie dann vor einigen Tagen telefoniert hatten, meinte sie, es sei nicht nötig, daß er sie abhole, sie werde ein Taxi nehmen.

Er stand am Fenster und schaute hinaus. Selbst wenn der Flug pünktlich war, würde sie frühestens in einer halben Stunde hier sein. Aber er war jetzt schon unruhig. Er verwarf Sätze, die er sich in den vergangenen Wochen zurechtgelegt und sich immer wieder vorgesagt hatte. Er wußte, daß sie eine Erklärung verlangen würde, und wußte, daß er keine hatte. Er hatte nie Erklärungen gehabt, aber er war sich immer sicher gewesen.

Eine Stunde später stand er wieder am Fenster. Es schneite noch immer, heftiger als zuvor, es war ein richtiger Schneesturm. Der Hausmeister hatte seinen Kampf aufgegeben. Alles war jetzt weiß, selbst die Luft schien weiß zu sein oder vom hellen Grau der einsetzenden Dämmerung, das kaum zu unterscheiden war vom Weiß des fallenden Schnees. Die Autos fuhren langsam und mit großer Behutsamkeit. Die wenigen Fußgänger, die noch draußen waren, stemmten sich gegen den Wind.

Er schaltete den Fernseher ein. Auf allen lokalen Kanälen war vom Sturm die Rede, und es war seltsam, daß man ihm schon einen Namen gegeben hatte, den alle Stationen kannten. In den Außenbezirken, hieß es, sei das Chaos noch größer als in der Innenstadt, und von der Küste kamen Meldungen über Hochwasser. Aber die Moderatoren, die man hinausgeschickt hatte und die, dick angezogen, in Mikrophone mit groteskem Windschutz sprachen, waren guter Laune und warfen Schneebälle in die Luft und wurden nur ernst, wenn sie von Sach- oder Personenschäden zu berichten hatten.

Er rief die Fluggesellschaft an. Der Flug, sagte man ihm, sei wegen des Schneesturms nach Boston umgeleitet worden. Kaum hatte er aufgelegt, klingelte das Telefon. Sie rief aus Boston an, sagte, sie müsse gleich weiter. Es gebe Gerüchte, daß der Kennedy Airport wieder offen sei. Vielleicht müßten sie aber auch in Boston übernachten. Sie sagte, sie freue sich auf ihn, und er sagte, sie solle auf sich aufpassen. Sie sagte, bis später, und legte sofort auf.

Draußen war es dunkel geworden. Der Schnee fiel unaufhörlich, er fiel und fiel, und außer einigen Taxis, die im Schrittempo fuhren, waren keine Autos mehr zu sehen.

Er hatte mit ihr essen gehen wollen, jetzt hatte er Hunger. Und es würde noch Stunden dauern, bis sie hier war. Im Kühlschrank gab es nur ein paar Dosen Bier, im Gefrierfach eine Flasche Wodka und Eiswürfel. Er dachte, daß er etwas einkaufen sollte. Sie würde bestimmt hungrig sein nach der langen Reise. Er zog seinen warmen Mantel an und Gummistiefel. Er hatte keine anderen hohen Schuhe, die Stiefel hatte er kaum je getragen. Er nahm einen Schirm und ging nach draußen.

Der Schnee lag hoch, aber er war nicht schwer und ließ sich mit den Beinen leicht beiseite pflügen. Alle Geschäfte waren geschlossen, nur in wenigen hatte sich das Personal die Mühe gemacht, auf einem improvisierten Schild den Grund für den frühen Ladenschluß zu nennen.

Er ging quer durch die Stadt. Die Lexington Avenue war schneebedeckt, auf der Park Avenue sah er in einiger Entfernung die orangefarbenen Blinklichter der Schneepflüge, die in einem Konvoi die Straße heraufkamen. Die Madison und die Fifth Avenue waren irgendwann geräumt worden, aber sie waren schon wieder weiß. Hier mußte er über hohe Schneewälle steigen. Er sank ein, und Schnee drang in seine Stiefel.

Über den Times Square lief ein Langläufer. Die Leuchtreklamen blinkten, als sei nichts geschehen. Die farbigen Bewegungen hatten etwas Gespenstisches in der großen Stille. Er ging weiter, den Broadway hinauf. Kurz vor dem Columbus Circle sah er die erleuchteten Fenster eines Coffee Shops. Er war schon früher dort eingekehrt, der Geschäftsführer und die Kellner waren Griechen, und das Essen war gut.

Im Lokal waren nur wenige Gäste. Die meisten saßen allein an einem Tisch an der Glasfront, die bis zum Boden reichte, tranken Kaffee oder Bier und schauten hinaus. Die Stimmung war festlich, niemand sprach, es war, als seien sie alle Zeugen eines Wunders.

Er setzte sich an einen Tisch und bestellte ein Bier und ein Club Sandwich. Der Schnee in seinen Stiefeln begann zu schmelzen. Als der Kellner das Bier brachte, fragte er ihn, weshalb das Lokal noch offen sei. Sie hätten nicht mit so viel Schnee gerechnet, sagte der Kellner, jetzt sei es zu spät. Die meisten von ihnen wohnten in Queens, und dort hinauszukommen sei im Moment unmöglich. Da könnten sie das Lokal ebensogut offenlassen.

»Vielleicht die ganze Nacht«, sagte der Kellner und lachte.

Der Weg zurück schien leichter zu sein, obwohl es immer noch schneite. Er hatte sich ein Sandwich für sie einpacken lassen und gemerkt, daß er nicht wußte, was sie mochte. Er hatte eins mit Schinken und Käse genommen. Keine Mayonnaise, keine Pickles, das wußte er noch.

Sie hatte ihm eine Nachricht hinterlassen, auf dem Anrufbeantworter. Einen Flug habe es nicht gegeben, jetzt sei auch Boston zu. Man bringe sie zum Bahnhof, von dort solle es einen Zug geben. Sie werde, wenn alles gutgehe, in vier Stunden in Manhattan sein. Der Anruf war vor einer Stunde gekommen.

Er schaltete wieder den Fernseher ein. Ein Mann stand vor einer Karte und erklärte, daß der Sturm entlang der Küste nach Norden ziehe, er habe inzwischen Boston erreicht. In New York sei das Schlimmste vorüber, sagte der Mann und lächelte, aber es werde wohl noch die ganze Nacht schneien.

Er schaltete den Fernseher aus und trat wieder ans Fenster. Er dachte nicht mehr an seine Sätze, schaute nur hinaus auf die Straße. Er löschte das Deckenlicht und machte die Schreibtischlampe an. Dann kochte er Tee, setzte sich aufs Sofa und las. Um Mitternacht ging er zu Bett.

Als es klingelte, war es drei Uhr. Bevor er an der Tür war, klingelte es wieder. Er drückte auf den Türöffner und wartete einen Augenblick. Dann trat er, obwohl er nur in Shorts und T-Shirt war, hinaus auf den Flur und ging zum Aufzug. Es schien eine Ewigkeit zu dauern.

Natürlich wußte er, daß sie es war, aber er war doch erstaunt, als die Tür des Aufzugs sich öffnete und er sie vor sich stehen sah. Sie stand einfach nur da, neben ihrem großen roten Koffer, und wartete. Er trat auf sie zu. Als er sie küssen wollte, umarmte sie ihn. Die Tür des Aufzugs schloß sich in seinem Rücken. Sie sagte: »Ich bin so unglaublich müde.« Er drückte auf den Knopf, und die Tür öffnete sich wieder.

Sie teilten sich das Sandwich, und sie erzählte, wie der Zug auf halber Strecke im Schnee steckengeblieben sei, wie er Stunden so gestanden habe, bis endlich ein Pflug das Gleis frei räumte.

»Natürlich hat niemand etwas gewußt«, sagte sie. »Ich

hatte Angst, daß wir die ganze Nacht stehen würden. Wenigstens habe ich warme Kleider dabei.« Er fragte, ob es immer noch schneie, schaute dann hinaus in die Nacht und sah, daß es fast aufgehört hatte.

»Das Taxi hat mich an der Lexington ausgeladen«, sagte sie. »Es konnte nicht in die Straße rein. Ich habe dem Fahrer zwanzig Dollar gegeben und gesagt, bringen Sie mich hin, egal wie. Er hat den Koffer zu Fuß hierhergeschleppt. Ein kleiner Pakistani. Ein netter Mann.«

Sie lachte. Sie hatten Wodka getrunken, und er schenkte noch einmal ein.

»Und?« sagte sie. »Was ist es denn so Dringendes, worüber du mit mir sprechen willst?«

»Ich liebe den Schnee«, sagte er.

Er stand auf und trat ans Fenster. Der Schnee fiel nur noch in kleinen Flocken, die vom Himmel schwebten, manchmal aufstiegen, als seien sie leichter als Luft, und wieder sanken und im Weiß der Straße untergingen. »Ist es nicht wunderschön?«

Er drehte sich um und schaute sie lange an, wie sie dasaß und an ihrem Wodka nippte. Er sagte: »Ich bin froh, daß du da bist.«

Thomas Bernhard
Schöne Aussicht

Auf dem Großglockner hatten, nach stundenlangem Aufstieg, zwei freundschaftlich miteinander verbundene Professoren der Universität Göttingen, die in Heiligenblut einquartiert gewesen waren, den Platz vor dem oberhalb des Gletschers montierten Fernrohr erreicht. Sie hatten sich, Skeptiker, die sie waren, naturgemäß der, wie sie sich, kaum da, wo das Fernrohr montiert gewesen war, angekommen, immer wieder vorgesagt hatten, einzigartigen Schönheit dieses Hochgebirges nicht entziehen können und einer hatte immer wieder den Andern zuerst durch das Fernrohr schauen und sich auf diese Weise den Vorwurf des Andern ersparen wollen, er dränge sich an das Fernrohr. Schließlich hatten sich die beiden einigen können und der ältere und gebildetere und naturgemäß auch der zuvorkommendere, hatte zuerst durch das Fernrohr geschaut und war von dem Gesehenen überwältigt gewesen. Als sein Kollege jedoch an das Fernrohr herangetreten war, hatte er, kaum daß er durch das Fernrohr geschaut hatte, einen gellenden Schrei ausgestoßen und war tödlich getroffen zu Boden gestürzt. Dem hinterbliebenen Freund des auf diese merkwürdige Weise Getöteten gibt es naturgemäß noch heute zu denken, *was tatsächlich* sein Kollege im Fernrohr gesehen hat, denn *dasselbe* bestimmt nicht.

Juan Carlos Onetti
Esbjerg, an der Küste

Wenigstens ist es am Nachmittag etwas weniger kalt, und bisweilen bescheint die Sonne wäßrig die Straßen und Wände; denn um diese Zeit müssen sie im Neuen Hafen umhergehen, bei dem Schiff oder, indem sie sich die Zeit vertreiben, von einer Mole zur anderen, vom Kiosk der Präfektur zum Kiosk mit den Sandwiches. Kirsten, beleibt, ohne Absätze, einen zerdrückten Hut auf dem gelben Haar; und er, Montes, klein, verdrossen und unruhig, das Gesicht der Frau beobachtend, die Namen der Schiffe lernend, ohne es zu merken, zerstreut den Operationen mit den Tauen folgend.

Ich stelle ihn mir vor, wie er mit den Zähnen über den Schnurrbart fährt und seine Lust erwägt, den bäurischen Körper der Frau, dick geworden in der Stadt und der Muße, anzustoßen, so daß er in den Streifen Wasser zwischen dem feuchten Stein und dem schwarzen Eisen der Schiffe fällt, wo es rauschend brodelt und nicht genügend Raum ist, um sich schwimmend über Wasser zu halten. Ich weiß, daß sie dort sind, weil Kirsten heute mittag kam, um Montes vom Büro abzuholen, und ich sie gesehen habe, wie sie in Richtung Retiro gingen, und weil sie mit ihrem Regengesicht kam; ein Gesicht von Statuen im Winter, das Gesicht von jemandem, der eingeschlafen ist und die Augen nicht geschlossen hat im Regen. Kirsten ist dick, sommersprossig, starr; vielleicht riecht sie schon nach Keller, nach Fischernetz; vielleicht bekommt sie den unbeweglichen Geruch nach Stall und Sahne, den es, so stelle ich mir vor, in ihrem Land geben muß.

Aber manchmal auch müssen sie um Mitternacht oder im Morgengrauen zur Mole gehen, und ich denke, daß, wenn die Nebelhörner der Schiffe Montes gestatten zu hören, wie sie mit ihren Männerschuhen schlurfend auf den Steinen voranschreitet, der arme Teufel spüren muß, daß er sich der Nacht des Unheils in die Arme wirft. Hier in der Zeitung stehen die Ausfahrten der Schiffe in diesem Monat angekündigt, und ich würde schwören, daß ich Montes sehen kann, wie er es erträgt, bewegungslos stehen zu bleiben von dem Augenblick an, wo das Schiff das Nebelhorn ertönen läßt und sich in Bewegung setzt, bis es so klein ist, daß es sich nicht mehr lohnt, weiter zu schauen; wie er dabei bisweilen die Augen bewegt – um immer wieder zu fragen, ohne je zu verstehen, ohne daß man ihm antwortet –, hinüber zu dem fleischigen Gesicht der Frau, das sich wohl langsam beruhigt, nachdem es zeitweise verkniffen war, traurig und kalt, als würde es ihr in den Schlaf regnen und sie hätte vergessen, die Augen zu schließen, die sehr großen und fast schönen Augen von der Farbe, die das Flußwasser an den Tagen hat, wenn der Lehm nicht aufgewühlt ist.

Ich habe von der Geschichte erfahren, ohne sie richtig zu verstehen, an dem Morgen, als Montes kam, um mir zu erzählen, daß er versucht hatte, mich zu bestehlen, daß er mir viele Sonntagswetten unterschlagen hatte, um sie für sich anzunehmen, und daß er nun die Gewinne nicht auszahlen konnte. Ich wollte nicht wissen, warum er das gemacht hatte, aber er bestand wütend darauf, und ich mußte ihm zuhören, während ich an das Glück dachte, das so freundlich zu seinen Freunden ist, und nur zu ihnen, und vor allem daran, um nicht ärgerlich zu werden, daß schließlich, wenn dieser Dummkopf nicht versucht hätte, mich zu bestehlen, die dreitausend Pesos aus meiner Tasche hätten kommen müssen. Ich beschimpfte ihn, bis mir die Worte ausgingen, und erniedrigte ihn auf jede nur erdenkliche Weise, bis es außer Zweifel stand, daß er ein armseliger Mann war, ein schmutziger Freund, ein Lump und ein Dieb; und bis es ebenfalls außer Zweifel lag, daß er einverstanden war und nichts dagegen hatte, es vor jedermann anzuerkennen, wenn mich einmal die Laune ankäme, ihm das zu befehlen. Und auch war seit jenem Montag abgemacht, daß jedes Mal, wenn ich andeutete, er sei ein Lump, indirekt, indem ich in irgendeiner Unterhaltung darauf anspielte, ganz gleich wo wir uns befanden, er auf der Stelle den Sinn meiner Worte zu begreifen und mich mit einem kurzen Lächeln wissen zu lassen hätte, durch eine kaum merkliche Bewegung des Schnurrbarts, daß er mich verstanden und daß ich recht hätte. Wir haben das nicht mit Worten abgemacht, aber so geht es seit damals. Ich habe die dreitausend Pesos bezahlt, ohne ihm etwas zu sagen, und ich habe ihn einige Wochen hingehalten, ohne zu wissen, ob ich mich entschließen würde, ihm zu helfen oder ihn zu verfolgen; dann habe ich ihn gerufen und ihm zugesagt, seinen Vorschlag anzunehmen, und daß er in meinem Büro zu arbeiten anfangen könne für zweihundert Pesos monatlich, die nicht ausgezahlt würden. Und in kaum mehr als einem Jahr, weniger als anderthalb Jahren hätte er seine Schulden abbezahlt und wäre frei, sich einen Strick zu suchen, um sich aufzuhängen. Klar, daß er nicht für mich arbeitet; ich konnte Montes zu nichts gebrauchen, seit es unmöglich war, daß er sich weiter um die Rennwetten kümmerte. Ich habe noch das Büro für Versteigerungen und Kommissionsgeschäfte, um mehr Ruhe zu haben, Leute empfangen und telefonieren zu können. So fing er also an, bei Serrano zu arbeiten, der in einigen Dingen mein Teilhaber ist und sein Büro neben meinem hat. Serrano bezahlt ihm den Lohn, oder bezahlt ihn mir, und schickt ihn den ganzen Tag vom Zoll zu den Lagern, von einem Ende der Stadt zum anderen. Mir wäre es gar nicht recht gewesen, wenn jemand erfahren hätte, daß einer meiner Angestellten nicht so sicher war wie ein Fensterchen am Auszahlschalter; so weiß es also niemand.

Ich glaube, er hat mir am ersten Tag, dem Montag, die Geschichte erzählt, oder fast die ganze, als er zu mir kam, ängstlich wie ein Hund, mit grünem Gesicht und einem Glanz von kaltem, widerwärtigem Schweiß auf der Stirn und an den Nasenflügeln. Er muß mir den Rest der Angelegenheit später erzählt haben, bei den wenigen Malen, die wir miteinander gesprochen haben.

Es begann gleichzeitig mit dem Winter, mit diesen ersten trockenkalten Tagen, die uns alle denken lassen, ohne daß wir uns darüber klar werden, was wir denken, daß die frische und saubere Luft eine Luft für gute Geschäfte ist, für Ausflüge mit den Freunden, für energische Projekte; eine prächtige Luft, vielleicht ist es das. Er, Montes, kam eines Abends nach Haus und fand seine Frau am Herd sitzen und in das darin brennende Feuer schauen. Ich sehe nicht, warum das so wichtig ist; aber er hat es so erzählt und es wiederholt. Sie war traurig und wollte nicht sagen warum, und sie blieb traurig, ohne Lust zu sprechen, die ganze Nacht und während einer weiteren Woche. Kirsten ist dick, schwer und muß eine sehr schöne Haut haben. Sie war traurig und wollte ihm nicht sagen, was mit ihr los war. »Ich habe nichts«, sagte sie, wie alle Frauen in allen Ländern sagen. Dann beschäftigte sie sich damit, das ganze Haus mit Fotografien aus Dänemark vollzuhängen, vom König, den Ministern, von Landschaften mit Kühen und Bergen oder wie es da ist. Sie sagte weiter, daß nichts mit ihr los sei, und Montes, der Dummkopf, stellte sich dies und das vor, ohne je darauf zu kommen. Dann kamen nach und nach Briefe aus Dänemark; er verstand nicht ein Wort, und sie erklärte ihm, daß sie an entfernte Verwandte geschrieben habe und daß jetzt die Antworten kamen, auch wenn die Nachrichten nicht sehr gut waren. Er sagte im Scherz, daß sie vielleicht fahren wolle, und Kirsten verneinte das. Und in jener Nacht oder in einer der nächsten faßte sie ihn an der Schulter, als er gerade einschlief, und bestand darauf, daß sie nicht fahren wolle; er fing an zu rauchen und gab ihr in allem recht, während sie sprach, als würde sie Worte aus dem Gedächtnis sagen, über Dänemark, die Flagge mit einem Kreuz und einen Weg am Hang, auf dem man zur Kirche gelangte. Alles und auf diese Art, um ihn zu überzeugen, daß sie ganz und gar glücklich mit Amerika und mit ihm sei, bis Montes friedlich einschlief.

Eine Zeitlang wurden weiter Briefe hin und her geschickt, und plötzlich eines Nachts machte sie das Licht aus, als sie im Bett waren, und sagte: »Wenn du mich läßt, erzähle ich dir etwas, und du mußt es anhören, ohne etwas zu sagen.« Er stimmte zu und lag ausgestreckt, bewegungslos neben ihr, ließ Zigarettenasche auf das umgeschlagene Laken fallen, mit gespannter Aufmerksamkeit, wie mit dem Finger am Abzug, und wartete darauf, daß ein Mann auftauchte in dem, was die Frau erzählte. Aber sie sprach von keinem Mann, und mit heiserer und weicher Stimme, als hätte sie gerade geweint, sagte sie ihm, daß man die Fahrräder auf der Straße oder die Geschäfte geöffnet lassen konnte, wenn einer zur Kirche geht oder sonstwohin, denn in Dänemark gibt es keine Diebe; sie sagte ihm, daß die Bäume größer und älter seien als an irgendeinem Ort der Welt und daß sie einen Geruch hätten, jeder Baum einen Geruch, den man nicht verwechseln könne und der als einzelner erhalten bleibe, auch wenn er sich mit den anderen Gerüchen des Waldes vermische; sie sagte, daß man im Morgengrauen aufwache, wenn Seevögel zu kreischen anfingen oder man den Lärm von den Flinten der Jäger höre; und dort wachse der Frühling langsam unter dem Schnee verborgen, bis er mit einem Schlag hervorbreche und alles überziehe wie eine Überschwemmung und die Leute das Tauwetter kommentieren. Das ist die Zeit in Dänemark, wo es die meiste Bewegung in den Fischerdörfern gibt. Auch wiederholte sie: *Esbjerg er nær ved kysten,* und das beeindruckte Montes am meisten, auch wenn er es nicht verstand; er sagte, das habe ihn mit der Lust zum Weinen angesteckt, die in der Stimme seiner Frau lag, als sie ihm das alles erzählte, mit leiser Stimme, mit diesem Singsang, in den Menschen unwillkürlich verfallen, wenn sie beten. Ein ums andere Mal. Das, was er nicht verstand, besänftigte ihn, erfüllte ihn mit Bedauern für die Frau – die schwerer war als er, stärker –, und er wollte sie beschützen wie ein verlorenes Mädchen. So muß es sein, glaube ich, denn der Satz, den er nicht verstehen konnte, war das Fernste, das Fremdeste, was aus dem unbekannten Teil von ihr kam. Von der Nacht an begann er, Mitleid zu empfinden, das immer weiter wuchs, als wäre sie krank, jeden Tag schlimmer, ohne eine Möglichkeit zur Heilung.

So hatte er irgendwann den Gedanken, er könnte etwas Großes tun, etwas, das ihm selbst guttäte, das ihm zu leben helfen und dienen würde, ihn für Jahre aufzumuntern. Es kam ihm in den Sinn, das Geld zu besorgen, um Kirsten die Reise nach Dänemark zu bezahlen. Er holte sich Auskunft, als er noch nicht wirklich daran dachte, und erfuhr, daß schon zweitausend Pesos ausreichten. Danach merkte er nicht, daß es ihm innerlich notwendig war, das Geld zu besorgen. Es muß so gewesen sein, ohne daß er wußte, was mit ihm vorging. Die zweitausend Pesos besorgen und es ihr an einem Samstagabend sagen, nach dem Essen in einem teuren Restaurant, während sie noch ein gutes Glas Wein tranken. Es sagen und ihrem vom Essen und dem Wein etwas geröteten Gesicht ansehen, daß Kirsten es nicht glaubte; daß sie glaubte, er lüge, für eine Weile, daß ihr dann die Tränen kämen und der Entschluß, es nicht anzunehmen. »Das wird schon vorbeigehen«, würde sie sagen; und Montes würde darauf bestehen, bis er sie überzeugt hätte und sie auch davon überzeugt hätte, daß er sich nicht von ihr zu trennen versuchte und daß er hier während der nötigen Zeit auf sie warten würde.

In manchen Nächten, wenn er in der Dunkelheit an die zweitausend Pesos dachte, an die Art, sie zu besorgen, und an die Szene, wenn sie in einem reservierten Nebenraum des Scopelli säßen, an einem Samstag, und er, mit ernstem Gesicht und etwas Vorfreude in den Augen, begänne, es ihr zu sagen, damit begänne, sie zu fragen, an welchem Tag sie sich einschiffen wolle; in manchen Nächten, wenn er von ihrem Traum träumte und darauf wartete einzuschlafen, sprach Kirsten ihm wieder von Dänemark. Es war nicht wirklich Dänemark; nur ein Teil des Lands, ein ganz kleines Stück Land, wo sie geboren worden war, eine Sprache gelernt hatte, wo sie das erste Mal mit einem Mann getanzt hatte und jemanden, den sie liebte, hatte sterben sehen. Es war ein Ort, den sie verloren hatte, wie man eine Sache verliert, ohne ihn vergessen zu können. Sie erzählte ihm andere Geschichten, auch wenn sie fast immer dieselben wiederholte, und Montes kam sich vor, als sähe er im Schlafzimmer die Wege, auf denen sie gegangen war, die Bäume, die Leute und die Tiere.

Mit ihrer Leibesfülle machte die Frau ihm den Platz im Bett streitig, wenn sie mit dem Gesicht zur Decke sprach; und er war immer sicher zu wissen, wie sich ihre Nase über dem Mund wölbte, wie ihre Augen inmitten der Fältchen ein wenig blinzelten und Kirstens Kinn kaum merklich zitterte, wenn sie die Sätze mit stockender Stimme hervorbrachte, aus der Tiefe der Kehle, was es etwas beschwerlich machte, ihr zuzuhören.

Dann dachte Montes an Kredite bei den Banken, an Pfandleiher, und er dachte sogar, ich könnte ihm Geld geben. Eines Samstags oder Sonntags merkte er, daß er an Kirstens Reise dachte, während er mit Jacinto in meinem Büro an den Telefonen saß und Wetten annahm für Palermo und La Plata. Es gibt flaue Tage, mit kaum tausend Pesos an Einsätzen; aber manchmal gibt es auch starke Tage, und das Geld kommt, und es sind mehr als fünftausend. Er hatte mich vor jedem Rennen anzurufen und mir den Stand der Wetten zu sagen; wenn die Gefahr groß war – manchmal spürt man das –, versuchte ich mich zu schützen, indem ich Wetten an Vélez, an Martín oder an den Basken weitergab. Es kam ihm in den Sinn, er könne mich nicht in Kenntnis setzen, er könne mir drei oder vier der stärksten Wetten verbergen und er allein einem guten Tausender in Wettscheinen die Stirn bieten und so, wenn er Mut hätte, um die Reise seiner Frau gegen einen Schuß in den Kopf spielen. Er konnte es schaffen, wenn er sich aufraffte; Jacinto hatte keine Möglichkeit, die Zahl der bei jedem Telefonanruf gespielten Wettscheine zu kontrollieren. Montes sagte mir, daß er etwa einen Monat darüber nachgedacht hatte; das scheint glaubhaft; es scheint, daß ein Mann wie er stark gezweifelt und gelitten haben muß, ehe er zwischen dem Klingeln der Telefone vor Nervosität zu schwitzen anfängt. Aber ich würde viel Geld darauf setzen, daß er in dem Punkt lügt; ich würde wetten, daß er es in irgendeinem Augenblick getan, sich auf einen Schlag entschieden hat, in einem Anfall von Selbstbewußtsein, und anfing, mich in Ruhe zu berauben, neben dem Idioten von Jacinto, der keinen Verdacht schöpfte, der nur hinterher meinte: »Ich hatte doch gleich gedacht, daß es wenig Wettscheine waren für einen solchen Nachmittag.« Ich bin sicher, daß es ein Augenblicksentschluß war, daß Montes spürte, er würde gewinnen, und daß er es nicht geplant hatte.

Und so fing er an, Wetten einzustecken, die bald dreitausend Pesos betrugen, und lief schwitzend und verzweifelt durch das Büro, schaute auf die Listen, schaute auf Jacintos Gorillakörper im Rohseidenhemd, schaute aus dem Fenster auf die Diagonal, auf der am Spätnachmittag zunehmend mehr Autos fuhren. So war es, als ihm klar zu werden begann, daß er verlor und daß die zu zahlenden Summen größer wurden, Hunderte von Pesos bei jedem Anruf, und er schwitzte diesen besonderen Schweiß der Feiglinge, schmierig, ein bißchen grün, eisig, den er im Gesicht hatte, als er am Montagmittag endlich genügend Mumm in den

Knochen hatte, zum Büro zu gehen und mit mir zu sprechen.

Er hat mit ihr davon gesprochen, bevor er versuchte, mich zu bestehlen; er hat ihr gesagt, daß etwas sehr Wichtiges und sehr Gutes geschehen werde; daß er für sie ein Geschenk haben werde, das nicht zu kaufen sei und auch nicht ein konkretes Ding, das man anfassen könnte. So fühlte er sich hinterher verpflichtet, mit ihr zu sprechen und ihr das Unglück zu erzählen; und es war nicht in dem reservierten Nebenraum des Scopelli, und sie tranken auch keinen importierten Chianti, sondern saßen in der Küche ihrer Wohnung und schlürften Mate, während ihr rundes Gesicht, im Profil und rötlich durch den Widerschein, in das Feuer schaute, das im Herd tanzte. Ich weiß nicht, wieviel sie wohl geweint haben; danach hat er die Sache geregelt, indem er mich durch die Anstellung bezahlte, und sie hat Arbeit gefunden.

Der andere Teil der Geschichte begann, als sie sich etwas später angewöhnte, zu Zeiten außer Hauses zu sein, die nichts mit ihrer Arbeit zu tun hatten; sie kam zu spät, wenn sie verabredet waren, und bisweilen stand sie nachts auf, zog sich an und ging ohne ein Wort nach draußen. Er fand nicht den Mut, etwas zu sagen, hatte nicht den Mut, viel zu sagen und frontal anzugreifen, denn sie leben von dem, was sie verdient, und von seiner Arbeit bei Serrano kommt nicht mehr als das heraus, was ich ihm hin und wieder bezahle. Also hielt er den Mund und fügte sich in seine Rolle, ihr mit seiner Übellaunigkeit lästig zu werden, einer anderen Übellaunigkeit, die zu der hinzukommt, die sie beide seit dem Nachmittag überkommen hat, als Montes versuchte, mich zu bestehlen, und die, glaube ich, sie nicht verlassen wird, bis sie sterben. Er wurde mißtrauisch und hatte den Kopf voller dummer Gedanken, bis er ihr eines Tages folgte und sah, wie sie zum Hafen ging, mit den Schuhen über die Steine schlurfend, allein, und wie sie lange Zeit starr stand und auf das Wasser schaute, in der Nähe, aber doch mit Abstand zu den Leuten, die Reisende verabschieden wollen. Wie in den Erzählungen, die sie ihm erzählt hatte, gab es keinen Mann. Dieses Mal sprachen sie, und sie gab ihm Erklärungen; Montes besteht auch auf etwas, das nicht wichtig ist: Er beharrt darauf, als könnte ich es ihm nicht glauben, daß sie es ihm mit normaler Stimme erklärt hat und daß sie nicht traurig war, nicht haßerfüllt und nicht verwirrt. Sie sagte ihm, daß sie immer zum Hafen gehe, zu jeder Zeit, um den Schiffen zuzuschauen, die nach Europa ausliefen. Er hatte Angst um sie und wollte dagegen ankämpfen, wollte sie davon überzeugen, daß, was sie mache, schlimmer sei, als im Hause zu bleiben; aber Kirsten sprach weiter mit normaler Stimme und sagte, daß es ihr guttue, das zu tun, und daß sie weiterhin zum Hafen gehen müsse, um zuzuschauen, wie die Schiffe abführen, vielleicht hinterherzuwinken oder einfach zu schauen, bis ihr die Augen müde würden, und das, sooft sie könne.

Und er hat sich schließlich davon überzeugt, daß er die Pflicht hat, sie zu begleiten, daß er so in Raten die Schuld abzahlt, die er ihr gegenüber hat, wie er die abzahlt, die er bei mir hat; und jetzt, an diesem Samstagnachmittag, wie so häufig in der Nacht oder am Mittag, bei gutem Wetter, manchmal bei Regen, der sich dem hinzufügt, der ihr immer ins Gesicht rieselt, gehen sie zusammen in Richtung Retiro und weiter, spazieren über die Mole, bis das Schiff abfährt, mischen sich ein wenig unter die Leute mit Mänteln, Reisetaschen, Blumen und Taschentüchern, und wenn das Schiff sich in Bewegung setzt, nach dem Hornsignal, werden sie starr und schauen, schauen, bis sie nicht mehr können, und jeder denkt an ganz verschiedene und verborgene Dinge, aber übereinstimmend, ohne es zu wissen, in der Trostlosigkeit und in der Empfindung, daß jeder allein ist, die immer erstaunlich wirkt, wenn wir nachdenken.

Olga Tokarczuk
Peter Dieter

Als Peter Dieter und seine Frau Erika die Grenze überquert hatten, setzte sich ein Maikäfer auf Peters Hand. Peter betrachtete ihn eingehend, der Käfer hatte sieben Punkte. Darüber freute er sich.

»Das ist zur Begrüßung«, sagte er.

Sie fuhren über eine merkwürdige Autobahn. Auf beiden Seiten standen Mädchen in engen Miniröcken und winkten den Autos zu.

Am Abend kamen sie in Wroclaw an, und Peter war überrascht, daß er die Stadt wiedererkannte. Ihm kam alles nur kleiner und dunkler vor, als steckten sie im Inneren einer Fotografie. Im Hotel mußte er vor dem Schlafengehen seine Tabletten nehmen, denn sein Herz rumpelte unregelmäßig, und die Pausen zwischen den einzelnen Schlägen dehnten sich manchmal unendlich aus.

»Wir sind zu spät gekommen«, sagte seine Frau Erika ernst und setzte sich auf das Bett. »Wir sind zu alt für solche Aufregungen. Sieh mal, wie geschwollen meine Beine sind.«

Am nächsten Tag sahen sie sich Wroclaw an; die Stadt unterschied sich nicht von all den anderen Städten, die sie im Leben gesehen hatten: verfallende Städte und blühende Städte, Städte, die zu einem Fluß hin abfielen, solche, die tief in der Erde verwachsen waren, und solche, die auf Sand gebaut waren, zart wie die Gebilde aus Schimmelpilz. Verlassene, zerstörte Städte, Städte, die auf Friedhöfen erbaut worden waren und in denen die Menschen dann lebten, als wären sie tot. Städte, die in der Mitte geteilt waren und die auf der einzigen Brücke balancierten, dem steinernen Zünglein an der Waage.

Dann kamen die Berge. Der Karpacz voller Buden mit Andenken, die Szklarska Poreba, die Peter hartnäckig *Schreiberhau* nannte, als fürchte er, mit dem neuen polnischen Namen wetteifern zu müssen. Aber eigentlich achteten sie nicht besonders auf die Gegend und dachten nur daran, wann sie endlich weiterfahren konnten, in Richtung Neurode und Glatz, und ob sie auch alles sehen würden, was sie sich vorgenommen hatten. Ob die Zeit überhaupt reichen konnte, all das zu sehen, was da gewesen war, und ob ihre Augen zu Fotoapparaten würden, die einfach alles aufnahmen, was sie sahen.

Peter wollte sein Dorf wiedersehen, und Erika wollte Peter sehen, wie er sein altes Dorf betrachtete. Sie dachte, dann würde sie endlich den ganzen Peter verstehen, vom Anfang bis zum Ende, all seine Traurigkeit, seine lakonischen Antworten, die Neigung dazu, Entscheidungen plötzlich umzustoßen, was sie immer wütend machte, oder sogar diese hartnäckige Angewohnheit, Patiencen zu legen und Zeit auf solche Dummheiten zu verschwenden, die riskanten Überholmanöver auf der Autobahn und all dieses Fremde, das immer in ihm gewesen war und sich auch nach den vierzig Jahren ihres Zusammenlebens nicht geändert hatte.

Sie stiegen in einer Pension auf dem Land ab, in der alle Aufschriften auf deutsch einluden, ersuchten, warnten und informierten. Schon vor dem Frühstück zog sich Peter die Jacke an und ging hinaus. Es war Mai, die Disteln blühten viel später als unten im Flachland. Er sah seine Berge als einen von Dunst umwobenen, verschwimmenden Umriß am Horizont. Er sog die Luft in die Nase ein. Erst der Geruch, und nicht der Anblick, löste eine ganze Lawine von Bildern aus, überbelichtete, unscharfe Bilder, abgerissene Filme ohne Ton, ohne Pointe, ohne Fabel.

Zum Frühstück gab es ein weichgekochtes Ei, danach brachen sie auf. Die Straße führte sie erst hinab, dann sanft wieder bergauf. Sie wand sich in Serpentinen, und bald verloren sie das Gefühl für die Himmelsrichtung, in die sie fuhren. Sie kamen an Dörfern vorbei, die verstreut auf den Hängen lagen, an großen und kleinen Häusern und rätselhaften Bächen, die allem Anschein zum Trotz immer derselbe kleine Fluß waren. Jedes Dorf hatte seinen Talgrund, der wie ein Stück Schokolade in den samtenen Senken lag.

Die traurigste Erfahrung an diesem Tag war die, daß Peter sein Dorf nicht wiedererkannte. Es war zu einem Weiler geschrumpft, es fehlten Häuser, Höfe, Wege und Stege. Nur ein Skelett war übrig.

Sie stellten das Auto vor der verschlossenen Kirche ab, hinter der einst, von Linden umgeben, Peters Elternhaus gestanden hatte.

Er atmete auch hier tief die Gerüche des Ortes ein, und wieder setzte das diesen seltsamen Film der Vergangenheit in Bewegung. Und dann wurde ihm klar, daß er diesen Film von nun an überall würde abspulen können, in der Kneipe, an der Tankstelle, in der Untergrundbahn, im Urlaub in Spanien oder beim Einkauf im Warenhaus, und vielleicht würde dieser wunderbare Film dann noch deutlicher und klarer, denn das, was die Augen jetzt sahen, käme ihm dabei nicht mehr in die Quere.

Sie wanderten einen schmalen, festgetretenen Weg entlang und sahen von oben auf das Dorf, das Skelett des Dorfes, die verbliebenen Häuser, die kleinen Gärtchen, die großen Lindenbäume. Und das alles lebte – dort unten gingen Menschen umher, Kühe wurden zur Weide getrieben, Hunde liefen, ein Mann brach in Gelächter aus, ein Auto hupte, ein Mensch winkte ihnen von weiter oben zu, Rauch aus den Kaminen stieg in die Luft, Vögel flogen in westliche Richtung.

Sie setzten sich ins Gras am Wegrand und aßen Chips. Erika warf einen verstohlenen Blick auf sein Gesicht und fürchtete schon zu sehen, daß seine Augen feucht waren oder sein Kinn zitterte. Aber er machte ein Gesicht wie vor dem Fernseher.

»Geh alleine weiter«, sagte sie. »Sieh mal, wie geschwollen meine Beine sind«, setzte sie hinzu, und es hörte sich an wie ein Refrain.

Er gab keine Antwort.

»Wir sind zu spät gekommen. Ich bin alt, ich bin zu schwach, um bis auf den Gipfel zu steigen. Ich gehe zum Auto zurück und warte auf dich.«

Sie strich ihm leicht über die Hand und drehte sich um. Sie hörte noch seinen letzten Satz: »Gib mir zwei Stunden, vielleicht auch drei.«

Ihr wurde plötzlich traurig zumute.

Peter Dieter ging langsam, Schritt für Schritt, er betrachtete die Steine und die Heckenrosen, die schon Knospen trugen. Alle paar Meter blieb er stehen und holte tief Luft. Dann sah er sich die Blätter an, die Grashalme und die kleinen Pilze auf ihren dünnen Stielen, die langsam die umgestürzten Bäume auffraßen.

Zuerst führte der Weg zwischen Brachland entlang, dann in einen Fichtenwald. Schließlich hörte auch der Wald auf, und Peter hatte das Bergpanorama vor sich, das er in seinem Kopf mit sich herumgetragen hatte. Er schaute nur einmal rundum, denn er hatte Angst, den Anblick allein durch sein Schauen zu zerstören, ähnlich wie bei kostbaren Briefmarken, die Farbe und Klarheit verlieren, wenn man sie zu oft betrachtet. Erst oben auf dem ersten Gipfel blieb er stehen und drehte sich langsam im Kreis, er sog und trank diesen Anblick auf. Alle Berge der Welt hatte er immer mit diesen Bergen verglichen, und keine hatte er so schön gefunden. Sie waren entweder zu groß und gewaltig oder zu unscheinbar. Oder zu wild, zu dunkel, zu bewaldet wie der Schwarzwald, oder zu besiedelt, zu gezähmt und hell wie die Pyrenäen. Er zog seinen Fotoapparat hervor und nahm auf, was er sah. Klick – die verstreuten Dörfer und Gehöfte. Klick – die dunklen Fichtenwälder voll schwarzer Schatten. Klick – das schmale Band des Baches.

Klick – die gelben Rapsfelder auf der tschechischen Seite. Klick – den Himmel. Klick – die Wolken. Dann hatte er das Gefühl, daß er keine Luft mehr bekam und jeden Moment ersticken würde.

Er machte sich erneut auf, stieg noch höher und stieß auf den Wanderweg für Touristen; ein paar junge Leute mit Rucksäcken grüßten ihn, als er sich den Schweiß abwischte, der ihm in die Augen tropfte, und gingen weiter. Eigentlich tat es ihm leid, daß sie einfach weitergegangen waren. Er hätte ihnen davon erzählen können, wie er oft hergekommen war, als er in ihrem Alter war, wie er ein kleines Stück weiter unten auf dem feuchten Moos zum ersten Mal mit einer Frau geschlafen hatte, oder er hätte ihnen die Berge zeigen können und die Stelle, wo früher die Windmühle der Olbrichts stand, die mit ihren Flügeln den Dörfern Zeichen gab. Er wollte ihnen sogar hinterherrufen, aber er hatte nicht genug Luft in den Lungen. Sein Herz hämmerte irgendwo in seiner Kehle und drückte ihm den Atem ab. Jetzt zurückzukehren, da er schon einmal hier war, wäre dumm gewesen, deshalb schleppte er sich noch die paar hundert Meter weiter, bis er genau auf dem Gipfel stand, über den die Grenze verlief. Nicht weit entfernt sah er die geweißten Pfosten, die die Grenze markierten. Allmählich ging ihm der Atem ganz aus, offensichtlich bekam ihm diese längst vergessene dünne Luft nicht. Er hatte vergessen, daß die dünne Luft für Lungen gefährlich ist, die an eine feuchte Meeresbrise gewöhnt sind.

Wenn er an den Rückweg dachte, wurde ihm schlecht. »Und wenn er jetzt hier sterben würde?« dachte er und schleppte sich zu den Grenzpfosten. Der Gedanke kam ihm aus irgendwelchen Gründen komisch vor. Nachdem er ein solches Stück bergauf gestiegen und durch halb Europa gereist war, jahrelang in einer Hafenstadt gelebt, zwei Kinder gezeugt, ein Haus gebaut, geliebt, den Krieg mitgemacht hatte. Er lachte in sich hinein und zog ein Stück Schokolade aus der Tasche. Er blieb stehen und wickelte sie sorgfältig aus dem Goldpapier, aber als er sie in den Mund steckte, wußte er, daß er sie nicht mehr hinunterschlucken würde. Etwas anderes nahm seinen Körper in Anspruch. Sein Herz zählte die Schläge ab, die Arterien erschlafften, das Hirn schüttete ein Betäubungsmittel aus, das einen sanften Tod bescherte. Mit der Schokolade im Mund setzte sich Peter an einen Grenzpfosten, und der ferne Abgrund des Horizonts zog langsam seinen Blick in sich hinein. Ein Bein hatte er in Tschechien, das andere in Polen. So saß er vielleicht eine Stunde lang und starb, Sekunde um Sekunde. Am Schluß dachte er noch an Erika, die unten im Auto auf ihn wartete und sich bestimmt Sorgen machte. Vielleicht hatte sie schon die Polizei benachrichtigt. Jetzt kam auch sie ihm unwirklich vor, ein Küsten- und Tieflandwesen. Als hätte er sein ganzes Leben geträumt. Er wußte nicht, wann er starb, denn es geschah nicht auf einmal, sondern nach und nach brach alles in ihm auseinander.

Als die Dämmerung fiel, fanden ihn die tschechischen Grenzwächter. Der eine tastete noch seine Hand nach dem Puls ab, der andere, jüngere, blickte erschreckt auf das braune Schokoladenrinnsal, das von seinem Mund bis zum Hals getropft war. Der erste zog sein Funkgerät heraus, sah den anderen fragend an, und beide sahen auf die Uhr. Sie zögerten. Sie dachten daran, daß sie zu spät zum Abendessen kommen würden. An den Bericht, den sie würden schreiben müssen. Und dann nahmen sie in stummem Einverständnis Peters Bein und schoben es von der tschechischen Seite auf die polnische. Aber das reichte ihnen noch nicht, vorsichtig zogen sie den ganzen Leichnam ein kleines Stück in nördliche Richtung, nach Polen. Und mit schlechtem Gewissen gingen sie schweigend davon.

Eine Stunde später fiel der Strahl aus den Taschenlampen zweier polnischer Grenzschützer auf Peter. Der eine schrie »Jesus!« und fuhr zurück, der andere griff instinktiv nach seiner Waffe und sah sich um. Es war völlig still, und die Ortschaften unten im Tal sahen aus wie fortgeworfene Schokoladenpapierchen, in denen sich die Sterne spiegelten. Die Polen leuchteten Peter ins Gesicht und flüsterten miteinander. Dann faßten sie ihn andächtig schweigend an Händen und Füßen und trugen ihn auf die tschechische Seite.

Und so blieb Peter Dieter sein eigener Tod in Erinnerung, bevor seine Seele ganz verschwand – als mechanische Bewegung zur einen und zur anderen Seite, als ein Balanceakt auf einer Kante, das Verharren auf einer Brücke. Und das letzte Bild, das in seinem entschlafenden Hirn auftauchte, war die Erinnerung an die Krippe in Albendorf: kleine Menschlein aus Holz, die sich in einer aufgemalten Landschaft bewegen und die ihnen vorgeschriebenen mechanischen Bewegungen ausführen. Die hölzernen Menschlein gehen umher, sie treiben hölzerne Kühe auf die Weide, hölzerne Hunde laufen, ein Mensch lacht hölzern auf, eine andere Gestalt mit Eimern in der Hand winkt, über dem aufgemalten Himmel zieht aufgemalter Rauch, aufgemalte Vögel fliegen gen Westen. Zwei Paar hölzerne Soldaten tragen Peter Dieters hölzernen Körper bis in die Unendlichkeit von einer Seite auf die andere.

Thomas Meinecke
Pilot stirbt im Cockpit: Passagier landet Flugzeug sicher

Wo immer er auch auftaucht, und er taucht nach unserem Ermessen überall viel zu oft auf, erzählt der Amerikaner Fred Grant, und Amerikaner können wir sowieso kaum ausstehen, immer wieder gern diese eine Geschichte aus seinem Leben, wobei er einen vergilbten Zeitungsausschnitt aus seiner schweinsledernen Brieftasche zu ziehen pflegt, auf dem in großen schwarzen Lettern steht: Pilot stirbt im Cockpit, Passagier landet Flugzeug sicher.

Dieser Passagier, hebt Fred Grant dann triumphierend an, war niemand anderer als ich selber, hier steht mein Name, mit meinen damals nur neunundzwanzig Jahren habe ich die Maschine nach dem plötzlichen Tode des Piloten sicher gelandet, obwohl ich zuvor noch nie an einem Steuerknüppel gesessen hatte, zunächst hatte ich es naturgemäß für einen üblen Scherz gehalten, als mir der fünfundfünfzigjährige Pilot die Steuerung der Maschine anvertraute, aber das Lachen sollte mir sehr bald vergehen.

Soweit Fred Grant, triumphierend, der vor genau drei Jahren in Davenport/Iowa mit seinem Schwiegervater einen sogenannten Vergnügungsrundflug gebucht und sogleich in die Tat umgesetzt hatte. Die beiden Männer waren immer schon ein Herz und eine Seele gewesen, auch nach der Scheidung Fred Grants von seiner Frau Karen, welche naturgemäß die Tochter seines Schwiegervaters war, waren Fred Grant und sein Schwiegervater noch relativ gute Freunde geblieben.

Zur Behebung einer geringfügigen Verstimmung jedoch hatte Fred Grant seinen Schwiegervater eines Tages zu jenem bereits erwähnten und schicksalshaften Vergnügungsrundflug über Davenport/Iowa eingeladen und mit dem

Aussprechen dieser Einladung jene geringfügige Verstimmung zwischen sich und seinem Schwiegervater bereits schlagartig behoben.

Gut gelaunt hatten sich die beiden Männer auf den Weg zum Sportflugplatz gemacht, wo sie von dem bereits erwähnten fünfundfünfzigjährigen Piloten freundlich begrüßt und sogleich in dessen bereitstehendes einmotoriges Sportflugzeug gebeten wurden.

Sowohl Fred Grant als auch sein Schwiegervater hätten an dem Piloten keinerlei Auffälligkeiten oder Unregelmäßigkeiten beobachten können, so Fred Grant, der diese Geschichte mit immer genau denselben Worten zu erzählen pflegt, dadurch, daß Fred Grant eigentlich immer nur diese eine Geschichte erzählt, und diese eine Geschichte auch immer wieder mit genau denselben Worten erzählt, können wir alle diese Geschichte inzwischen längst in- und auswendig, wir sind jedoch über das unfreiwillige Auswendigkönnen der Geschichte Fred Grants keineswegs glücklich.

Weiter im Text. Den beiden Männern sei also nichts Außergewöhnliches aufgefallen, auch hätten sie sich, so Fred Grant, wegen der extremen Leibesfülle des Piloten keine weiteren Gedanken, sondern eher, hinter dessen Rücken und ganz leise, einige Scherze gemacht.

Also gut, wir denken uns nichts weiter und steigen ein, sagt Fred Grant, wenn er an dieser Stelle seiner mittlerweile wirklich allen bekannten Erzählung angelangt ist: also gut, wir denken uns nichts weiter und steigen ein. Immer, wenn Fred Grant seine schweinslederne Brieftasche zückt, die er nach eigenen Angaben auf einem Europatrip in Florenz gekauft haben will, und kurze Zeit später triumphierend mit jenem Zeitungsausschnitt wedelt, auf dem steht: Pilot stirbt im Cockpit, Passagier landet Flugzeug sicher, denken wir automatisch immer schon an die Stelle, wo Fred Grant mit einer wirklich schlecht gespielten Seelenruhe sagt: also gut, wir denken uns nichts weiter und steigen ein, und Fred

Grant sagt diesen Satz nicht selten mehrere Male hintereinander, nur um die sogenannte und längst verlorene Spannung zu steigern und etwas Zeit für sich herauszuschinden.

Wenn man Fred Grant glauben darf, und nicht zuletzt der vergilbte Zeitungsausschnitt, den er immerzu in seiner schweinsledernen und, wie wir glauben, Florentiner Brieftasche bei sich trägt, bestätigt die Glaubwürdigkeit des Amerikaners, so waren die ersten zwanzig Minuten des Vergnügungsrundflugs über Davenport/Iowa auch wirklich, wie der Name des Unternehmens schon sagt, vergnüglich. Wir waren einfach guter Dinge, sagt auch Fred Grants Schwiegervater, und dachten uns nichts weiter, auch als der Pilot meinem Schwiegersohn ganz plötzlich aus heiterem Himmel die Steuerung der Maschine anvertraute, hielten wir das naturgemäß für einen verspäteten Faschingsscherz des Piloten, erst haben wir schallend gelacht, aber dann hat sich der Pilot immer nur an sein Herz gefaßt und gar nichts mehr gesagt, das ist uns dann doch komisch vorgekommen.

Und Fred Grant selbst sagt an dieser Stelle seiner Erzählung jedesmal: eines war uns sofort klar, hier stimmt etwas nicht. Und kurz nachdem der flugunerfahrene Vergnügungsrundflugpassagier Fred Grant zögernd und mit zitternden Händen den Steuerknüppel übernommen hatte, brach der Pilot schlagartig zusammen und verstarb. Wenngleich wir keine persönliche Beziehung zu ihm hatten, so der Schwiegervater später zu einem Reporter, hat uns doch das plötzliche Versterben des Piloten im Cockpit auf das äußerste beunruhigt, wir waren sofort wie vor den Kopf gestoßen. Wir waren ja in siebenhundertsechzig Metern Höhe, sagt Fred Grant, und es sei kein leichtes Unterfangen gewesen, sich über die massive Leiche des frisch verstorbenen Piloten hinweg in sachgerechter Weise um die Steuerung des führerlosen Sportflugzeugs zu kümmern. Sein Schwiegervater, als alter Marinefunker und Überlebender von Pearl Harbor, sei dann glücklicherweise auf die Idee gekommen, über Funk um Hilfe zu bitten.

Gesagt, getan, so Fred Grant an dieser Stelle immer wieder, so daß wir es langsam nicht mehr hören können, und zwei Fluglehrer hätten ihm daraufhin Anweisungen erteilt, mit deren Hilfe er, während der Schwiegervater zunehmend nervös wurde und also für dieses schwierige Unterfangen kaum noch zu gebrauchen war, das Flugzeug über eine Strecke von rund hundert Kilometern zum Flugplatz von Davenport/Iowa zurücksteuern und dort, Ende gut, alles gut, sagt Fred Grant, schließlich sicher aufsetzen konnte.

Der Amerikaner Fred Grant, welcher nicht zuletzt einige weiße Haare in seinen Koteletten auf dieses Erlebnis zurückführt, hat uns diese Geschichte inzwischen wohl einige Dutzend Male erzählt.

So oft haben wir diese Geschichte von Fred Grant hören müssen, daß wir uns das eine oder andere Mal schon heimlich gewünscht haben, nicht der Pilot, sondern Fred Grant selbst hätte im Cockpit des einmotorigen Sportflugzeugs hoch über Davenport/Iowa sterben sollen.

Eine neue Welt

Gesualdo Bufalino
Das Herauskommen aus der Arche oder Die Enttäuschung

Durch den Spalt zwischen den Planken wirkte das Licht über dem Wasserspiegel düster, klebrig, wie Brei, so dick, daß man es fast berühren konnte, hätte es sich nicht überall verstreut und gebrochen, wenn man es bloß mit dem Auge versuchte. Licht ... aber was für ein Licht ist das überhaupt, das weder von der Sonne stammt noch vom Mond, sondern nur eine olivgrüne, ölige Verschwommenheit ist, eine um das Schiff zu schwappendem Öl geronnene Luft? Man bekam Lust, mit dem Ruder daraufzuschlagen, mit einer Harpune hineinzustechen: etwas Feindliches, zwischen den vielen Wolken, die aus den Strudeln aufstiegen und zögernd über ihnen schwebten, verschwunden, kaum daß sie aufgetaucht waren: braune Baumstämme, Massen aufgedunsener Ertrunkener, Fetzen schwarzer Wolken, gefangen zwischen zwei Gipfeln, bedrohliche Trugbilder ...

Noah war es müde, Tag und Nacht die Pupillen aufzureißen und zwischen dem Gewände des Schlitzes durchzuspähen wie durch zweite Augenlider; er war es müde, von seinem Wachposten aus immer auf den gleichen Ausschnitt der Katastrophe starren zu müssen, ohne sich je von dem Höllenspektakel der Tier- und Menschenstimmen ablenken zu lassen, das hinter seinem Rücken tobte ...

Er hatte von Anfang an nichts davon wissen wollen, sich unter die ungeheure Mannschaft zu mischen, nicht einmal unter die, die ihm am nächsten standen und sein eigen Fleisch und Blut waren; um so weniger unter die fremderen Wesen. Sollten sie ruhig nach Belieben essen, kopulieren, schlafen, dort unten im Bauch der Arche ... Er hatte sich in einem bereitstehenden Mastkorb zusammengekauert, nur eine Schale neben sich, in die seine Frau morgens still seine Ration an Essen und Trinken hineintun würde. Hier hatte er sich einquartiert und wachte, schnitt für jeden Tag Sintflut, die die STIMME angekündigt hatte, mit einem Eisenstückchen eine Kerbe ins Holz. Nun würden es hundertfünfzig Kerben sein am Ende dieser Nacht.

Obgleich in dieser Sturmflut und Bedrängnis keine Möglichkeit bestand, es zu lenken, war das Schiff nach allen Regeln der Kunst gebaut, und Noah empfand in aller Demut einen gewissen Stolz darauf. So wendig wie widerstandsfähig, innen und außen kalfatert, dreihundert Ellen lang, fünfzig breit, dreißig hoch ... Und es sandte, vom Orkan gepeitscht, einen so durchdringenden Duft nach Harz aus, daß er das Herz überzeugte auszuharren. Es genügte Noah, wenn die Luft finsterer wurde, die Winde stärker heulten und das Ende immer näher zu kommen schien, sich unten im Kielraum auszustrecken, wo nur noch eine dünne Lage zwischen seinem Körper und dem Abgrund standhielt, es genügte ihm, mit weiten Nasenflügeln diesen Holzgeruch einzuatmen, der ein Geruch nach Wald und Höhen und nach noch lebendem, häuslichem und unschuldigem Leben war, um sein Herz aufzuheitern. Ein Haus war die Arche, und sie flog über den Fluß der Finsternis so spöttisch und unversenkbar wie eine Vogelfeder.

Eigentlich mehr als eine Feder, in seinen Kapitänsaugen. Eher ein schwimmender Bergzacken, eine mehrstöckige Festung mit einem Dach aus gekreuzten Balken und einer doppelt mit Pech versiegelten Tür. Die Arche! Der Mann liebte sie beinahe nach so vielen Tagen. Und um sie besser zu beherrschen, hatte er sich eine Strickleiter gebaut, mit der er von einem Stockwerk zum anderen klettern konnte, behende trotz der Jahre, die zahllos waren, und immer in Bewegung, hinauf und hinunter, hier, um durch ein Oberlicht die Wellen zu beobachten, wie sie trüb und feindselig herantosten, dort, um vom höchsten Ausguck, an einen Mast gebunden, zu erspähen, ob am Horizont nicht ein Zeichen der Erlösung winke. Ohne je, so weit das Auge reichte, etwas anderes zu sehen als ein bedrohliches Einstürzen bleierner Schleusen, hohe Mauern, die sich erst im letzten Augenblick vor der Nußschale aus Pinienholz öffneten, bloß um sie sofort wieder zu packen und mit ihr Ball zu spielen, während er in seinem Mastkorb wachte, auf dunkle Weise zufrieden, in dem flüssigen Wüten zu Hause zu sein, wie einst, bevor er hinausschlüpfte, um zu leben, im See des mütterlichen Schoßes.

Es bestand aber zwischen dem Mann und jenem Wasserkörper, jener unabsehbaren Bestie, seit einhundertfünfzig Tagen eine schicksalhafte Herausforderung. Nicht auch ein Friede, morgen? Er wußte nicht, was er sich antworten sollte, obwohl er ab und zu, weniger zur Besänftigung als aus Verachtung, irgend etwas von dem Proviant an Bord entwendete, um es dem Feind in den Rachen zu werfen, und es genoß, wenn er es einen winzigen Augenblick lang auf dem Strudel im Kreis tanzen sah, bevor es versank und verschwand ...

Er lauschte: Von einem unsichtbaren Ort hinter ihm drang aufgeregtes Stimmengewirr an sein Ohr. Seine drei Söhne spielten gewiß wie üblich Würfel vor dem üblichen Publikum, ihren Frauen. Während die übrige Mannschaft, die unreinen und die reinen Tiere, je paarweise in ihren Kojen zusammengedrängt lagen, begraben unter der dumpfen Trägheit von Buhlteufeln. Besser so. Er würde die wenigen möglichen Manöver allein besorgen, wie er es all diese Monate hindurch getan hatte, die Tage und Nächte in Ermangelung der Gestirne nach dem Wechsel von Wachen und Schlafen zählend, dem seine Glieder glücklicherweise noch gehorchten.

Reliquie des Seins, Unterpfand des Wieder-Seins, diese Treue der Glieder gegenüber der verehrungswürdigen Waffenruhe des Schlafes ... Nicht ohne Träume: Träume von Ruhe bei einer Hecke, und eine Musik leitete sie. Träume von Erde, von Jahreszeiten und Sternen, wie ein Toter sich ihrer entsinnen mag. Von der Erde, wie sie einst gewesen, mit Ähren und Trauben und leichten Lüftchen und behende dahinfließenden Gewässern, die plötzlich ein glitzernder Sonnenstrahl durchschneidet. Träume, die wie ein Aufleuchten waren, ein Glimmen wie von Glühwürmchen im Dunkel eines einzigen irdischen Gedächtnisses, auf einem zitternden Brett, einem Ozean preisgegeben; eines einzigen, auf einem wüsten und leeren Erdball pulsierenden Gedächtnisses, das durch die Felder des ewigen Schweigens lief, aus denen zum ersten Mal die STIMME an sein Ohr gedrungen war ...

Der Mann suchte am Himmel einen Punkt, den nur er allein kannte, aber er sah über seinem Kopf nichts als eine dunkle Höhle, den Spalt eines weinenden Auges, aus dem die Sintflut unaufhaltsam niederzustürzen schien wie eine uferlose Überschwemmung von Tränen. Er, Jehova selbst, war es, der so weinte aus dem einzigen rissigen Auge, und Sein Weinen war die Sturmwolke und die Nacht, der Abgrund und der Tod. Würden sie sich je wieder legen, jener Zorn und jener Schmerz? Würde sie je wieder sprechen, die STIMME? Dieselbe, die Noah eines Morgens, unhörbar für die anderen, zu vernehmen gemeint hatte, einen Schwur, ein Bündnis, eine Liebe hatte er herausgehört ... die Rettung, die Auferstehung, das Leben ...

Zum hundertfünfzigsten Mal senkte er das Lot ins Wasser, obwohl er wußte, daß es vergeblich war, den Wasserstand messen zu wollen. Er wartete für dies Geschäft die seltenen Pausen zwischen zwei Sturmböen ab, wenn auf das wütendste Unwetter die Armut des Regens folgte, der eisig, fahl und unabänderlich niederging ... Dann, wenn das Schiff zufällig wieder einmal in der Nähe überfluteter Alpen schlingerte, deren Gipfel man durch die Fluten erkennen konnte und deren steinerner Wall in der ersten Zeit noch eine Zuflucht diesseits des Lagunenrings geboten hatte, wenn also das Schiff kurz davor war, senkrecht einen Meeresboden zu berühren, der einem eintauchenden Anker zugänglich war, warf der Alte seinen Angelhaken in die Tiefe, ohne sich darum zu kümmern, daß der Kiel durch eine versteckte Spitze in Gefahr geraten könnte. Wie diesmal, als er eine Fuge unter seinen Füßen kreischen hörte und durch eine geborstene Daube eine dunkle Meereszunge dringen und schlangenartig über den Fußboden gleiten sah. Er war nicht bestürzt darüber, der Mann, sondern beinahe froh. Weil dieser Zusammenstoß bedeutete, daß die feste Erdkruste nicht allzu fern war, daß ein Splitter des Erdbodens seine Kinder berührt hatte, und sei es auch, um sie zu verwunden ...

Es war sein erster Versöhnungsschritt mit dem Festland, seit er von der Arche aus die höchsten Giebel einer Stadt auf Grund hatte gehen sehen, vom Blitz in Schutt und Asche gelegt, zischend wie Schmiedeeisen, wenn man es in einen Bottich taucht. Er war also beinahe froh und riß sich die Kleider vom Leib, machte ein Bündel daraus, mit dem er das Leck zustopfen konnte, besserte es mit kundigen Händen aus. Alsdann stieg er aufs Dach hinauf und schrie dreimal seinen Namen über das Wasser.

Einhunderteinundfünfzigster Tag. Noah erhob sich zu früher Stunde. Es regnete noch, aber spärlich. Der Himmel war noch schwarz, aber es war ein Schwarz, das reumütig weichen wollte. Auch der Ozean schien sich häuten zu wollen, er verfärbte sich bei jedem Windstoß, und es waren volle Böen, ungestüm und freigebig in ihrem Wesen, kräftige Seufzer und Atemzüge Gottes. Es kam dem Patriarchen vor, als vernehme er Worte in diesem Wind, doch verstand er nicht, was sie sagten, als er aber die Handflächen aus dem Korb heraushielt, blieben sie trocken, und trocken fuhr er sich damit über das Gesicht.

Er wollte nicht seine Söhne rufen, sagte seiner Frau nichts, sondern kauerte sich in seiner Luke zusammen, um einen Gedanken noch einmal zu überdenken, der ihm schon vorher den Sinn erfüllt hatte, ohne daß deutlich war, ob er Jubel oder Entsetzen brachte, ein formloser Gedanke, in dem er einschlief. Als er wieder zu sich kam und auf das Dach der Arche gestiegen war, hatten sich in der kurzen Zwischenzeit schon winzige Höcker ans Licht durchgekämpft, sah man sie triefend aus dem weltumspannenden Schiffbruch auftauchen. Hier wachsen zwei Dämme empor, die einen Kanal bilden, dort unten verzweigt sich ein Flußdelta, anderswo schiebt sich eine Sandbank zusammen. Das Schiff selbst, so teerverschmiert und schwarz, wie es ist, gleicht einem Schwan, der von Ufer zu Ufer schwimmt und festlich die Flügel aufstellt.

Dann fiel das Wolkendach in sich zusammen, wie ein Zelt oder ein Segel schlaff niedersinkt, Lichtpfeile durchbrachen es, ein riesiger siebenfarbiger Bogen spannte sich plötzlich über den Himmel. Und eine runde, rötlich-violette, rasend glückliche Sonne strahlte funkelnd auf die Erde nieder wie auf einen unendlichen Kupferschild. Der Mann rief mit einem Pfiff die Taube auf seine Schulter und sandte sie von dort mit einem Flüstern nach den Dingen aus.

Eines Morgens beschloß Noah, herauszukommen. Die Taube war zurückgekehrt und wieder fortgeflogen, wieder zurückgekehrt und wieder fortgeflogen. Inzwischen erwartete er nicht mehr, daß sie zurückkommen würde, und sein Herz frohlockte. Mit dem Ölzweiglein in der Hand trat er hinaus, berührte vorsichtig mit dem bloßen Fuß die dicke gelbe Schlammdecke, auf die das Schiff sich still gelegt hatte.

Die ersten Schritte tat er wie betrunken. Und doch ging er mutig voran, bis zum Knie einsinkend, einen Bergkamm hinauf, der oben gute Aussicht versprach. Schritt für Schritt errang er den Gipfel, von einer Felsenterrasse sah er schließlich hinunter, gierig, die jungfräuliche Welt mit den Augen zu taufen und zu lieben. Und er sah sie und liebte sie: rost- und schimmelfleckig, vulkanverraucht, mit tausend Pfützen übersät, aber rotleuchtend, o wie rotleuchtend vor festlicher Jugend!

Als er wieder hinunterstieg, wurde er von einem dreieckigen Wasserrest in einer Höhlung des Steins angezogen. Das Gesicht, das sich darin spiegelte, salz- und windgegerbt, von tausend Schrecken durchfurcht, mißfiel ihm nicht. Ein durch die Jahre majestätisches, aber zugleich herbes und erstauntes Gesicht, genauso wie die Erde und ebenso wie sie von einem untergründigen Lächeln erhellt. Das zum schallenden Gelächter wurde, als er den Aufruhr vor der Tür der Arche hörte, aus der nun ungeordnet die Familien ausschwärmten. Alles, was mit Füßen geht, fleucht und kreucht, drängte zu Höhlen, Nestern, Hütten hin. Seine eigenen Söhne, Sem, Ham und Japhet, sah er davongehen, jeden auf seinem Weg. Nur die Frau schwieg, stand neben ihm, und er streichelte ihr mit der Hand übers Haar.

»Schau«, sagte er zu ihr und wies auf die Erde, die Archipele, die Golfe, die kristallene Luft, die wechselvollen Täler und Flüsse, die weitgespannten Horizonte. Ein Gestank nach süßlicher Verwesung stieg noch von der Erde auf, aber im Schlamm erblühten schon geheimnisvolle Samen, Diamanttropfen hingen vom Laubwerk herab, Wurzeln streckten sich nach ihnen, um sie zu trinken, Tieraugen glänzten frisch im Gras.

Der Alte wandte wartend das Haupt zum Himmel. Der Himmel war sehr blau und leer, ein ironischer Regenbogen verblaßte an ihm. Dann tauchte dort oben eine Taube auf, seine Taube, und mit plumpen Flügeln schien sie ins Schleudern zu geraten, benommen von der Sonne. Noah gewahrte den Falken nicht, er hörte nur ein Flügelrauschen, einen heiseren Laut, und spürte, wie ein weißer Schatten ihm zwischen die Füße stürzte, ihm mit dem Blut der aufgerissenen Kehle die Beine bespritzte.

Wie war das möglich? Noah schärfte argwöhnisch Augen und Ohren und richtete sie auf die Welt. Verwundert und lauernd beobachtete er die erlöste Welt. Und er vernahm die zornigen Stimmen der Söhne, sah, wie sich um einen Stein eine Faust schloß, wie eine Spinne zwischen zwei Halmen ein Netz spann und daneben eine Fliege summte. Ein Wolf heulte einem Schaf nach, eine Viper biß in eine Ferse ... Wie war das möglich? Der Mann befragte die Frau mit den Augen, und die Frau antwortete mit den Augen. Eine Träne lief Noah die Wange herab, kroch unter die Haare am Kinn. Er wischte sie mit dem Handrücken fort, krümmte die Schultern, ging davon.

»Wie ist das möglich?« fragte er sich.

Fritz Rudolf Fries
Der Seeweg nach Indien

Dieser will es sein: sagt der Narr zur Königin und zeigt unter äffischen Verrenkungen auf den Mann in geflickter Kleidung. Der ist gerade von seinem Esel gestiegen, zu Schiff kam er in dieses Land, schiffskundig soll er sein, ein Matrose, armer Weberssohn aus Genua, und will alles auf eine Karte setzen. Die ist von Toscanelli, der Seeweg nach Indien geht einmal rund um den Globus, linksherum oder rechtsherum, das ist hier die Frage. Der Mann mit der breiten Stirn, den eingefallenen Wangen, Augen wie im Fieber, hat sie entschieden: Er will linksherum. Die Säufer in den Schenken am Wege grölen, wenn er ihnen von Indien erzählt. So schlägt er das berühmte Ei auf die Holzplatte, zwischen die Weinpfützen, ein Meer zwischen ihm und den andern, und das Ei steht. Er hat es an der Spitze leicht eingedrückt und gewonnen. Ja, wenn wir es so gemacht hätten, röhren die Kumpane. Hättet ihr doch, gibt er zur Antwort. Der Einfall ist von ihm. Die Majestäten auf dem Thron hören ihm zu, und in Rom mißt der Papst, in den Karten und Atlanten der Vatikanischen Bibliothek stehend, an seinem Globus herum. Es wird Ärger geben mit diesem Colón, oder wie heißt er eigentlich; denn die Portugiesen haben ihr Weltreich bei ihm angemeldet, und die Spanier wollen ihres, und der Papst, der den Ärger schlichten muß, schneidet die Welt erst einmal durch wie einen Apfel, und die linke Hälfte ist dein und die rechte mein. Und um Mein und Dein geht es ohnehin. Der Bankier Satangel ist ein Förderer dieses nicht mehr jungen Mannes im geflickten Hemd. Was der verspricht, bringt Geld. Die Krone braucht Geld, ihr Sieg gegen die Mauren, der soeben erst stattfand, hat die Einnahmen des hohen Hauses auf 885 000 Maravedís jährlich reduziert. 13 Millionen aber sollten es schon sein, fürs erste. Der

Mann aus Genua legt sie ihnen im Handumdrehen auf den Tisch. Ihnen: die Königin Isabella, strenge Stirn über mädchenhaft törichten Augen. Der König: Ferdinand, aus Aragón, ein Schürzenjäger, jeder Krieg beschert dem Lande einen neuen Bastard. Die Königin sieht es und schweigt dazu. Die Geschäfte macht sie, die Politik steht gut, Gott hat sie gegen die Ungläubigen zum Siege geführt. Jetzt kann sie müßig sein und es sich gutgehen lassen in den fremden Gärten des geschlagenen Maurenkönigs, zwischen Rosen und Wasserspielen wandelnd, eine fremde barbarische Pracht für eine in Sparsamkeit und Geiz groß gewordene Frau. Da steht dieser Matrose, der seinen Stolz hat, gleich nach Frankreich möchte, wenn man ihn nicht zum Admiral aller Meere macht, und schon die Kommissionen, die sie beauftragt hat, daß sie seine Pläne prüfen, kosten sie mehr als die 20 000 Maravedís, die man dem Hagestolz hinterhergeschickt hat, samt Maultier, um ihn in letzter Stunde an den Hof von Spanien zurückzulocken, ehe er mit seinen Plänen zur Konkurrenz geht. Die Kommissionen haben es weniger eilig als er. Ein Träumer, vierzig Jahre seines Lebens verträumt mit der Vorstellung von Ferne, irdischem Paradies, Ruhm über den Tod hinaus. Die Kommissionen besehen sich die Karten von Toscanelli, Belegstücke eines Ausländers, unvorstellbare Größenordnungen für die gelehrten Herrn, die froh wären, wenn die Welt noch immer eine Scheibe wäre wie in den guten alten Tagen, von der hinunterfiele in den Abgrund, wer sich zu weit vorwagte. Jetzt plötzlich ist sie rund, und schickt man einen nach links weg, muß man fürchten, daß er uns von rechts zurückkommt.

Auch im Hafen lachen sie über den Mann. Zu Lande kann jeder schwimmen, aber erst auf der See! Die hört, sagen wir mal, zwanzig Meilen von der Küste schon auf, See zu sein, vertrautes Gewässer für Fischfang und kleinen Kaperkrieg. Weiter hinten aber ist sie ganz schwarz, und es leben in ihr die Höllengeister, die man den Ketzern auf dem Scheiterhaufen aus dem Leib hetzt. Ein wenig seltsam ist er ja, behindert in seiner Sprache durch fremden Akzent, obschon hier jeder so spricht, wie ihm der Schnabel gewachsen ist, und das richtige Kastilisch erst noch ausgehandelt wird von den Gelehrten, die es selbst noch nicht wissen und deshalb dem Volk prüfend aufs Maul schauen. Das macht sich gute Tage seit dem großen Sieg von Granada, der jedem Bauern das Adelspatent verschaffte. Nur eben daß ein Bauer auch jetzt noch ein Bauer ist und seine Scholle nicht größer wurde. Neues Land in Indien? Wenn es nur groß genug wäre für die Not. Die Ungläubigen hat man ordentlich aufs Haupt geschlagen, erst einmal, Spanien den Spaniern, die Königin ist eine tüchtige Frau, was soll sie sich eines Hergelaufenen wegen der Lächerlichkeit preisgeben, wenn das Neue Indien so unerreichbar ist wie der Mond. Linksherum, und gleich nach Indien!

Im großen Audienzsaal der Alhambra steht er, klein unter all dem erbeuteten Prunk, seine Haltung ist steifer als die der Granden von Spanien. Diese lächeln nachsichtig aus Gesichtern, die aus den Nestern ihrer gestreiften, gefalteten Halskrausen ragen. Nicht nur drei Schiffe braucht er, gleich noch zwei Millionen Maravedís. Traum und Wirklichkeit sind eine teure Hochzeit. Er selbst ist bescheiden, was seine Person angeht. Aber zwei Söhne hat er, wer weiß, wer ihm die geboren hat, und die sollen versorgt sein, wenn ihm auf hoher See etwas zustößt. So will er mit dem Titel Admiral aller Meere und Länder die Bezüge haben, die der Titel abwirft. Befehlshaber aller Länder und Inseln will er sein, die er unterwegs – nicht zu finden *hofft,* finden *wird:* Und hätte er Zirkel und Karte in der Tasche seines abgeschabten Rocks, so zeigte er zu seinen Worten den Beweis schwarz auf weiß. Der König hält sich nur mit Mühe ob dieser Dreistigkeit an den Armstützen seines Thrones fest. Was würde sein Onkel sagen, Admiral von Kastilien und ein Querulant, wenn er ihm diesen Matrosen gleichsetzte! Wo bliebe die Hierarchie, die einen Staat hält, in dem die Armen arm zu bleiben haben. Bestenfalls Kapitänsrang und eine Pension zum Altwerden, wenn er was Entdecktes vorweisen kann. So ist es üblich hierzulande. Und Punkt.

Die Königin, prunkvoll gekleidet seit dem Sieg, ihr sprichwörtliches Weiß hat sie mit dem Fall von Granada abgelegt, findet Gefallen an dem Mann. Er und sie kennen das Wort unmöglich nicht. Man wird ihn fahren lassen. Nicht gleich. Will sich noch einmal beraten. Der Stallbursche, der ihm sein Reittier vorführt, kann ihm noch eine Nase drehen, direkt ins Gesicht, denn es hat sich herumgesprochen, daß hier ein Verrückter auf einem hölzernen Esel übers Meer reiten will, gewisser Spezereien wegen für die königliche Küche.

Er ist noch nicht durchs Stadttor und diesmal endgültig auf dem Wege nach Frankreich, als der Bankier Santangel sich den Schweiß vom Gesicht wischt, so eilig hat er es, und die Wachen beiseite schiebend, die auf das Zeremoniell hinweisen, will er vor den König. Was ist ein König ohne seinen Bankier: Santangel bekommt Audienz auf der Stelle. Der Vertrag wird abgeschlossen am 17. April des Jahres 1492. Don Cristóbal, mit Zunamen Colón, wird darin als Admiral aller Länder und Meere genannt. Der Stalljunge bittet, als Schiffsjunge mitgenommen zu werden. Der Admiral bleibt ihm die Antwort schuldig, die er ihm als Matrose zugebilligt hätte.

Inzwischen gerät das Land wieder in Unordnung. Auf Gesetz des königlichen Paars müssen alle, die den rechten Glauben nicht annehmen, das Land verlassen, ohne mehr Habe, als was sie auf dem Leib tragen können. Ungerührt vom Exodus eines Volkes nach allen Himmelsrichtungen, steht der Admiral aller Länder und Meere in schlichter, aber guter Kleidung, feiner Halskrause, gestutztem parfümiertem Bart am Hafen von Palos und sieht die Sonne ins

Meer tauchen. In Wahrheit steht sie im Zenit über den Ländern, die er träumend längst betreten hat. Was den armen Leuten, da sie viele sind, fehlt, denkt er, ist Land. Er hat es zu Hause immer zu eng gehabt. Deshalb ist er zur See gefahren. Aber ein Schiff ist nichts weiter als eine kleine Insel, eng und stickig. Das Meer ist groß. Größer sind die Träume. Unendliches Land für alle ragt auf hinter dem Horizont.

Noch immer hätten ihm die Schiffbauer, trotz der königlichen Order, seine drei Schiffe lieber aus Papier gebaut denn aus Holz, weil: der Genuese hat es nicht nur im Kopf, er hat alles nur im Kopf, Pläne und Karten und seinen Hochmut, und in seinem Kopf geht er mit dem Großen Khan von Indien Arm in Arm spazieren, indes sie hier zusehen müssen, wie sie ihr täglich Tagewerk bewältigen, so daß es genug für sie und für die Steuern des Königs abwirft. Da muß man es in den Händen haben, nicht im Kopf. Doch es entpuppt sich der tüchtigste Schiffskapitän von Palos, Martin Alonso Pinzón heißt er, wie jeder weiß, als vom Teufel geritten, denn in seinem Haus hat er Karten und Atlanten zuhauf, und in letzter Zeit fährt er mit dem Finger öfter übers Papier als übers Meer. Die Vorstellung des Genuesen behext ihn: Linksherum und man findet eine neue Welt, da die alte nichts mehr taugt. Wenn der mitmacht und auch sein Bruder, finden sich gleich neunzig Tollkühne, denen das Wasser im Hafen von Palos nicht reicht, um naß zu werden. Wenigstens wird man dann nicht gleich untergehen mit den drei Nußschalen des Herrn Admirals. Die sind so klein geraten, daß einer nicht einmal damit durch den Guadalquivir schiffen möchte, sollen aber gut sein für flache Häfen, die keiner als der Herr Admiral (im Traum) gesehen hat, und gut, die Küsten auf und ab zu fahren, wo die schönen Inderinnen stehen und ihre goldenen Früchte hinüberwerfen an Bord. Geschütze werden den Schiffen in die Rippen montiert, weiß man denn, welche Ungeheuer am Ende dort hausen; Proviant in die Bäuche geladen, während die angeheuerten Matrosen in den Schenken und Bordellen der Stadt liegen, weil a) Wasser nicht so schmeckt wie Wein; b) Frauen nicht an Bord genommen werden und man von den Liebessitten der Inderinnen bislang noch nichts vernommen hat. Und in diesem Punkt schweigt sich der Herr Admiral aus, von dem man, wenn er seine Söhne nicht vorzeigen könnte, nicht annehmen würde, daß er es mit Frauen kann.

Colón hat einen Brief in der Tasche, lateinisch angefertigt von der Hofkanzlei und versehen mit dem königlichen Siegel. Er ist an den Großen Khan gerichtet sowie an alle östlichen Herrscher, denen er seine Aufwartung machen will.

»Don Ferdinand und Doña Isabella, durch die Gnade Gottes König und Königin von Kastilien, León, Toledo, Galicien, Aragonien usw. usw ...

An den König ...

Wir haben vernommen, daß Eure Hoheit und Euer Hoheit Untertanen große Liebe für uns und Spanien hegen. Auch hat man uns mitgeteilt, daß Ihr und Eure Untertanen Neues aus Spanien zu wissen begehrt. Deshalb schicken wir Euch unseren Admiral Christoph Columbus, der Euch sagen soll, daß wir uns bei guter Gesundheit und bestem Wohlergehen befinden.

Ich, der König
Ich, die Königin

Granada, den 30. April 1492«

Die Hafenstadt Palos ist salzig vom ausgelegten Dörrfisch, süß durch ihre Weintrauben, schön durch ihre grünen Hänge, die zur Rast einladen und zu einem Blick auf die See, die sich mit dem Himmel vermählt. Erde ist etwas, das einem nicht gleich durch die Finger rinnt wie Seewasser. Ein Ort ist ein Ort, und man weiß, wo ein bissiger Hund einem auflauern kann und wo eine schöne Frau auf einen wartet. Ein Abenteuer ist ein Abenteuer, von dem man besser nur in den Büchern lesen sollte, im Winter am ruhigen Herdfeuer. Wo das Unvorstellbare beginnt, hilft das von Kind auf vertraute Unvorstellbare der Religion. Der Himmel ist so groß und weit wie das Meer: Er wird sichtbar dort, wo ihn die Heiligen bevölkern und die Engel mit den hübschen runden Gesichtern und den Flügeln hintendran, die aus den Gänsekielen der Dichter gemacht sind. Die Engel tragen lange Gewänder, die noch ein wenig ihre Füße in Sandalen sehen lassen. Wo Sandalen sind, ist auch ein Weg. Alle Wege des Himmels führen unter Zimtbäumen direkt ins Paradies. Das Indien des Admirals ist ein Paradies, sagt er, ein greifbar nahes, wenn man ankommt: ein Paradies, das man noch zu Lebzeiten schaut, mit diesen unseren irdischen Augen, die alle ein wenig blanker sind als die des Admirals, der zuviel geträumt hat. Jetzt soll er zeigen, was er geträumt hat. Dennoch ist uns göttlicher Schutz vorerst einmal so wichtig wie günstiger Wind.

So gehen sie alle am Vorabend der großen Ausfahrt, einem Donnerstag, zur Messe in die kleine Klosterkirche von La Rábida, die hoch oben überm Felsen sitzt wie die Taube des Heiligen Geistes. Und der Admiral, von dem keiner weiß, ob er ein heimlicher Ketzer ist, stellt seine Sache unter den Segen der hl. Kirche, als deren Sendbote er auszieht ins ungewisse Ferne, hin, um die Inder zu bekehren.

Benommen bis hinunter zum Schiffsjungen, der einmal ein Stallbursche war, taumeln sie nach der Messe den Hügel abwärts und in die Schiffe, die NINA und PINTA heißen; nur das Flaggschiff des Herrn Admirals heißt ein wenig frommer: SANTA MARIA. Land ade, es ist Freitag morgen, der Ort winkt vertraut herüber, Rauchfahnen aus Holzkohlenfeuer, ein Schäfer steht in seiner Herde. Unter Geschrei fährt die Besatzung aufs offene Meer wie die armen Seelen in den Schlund des Fegefeuers. Der Schäfer schlägt das Kreuz hinter ihnen und geht seiner Beschäftigung nach.

Colón ist ein zäher Rechner. Keine Meile Wasser entgeht ihm: Eingetragen wird alles ins Logbuch, ins echte. Im Fach hat er ein zweites, in das er immer nur wenige Seemeilen einträgt, zur Beruhigung für die Mannschaft, die, längst auf hoher See, noch immer glaubt, Land sicher im Rücken zu haben. Der Wind bläst aus Osten, Tag für Tag. Wie, wenn es in diesen Breiten nur diesen Wind gibt und er ihnen als pralle Wand entgegensteht, wenn sie zurückwollen? Es sei denn, sie führen um die Kugel herum, die rund sein soll wie das Ei des Columbus. Linksherum, nach Indien! Die Arbeit an Bord aber nimmt sie mit Segelsetzen und Deckscheuern gefangen, als drehten sie im Kreise.

Sie segeln dreiunddreißig Tage, und jeder Tag lang wie ein Jahr. Dreiunddreißig Jahre litt unser Heiland, bis er ins Paradies einfuhr. Wozu nur hat der Schöpfer in diesen Welteil soviel Wasser hineingegossen? Die Arche Noah belehrte den Herrn eines Besseren: Der Admiral muß es nicht nur mit dem Herrn aufnehmen, er hat neunzig Mann um sich, die ihn zu den Fischen werfen, wenn er sie betrogen hat. Wo ist Land? Wo der Große Khan, der sie mit einem Palmwedel in der Hand begrüßt?

Ich führte Ihnen einst Ihren Esel vor, Herr Admiral, würde der Schiffsjunge zu ihm sagen. Auf dem ritten Sie sicherer als auf Ihrer SANTA MARIA, scheint mir. Meine Mutter verzeiht es Ihnen nicht, wenn wir nicht ankommen. Vorerst weiß sie nicht, daß ich hier bin. Wenn wir ankommen im Paradies, will ich es mir genau ansehen, ob ich meine Brüder nachkommen lassen kann. Für wie viele Generationen übernehmen Sie eigentlich die Verantwortung, Herr Admiral? Daß sie Ihnen mal ein Standbild hinsetzen, auf dem Sie ganz aus Stein durch die Ewigkeit stehen können, bis Sie Moos ansetzen, sollte Ihnen doch nicht genügen, Herr Colón.

Der Admiral hat vorab ganz andere Sorgen. Die Magnetnadel weicht am 17. September hartnäckig ein ganzes Viertel nach Nordwesten ab. Er ist ratlos. Die Mannschaft bemerkt es, sie ist unruhig. Wenn sie, statt ins gelobte Land zu segeln, von einem Magnetberg angezogen werden, zerschellen sie alle wie ein gegen die Wand geworfenes Ei. Jeder Nagel flöge einzeln aus dem Schiffsrumpf wie abgeschossen.

Der Admiral läßt was weitererzählen vom Nordstern, der am Himmel wandert, einen Kreis um den Nordpol (der ist auf Karten ganz oben) beschreibt. Auch will er einen weißen Vogel gesehen haben, wie eine Bachstelze etwa; die nisten nur an Land. Also wo ist sein Indien? Thunfische und eine lebende Krabbe werden an Bord geholt und begrüßt wie vermißte Freunde. Da ist Land in Sicht: Gloria in excelsis Deo schallt es über die Wasser. Pinzón auf der PINTA hat Land gesichtet. Im Näherkommen löst es sich auf. Es ist nicht geheuer mit diesem Indien, das aus Wolkenbänken gebaut zu sein scheint. Schallendes Gelächter von Schiff zu Schiff und für den Abend eine doppelte Ration Wein.

Vögel ziehen südwestlich. Die Portugiesen haben ihre besten Entdeckungen gemacht, wenn sie den Vögeln folgten. Alles, was auf dem Lande gehen und nisten kann, ist gut. Sie wenden südwestlich. Am Abend des 11. Oktober sieht der Admiral, kein anderer, ein Licht, das seinen Augen kaum entsprungen sein kann: Die sehen stumpf aus, nunmehr. Ein Licht, das sich bewegt. Alle sehen es. Die Geschichten verstummen, die sie mehr oder weniger heimlich aus der Weinkanne holen, wahrhaftige Erinnerungen aus der Heimat. Und über das Ausmaß eines Hintern, den einer im Bette eines andern zurücklassen mußte, entbrennt Streit mit einem, der es besser wissen will. Jetzt ist es still, das Meer sanft und vom Mond gespiegelt. Zwei Uhr nachts gellt ein Schrei: Ein Matrose in den Rahen der PINTA, der Späher, das Adlerauge, während die andern schlafen, hat Land gesehen. Als feuchte, vom Mond glänzend gemachte Sandfläche steigt es aus den Fluten hervor, das Paradies ist nah, wenn auch noch klein, eine Insel, San Salvador, nach dem Namen des Erlösers, und erlöst sind sie erst einmal von Ungewißheit. »... wo ich viele dichtbevölkerte Inseln entdeckte«, schreibt er in einem Brief für seinen Gönner Santangel. »Ohne auf den geringsten Widerstand zu stoßen, ergriff ich von diesen im Namen unseres Herrscherpaares Besitz, indem ich Proklamationen erließ und unsere Fahnen hißte ... Von der letzten Insel aus segelte ich an der Küste entlang nach Westen und entdeckte ein Land, das ich wegen seiner großen Ausdehnung nicht für eine Insel, sondern für das Festland von Cathay hielt ...«

War dies das Paradies, so die Inder die Schar der Seligen, von denen man zu Hause nicht angenommen hatte, daß sie nackt gingen. Irdisch ihr Interesse für Trödelkram, alte Ankerstücke aus rostigem Eisen, Glasperlen, Fingerhüte. Dafür geben sie diese glänzenden Klumpen, die sie aus der Erde graben und die schimmern wie Sonnenlicht über Wasser. Das Paradies ist bunt und laut wie die Sünde, Vögel mit langem Gefieder in allen Regenbogenfarben kreischen im Gebüsch, Nachtigallen schlagen hier im November wie zu Hause im Mai. Die vom Salzwasser gedörrten, ausgebleichten Gestalten in den struppigen Bärten und schäbigen Lederwämsen spazieren auf den Inseln umher wie eine verhungerte Krähenschar. Doch auch die Untertanen des Großen Khan, der sich nicht blicken läßt, halten sie für Sendboten des Himmels und legen ihnen Speise und Trank zu Füßen, wo immer sie auftauchen. Soviel Huldigung macht verlegen, und das Schiffsvolk stellt die rechte Relation wieder her durch Besinnung auf den Glauben, den sie mitgebracht haben. Nur daß ihr Glaube in den Worten gefangensitzt, und wer die nicht versteht, wie soll der bekehrt werden? Selbst der König und die Königin hatten ja angenommen, daß die Untertanen des Großen Khan, wenn nicht spanisch, so doch lateinisch wie alle Welt verstünden.

Colón verspricht nicht nur die Seelen der Inder, Santangel kann sich holen, was er will, Harz, Hölzer, Spezereien, Baumwolle und jede Menge Gold.

Sieben Monate später ist der Admiral zurück im Hafen von Palos. Der Hof aber residiert 600 Meilen weit durch die Halbinsel, im reichen, bürgerlich fleißigen Barcelona. Um so mehr Huldigungen stecken der Admiral und die Seinen unterwegs ein, auf ihrem Ritt durch Bergpässe und Hochebenen. Wer den Ozean bezwang, für den ist jede Entfernung über Land ein Spazierweg.

Und was gab es denn zu sehen in eurem Indien? fragen die Bauern.

Zunächst einmal haben die Frauen alle einen Delphinschwanz, erläutern die Matrosen, worüber die Bauern das Kreuz schlagen. Und jeder von uns, erzählen sie, gilt dort soviel wie hierzulande ein Bischof.

Und das Land? fragen die Bauern.

Aus Milch und Honig, sagen die Matrosen. Geht doch hin und schaut es euch an. Gute Erde und nicht soviel Geröll dazwischen wie bei euch. (Sie sagen: *bei euch,* als zählten sie nicht mehr zu den Hiesigen.) Und wenn der Spaten gegen was Hartes stößt, ist es garantiert ein Goldklumpen. Sie öffnen ihre Taschen und zeigen das pure Gold darin. Den Landleuten vergeht Hören und Sehen, und ein Heiligenschein liegt dem Admiral ums Haupt.

Ein paar Mann haben sie zurückgelassen in Neuspanien, in einem Kastell, als erste Statthalter der Krone. Indes die Rückkehrer das indische Wunder lebend zur Schau tragen, sechs scheue Inder mit ihren Papageienfedern, ausgestopfte Tiere, Waffen und Hausgerät aus Übersee, Gold in Klumpen, zählt man in Neuspanien schon die ersten Toten des indischen Zeitalters. Das Kastell brennt ab, Krieg auf beiden Seiten, Raubzug der Spanier, Vergeltung oder Verrat der Inder? Auf der zweiten Reise des Admirals kommt man zu spät zum Leichenbegraben. Die Inder haben sich ihre Feinde einverleibt. Das macht: sie haben noch nicht den rechten Glauben. So schickt der Papst seinen Prediger, den Pater Bernard Buyl, mit, der mit ihnen fertig werden soll. Aber noch und hier scheint warm die Gnadensonne der Monarchen, der Admiral nimmt Platz neben dem Throngestühl. Die Gnadenbezeigung geschieht vor allem Volke, das die Inder anstaunt, und die Inder, stumm, starren zurück und wissen nicht, warum sie hier sind. Schon im nächsten Jahr sterben fünfhundert von ihnen, Frauen und Kinder dazugezählt, hier in diesem Land, als Sklaven verkauft, von Heimweh verzehrt, von fremder Luft und Speise zu Tode gequält. Die Königin verbietet den Handel mit ihren neuen zartgliedrigen Untertanen, diesen seltsamen goldbraunen Wesen, die der Fluch des biblischen Paradieses: »Im Schweiße deines Angesichts sollst du dein Brot essen«, nicht getroffen hat. Sind sie aber nicht gut zur Ausbeutung, so doch gut für den rechten Glauben. Größere Schiffe für Übersee werden entworfen, um alle Mönche, Prälaten und Missionare aufnehmen zu können.

Vorerst fahren auf der zweiten Reise die alten Haudegen, viele Sträflinge sind darunter, die der König günstig loswerden will. Verarmte Adlige haben den Admiral bestürmt, sie mitzunehmen in ein Land, wo der Boden dick mit Gold besät ist. Zu Hause kauft Gold die verfallene Ehre zurück, mancher träumt auch nur von einer Kneipe an der Stelle, wo er einst als Wegelagerer stand. Der Schiffsjunge, der ein Stallbursche war und jetzt schon als Matrose fährt und den Grünhörnern an Bord, auch wenn sie sieben Titel haben und mehr, was erzählen kann, der Stallbursche will Siedler werden und die Seinen nachkommen lassen. Linksherum, nach Indien!

Ein Paradies auf Erden fällt nicht vom Himmel. Man muß nachhelfen. Der Admiral, ein Träumer, zeigt sich als Praktiker. In seine Schiffe hat er allerlei Tiere treiben lassen, Borstenvieh, Schafe, Pferde, die Königin hat an Getreide zur Aussaat gedacht, Säcke mit Samen von Apfelsinen, Melonen, Birnen, Zitronen. In Neuspanien soll gearbeitet werden, nach Wunsch des Admirals. Gräben müssen ausgehoben, Befestigungen erbaut, feste Häuser errichtet werden. Das ist keine Arbeit für Edelleute, auch keine für entlaufene Sträflinge. Und gut, daß der Admiral noch immer an seinen Plänen spinnt, indes sie nach Gold gehen können. Noch immer hält er die Insel Cuba für das Festland von Cathay und sucht nach einer Durchfahrt in noch fernere Länder. Nachgerade hat er ein bißchen viel entdeckt, das Vorhandene sollte ausreichen, wo es hier, wie man gleich herausfindet, Gold nun doch nicht für alle gibt. Die Krone sollte den Alten pensionieren und ihm das verdiente Standbild bauen. Aber er will einen Kanal durch das Festland finden, um, wieder linksherum, die Fahrt nach Hause anzutreten, um das Ei herum, den Apfel, zum noch größeren Erstaunen der Daheimgebliebenen. Herr aller Welten will er sein. Der Allmächtige aber schickt ihm eine Augenkrankheit, dann das Fieber, schließlich halten widrige Winde die fast zweihundert Heimkehrer unterwegs fest, samt ihren dreißig Indern irren sie in der Meereswüste. Der Hungertod droht ihnen, die zum Christentum bekehrten dreißig Kannibalen könnten letzte Rettung sein, gut zugerichtet verspeist. Drei Monate narrt sie das Wasser, die Hölle der Theologen ist ein Ruhebett dagegen, ein zumindest trockenes, gut ausgewärmtes. Als Cádiz endlich mit seinen weißen Türmen und Häusern aufleuchtet, ist es allen ein Wunder. Aber die Stadt sieht an ihnen vorbei, als sie an Land gehen. Als letzter, in brauner Mönchskutte, hager wie der Tod, der Admiral selbst. Keine reitenden Boten empfangen ihn, kein Adelshaus wetteifert, ihn zu Tisch zu laden. Die Fischer sehen ihn in die Stadt trotten, die paar Getreuen hinter ihm, ein Mann, der ihnen die Steuergroschen wegfrißt für seinen Schwindel. Was hat er denn schon entdeckt? Ein paar Inseln, die im Wasser liegen wie Wackersteine im Dorfteich. Einen Haufen Wilder, die, wenn sie Gold in Fülle haben, es versteckt halten in ihrer unchristlichen Bosheit.

In San Domingo, kaum daß man es auf den neuen Karten findet, schlagen sich schon die Parteien für und gegen den Admiral und seinen Klan. Der muß weg, ein Hergelaufener, der sich nicht scheut, spanischen Edelleuten zu befehlen. Einen widerspenstigen Ritter hat er an den Galgen hängen lassen, weithin sichtbar in der Hafeneinfahrt. Der Bevollmächtigte der Krone in Sachen Indien sieht ihn sogleich bei seinem Besuch in Neuspanien. Als unparteiischer Richter ins Neue Indien geschickt, läßt Bobadilla den Admiral in Ketten legen. Mit dem Ruhm ist es vorbei. Gefesselt wird er nach seiner dritten Reise durch Cádiz geführt, und jeder kann ihm die Zunge herausstrecken.

Was gibt es denn so zu sehen in eurem Indien? fragen die Fischer und Silberschmiede von Cádiz die Matrosen, die den Kopf hängen lassen.

Wird auch nur mit Wasser gekocht, geben die zu, und die Frauen gehen dort auf zwei Beinen wie hier auch, nur daß sie gegen Geld nicht lieben. Aber Fische gibt es dort, größer, als was euch hier an der Angel hängt. Und Land genug.

Und wem gehört es? fragen die Leute.

Dem, der es bebauen will.

Na, und wer kommandiert? Euer Admiral doch nicht mehr, wie? Es sind die gleichen Herren drüben. Sind ihm alle nachgekommen. Und denen war er zu genau.

Die Leute sehen einen alten Mann, grauhaarig. Was in seinem Kopf jetzt vorgeht, weiß keiner. Neue Ländereien, die er zu finden hofft, wird es für ihn nur noch im Himmel geben. Man führt einen Märtyrer gefangen. Der gerechte Volkszorn empört sich. Was immer er gewollt hat mit seinem Indien, er hat ihnen neue Hoffnung gegeben. So hat Bobadilla verspielt, noch ehe er den Mann in Granada vorführen kann. Das Verhör wird zur großen Audienz. Die Königin schützt ihn. Der Admiral heißt wieder Admiral, seine Rechte gelten wie ehedem. Nur wäre es besser, seine Gesundheit zu schonen, keine neuen Reisen, Herr Admiral. Ein wenig Ruhe, heilende Landluft. Die Monarchen zeigen sich besorgt. Sein alter Gönner hat ein überseeisches Bankhaus eröffnet. Er kann ihm als Berater zur Seite stehen, wenn er will.

Der Admiral will nicht.

Die vierte Reise des Colón 1502 ist nichts als das Schaustück eines alternden Schauspielers, der in einem Stück auftritt, das die Entdeckung der Neuen Welt oder der Seeweg nach Indien heißt. Er gerät in Gefangenschaft feindlicher Völker, Inder oder schon Indianer genannt. Er muß ihnen den Propheten machen und den Weltuntergang predigen, wenn sie ihn nicht freilassen. Als ihren Medizinmann würden sie ihm eine Hütte bauen und ihn in Ruhe sterben lassen. Aber er muß weiter. Immer noch: linksherum, und nach Indien, wo immer das liegt.

Eulen nach Athen tragen

Wolfgang Hildesheimer
Ich trage eine Eule nach Athen

Heute ist es ein Jahr her, daß ich abends auf der Akropolis stand und, mit einem Gefühl tiefer Erfüllung, eine Eule entflattern ließ, die ich nach Athen getragen hatte.

Der Entschluß zu dieser Tat war eines Nachts in mir gereift, als ich nicht schlafen konnte. In solchen dunklen Stunden fasse ich Entschlüsse, die ich dann, wenn die Umstände es auch nur irgendwie erlauben, unmittelbar in die Tat umsetze. Dieser neue und bis dahin vielleicht kühnste Entschluß ließ sich nun zwar nicht ohne weiteres verwirklichen, wohl aber konnte seine Ausführung sofort vorbereitet werden. Ich kleidete mich an und machte mich auf den Weg zu meinem Vogelhändler. Sein Laden ist selbstverständlich nachts geschlossen, Stammkunden bedienen sich einer versteckten Nachtglocke. Ich läutete und stand bald darauf zwischen tuchbedeckten Käfigen in der nächtlich-trüben Vogelhandlung. Der Händler fragte mich, was es sein dürfe.

»Eine Eule, bitte«, sagte ich.

»Aha«, sagte er und zwinkerte mit den Augen, als behage ihm die gewiegte Kennerschaft seines Gegenübers; »Sie sind ein Kenner. Die meisten Kunden machen den Fehler, sich ihre Eulen bei Tageslicht auszusuchen. – Soll sie ein Geschenk sein?«

»Nein. Sie ist für mich. Ich möchte sie nach Athen tragen.«

»Nach Athen – aha!« Der Vogelhändler führte Daumen und Zeigefinger langsam über sein Kinn, daß die Stoppeln knirschten, und sagte: »Da würde ich Ihnen zu einem Steinkauz raten. Ich fürchte, Waldohr- oder Schleiereulen sind den Strapazen einer längeren Reise nicht gewachsen. Ein Steinkauz dagegen ist zäh und hat übrigens auch ein handlicheres Format.« –

»Einen Kauz nach Athen tragen – –?« sagte ich langsam, mit stillem Zweifel diese Vorstellung prüfend. Schon allein der Rhythmus sagte mir nicht zu.

»Dieselbe Familie«, meinte der Händler. Ich schwieg. »Nachtraubvögel«, fügte er hinzu, von der Beharrlichkeit meines Schweigens angestachelt. Offensichtlich war ihm das Wesen meiner Bedenken unbekannt.

Vielleicht wird mancher Leser ein ähnliches Dilemma schon erfahren haben und daher meine Zweifel verstehen. Jedenfalls – ich will es gestehen – siegte praktische Vernunft über philologische Deutelei: ich kaufte den Kauz. Die allzu pedantische Widerlegung einer den Gipfel des Absurden darstellenden antiken Zumutung schien es nicht wert zu sein, die Gefahr einer kurz vor dem Ziel verendenden Eule auf sich zu nehmen. Vor allem aber wollte ich die Eulenseele nicht vergewaltigen, indem ich ihren Träger zum Opfer seiner klassischen Assoziation machte. Der Mensch weiß, daß ihn Gott nach seinem Ebenbild geschaffen hat, und er trägt mitunter schwer an dieser Bürde. Dem Tier indessen sind Gleichnis und Vergleich fremd, und meiner Meinung nach gewinnt seine animalische Würde aus eben der Tatsache, daß es noch nicht einmal die einfältigste Fabel über sich selbst kennt. Entlang dieser Bahn liefen meine Überlegungen, als ich mit dem Kauz im Messingkäfig und einem großen Paket mit Brenzels Eulenfutter beladen durch die stillen Straßen nach Hause ging. Denn die Gedanken über Wesen und Sein, über Mensch und Tier, kommen mir nur – wenn überhaupt – innerhalb dieser dunklen, ahnungsschwangeren Zeitgrenze zwischen Nacht und Morgen, zu welcher Stunde selbst ein Steinkauz über seine irdische Gestalt hinauswächst. Ich trug sozusagen ein Symbol im Käfig: das Tier schlechthin.

Andrerseits verursachte mir mein philologisches Verantwortungsbewußtsein ein ungutes Gefühl, dem zu entwischen ich mich vergeblich bemühte. Es war und blieb ein

Kauz, was ich da im Käfig trug, ein Vogel also, der ganz und gar andere Gedankenbilder hervorruft als eine Eule. Mochten ihn auch alle Nicht-Zoologen für eine Eule halten: ich würde bis an mein Lebensende wissen, daß ich einen Steinkauz nach Athen getragen hätte. Im Morgengrauen besah ich den schlafenden Vogel, der von meinen Bedenken und von seiner Legendenumwobenheit nichts wußte: ahnte das gute, harmlose Tier ja noch nicht einmal, daß es ein Steinkauz und keine Eule war. Ich weiß nicht, warum dieser letztere Gedanke mich rührte – vielleicht verspüre ich in diesen Stunden zartere Regungen, die mich der Kreatur näher bringen –, jedenfalls beschloß ich, komme, was da wolle, dieses Tier nach Athen zu tragen.

Und mein Entschluß wurde belohnt. Ein morgendlicher Blick in »Brehms Tierleben« belehrte mich, daß ich mit der Wahl des Kauzes, wider besserem Wissen, das Rechte getroffen hatte. Denn während die Schleiereule auf den zoologischen Namen »Strix flammea« hört, die Waldohreule dagegen »Otis vulgaris« heißt (welch letzteres Adjektiv übrigens das hübsche Tier meiner Überzeugung nach zu Unrecht trägt), heißt der Steinkauz »Athene noctua«, und bei Ansicht der Abbildung wurde mir nunmehr klar, daß dieser tatsächlich der Vogel antiker Darstellung war. Hier hatte ich ihn, schwarz auf weiß, und ich durfte sein lebendiges Ebenbild getrost nach Athen tragen.

Wenige Tage später bestieg ich den Orient-Expreß. Mein Abteilgefährte war ein Herr, dessen Aussehen den Gelehrten verriet. Offensichtlich fuhr auch er nach Athen, wenn auch natürlich in anderer Mission. Mit verhaltener Spannung sah er mir zu, während ich den Käfig im Gepäcknetz verstaute, und noch als ich mich setzte und den Pausanias aus der Tasche zog, hing sein Blick an dem Vogel, der ruhig schlafend auf seiner Stange saß. »Eine Eule«, bestätigte ich, ohne von meinem Buch aufzusehen, in tiefer, von allen Zweifeln erlöster Seelenruhe.

»Ein Kauz«, meinte er.

»Wenn Sie so wollen«, sagte ich und sah nun doch von meinem Buch auf. »Jedenfalls entspricht das Tier genau dem Zweck, den ich verfolge.«

»Beabsichtigen Sie etwa«, fragte der Herr lauernd, »diesen Vogel nach Athen zu tragen?«

»Das ist in der Tat meine Absicht.«

Jetzt lächelte der Herr. Er schob ein Lesezeichen in sein Buch, klappte es zu, legte es beiseite und machte es sich in seiner Ecke bequem, als bereite er sich auf die längere Erörterung eines interessanten Streitpunktes vor.

»Sie haben, junger Freund«, so hub er an, »Ihren Aristophanes unaufmerksam gelesen oder falsch verstanden!« Hier setzte er zunächst einmal ab, als wolle er mich vernichtet der Wahl zwischen diesen beiden Möglichkeiten überlassen. Aber ich wählte nicht – die Anschuldigungen treffen nicht zu –, sondern entgegnete lässig, bevor er Gelegenheit hatte fortzufahren: »Ich weiß, ich weiß. Es gilt als Inbegriff der Überflüssigkeit, Eulen nach Athen zu tragen. Diese Auffassung ist mir bekannt. Dennoch bin ich, wie Sie sehen, soeben dabei, eine solche nach Athen zu tragen.«

»Einen Kauz, meinen Sie«, sagte der Gelehrte etwas spitzig, wie mir schien, als nehme er mir die Abweichung von der Konvention, den Vogel der Athene – sei er nun Kauz oder Eule – nach Athen zu tragen, richtig übel.

Lässig, mit der linken Hand, spielte ich den Trumpf aus: »Athenes Eule war bekanntlich ein Steinkauz. Die Übersetzung des Wortes »glaukoopis« mit »eulenäugig« ist eine philologische Ungenauigkeit, die auszumerzen ich mich berufen fühle.« Damit hatte ich ihn der Möglichkeit einer Entgegnung beraubt.

Und so entgegnete mir der Herr denn auch nichts mehr. Offensichtlich war er Philologe, und sein Anteil an der übernommenen Schuld ließ ihn verstummen. Er nahm die Lektüre wieder auf und tat von diesem Punkt an – wir passierten soeben den Bahnhof von Großhesselohe –, als existiere der Kauz nicht. Mit keinem Worte mehr hat er ihn erwähnt, keines Blickes mehr gewürdigt, und dafür wiederum muß ich ihm dankbar sein, denn das Tier tat immerhin einiges, was rückblickend vielleicht nicht mehr erwähnenswert ist, wohl aber in der Gegenwart von vielen Reisenden als störend, wenn nicht gar als unpassend empfunden werden mag.

Hier nun einige kurze Ratschläge für solche, die, von meinem Beispiel angespornt, beschlossen haben, ihm zu folgen: Eulen sind in der Liste der zollpflichtigen Gegenstände nicht enthalten, daher man eventuellen Zahlungsforderungen von Seiten der Beamten energisch entgegentreten darf. Käfige dagegen sind zwar an sich zollpflichtig, aber nur fabrikneue Stücke, und ein von einem Steinkauz bewohnter Käfig ist nach kurzer Zeit nicht mehr neu. Trinkgelder sind empfehlenswert. Mit Verständnis von seiten des ständig wechselnden Zugpersonals sollte nicht gerechnet werden: wer also die Sprache und Gestikulationen der Durchgangsländer nicht beherrscht, beraubt sich der Möglichkeit wirkungsvoller Verteidigung. Im ganzen – das sei zugegeben – ist ein Eulentransport nach Athen mit kleineren Mühen verbunden, aber ich wäre ein Lügner, wollte ich leugnen, daß er dieser Mühe wert ist. Wer sich von Handlungen wie etwa »Holz in den Wald tragen« oder »Wasser in den Brunnen gießen« eine ähnliche Genugtuung erhofft, der wird sich – so fürchte ich – bitter getäuscht sehen. Gewiß: der Mangel an ideellem und materiellem Aufwand solcher letzterwähnter Aktionen ist bestechend und verlockt zur Durchführung; aber der geringe Vorteil ihrer Einfachheit wird bei der von mir vollbrachten Tat durch die tiefe Befriedigung am Ziel reichlich wettgemacht.

Denn als ich gegen Abend meines ersten Tages in Athen mit meinem Eulenkäfig zur Akropolis hinanstieg, da überkam mich das Gefühl inbrünstiger Zufriedenheit. Hier vollzog sich eine Handlung, die nicht, wie so viele Experimente von heute, darauf angelegt war, die Thesen der Erzieher und Weltverbesserer von gestern zu widerlegen, sondern die sie – im Gegenteil – bestätigte. Ich war dabei, mich selbst zu überzeugen, wie müßig es wirklich war, Eulen nach Athen zu tragen; nicht etwa, weil es dort so viele gibt – weder habe ich, noch hat irgendein mir bekannter Athener dort jemals auch nur eine einzige Eule gesehen – nein: die Tat war müßig, weil Eulen dort, wie letzten Endes auch bei uns, unbrauchbar sind. Mein Glücksgefühl wird daher ein jeder verstehen, der, wie ich, am liebsten solchen Beschäftigungen nachgeht, deren Konzeption bereits von vornherein verrät, daß sie zu nichts führen können, deren Ausübung daher reiner, seliger Selbstzweck ist.

Ich löste meine Eintrittskarte, durchschritt die Propyläen und stellte mich vor den Parthenon. Mit zitternden Fingern öffnete ich den Käfig. Es war ein großer Moment. Die Eule hob sich in die Lüfte und flatterte empor, zum Giebel des Tempels, wo sie zunächst sitzen blieb.

Ein klassischer Anblick! Gegen den blauen attischen Nachthimmel, der das Weiß des Marmors hervorhob und ihn, gespenstisch schön, wie porösen Samt erscheinen ließ, hob sich mein Steinkauz ab, Lebewesen und Symbol zugleich. Ich und kein anderer hatte ihn nach Athen getragen!

»Siehst du, Selma«, hörte ich einen Mann neben mir sagen, »die Bestätigung des klassischen Wortes, daß es unnötig sei, Eulen nach Athen zu tragen? Sogar auf dem Parthenon sitzen sie.«

»Es ist ein Kauz«, erwiderte die Frau. Der Mann schwieg, wahrscheinlich betreten. Auch er war wohl Humanist, und sein Humanismus hatte sich bei ihm, wie es öfters geschieht, auf Kosten seiner Zoologie gebildet. Indessen, dem Mann konnte geholfen werden. Ich wandte mich den beiden zu, die ich unschwer als ein Paar auf der Hochzeitsreise erkannte, und sprach: »Es ist ein Steinkauz: der wahre Vogel der Göttin Pallas Athene. Heute wissen das die meisten Menschen noch nicht. Aber sie werden es bald wissen!« Mit dieser zuversichtlichen Äußerung schritt ich davon, der Wirkung meiner Worte gewiß. Ich hatte einem Hochzeitspaar zu einem vollkommeneren Bild antiker Wirklichkeit verholfen, oder doch zumindest den Keim zu einer Korrektur gelegt.

Den Käfig verkaufte ich bei einem Altmetallhändler und trat am nächsten Tag die Heimreise an. Ich bin ein vielbeschäftigter Mann und muß meine Zeit genauestens einteilen. Selbstdisziplin verbietet es mir, derartige Eskapaden vom Alltag beliebig auszudehnen.

Wenige Wochen später traf auch der Steinkauz wieder bei meinem Vogelhändler ein. Zahme Nachtraubvögel entwickeln eine große Anhänglichkeit an ihre Besitzer; eine Eigenart, die durchaus zu den zoologischen Merkwürdigkeiten zu zählen ist. Die Natur ist voller wunderbarer Geheimnisse, und es bedarf oft nur des glücklichen Zufalls, ein kleines davon zu ergründen.

Robert Walser
Koffermann und Zimmermann

Ein bekannter und rühriger Verleger, unternehmungslustig wie er war, sagte eines schönen Tages zum Schriftsteller Koffermann: »Lieber Koffermann, packen Sie sofort Ihren Koffer oder meinetwegen Köfferchen und reisen Sie, ohne daß Sie sich vorher lange besinnen, nach Japan. Haben Sie verstanden?« Der flinke und behende Koffermann, sogleich entschlossen, den schmeichelhaften Auftrag auszuführen, besann sich keine zehn Minuten lang, sondern machte sich auf die Beine, packte alle seine Gedanken und Utensilien in seinen Handkoffer, stieg in den Eisenbahnwagen und dampfte, reiste und fuhr ab nach dem berühmten und sehenswerten Lande Japan. Der Verleger oder Verlagsmann telephonierte einem mächtigen Zeitungsmann, er möchte so freundlich sein und es in die Zeitung setzen, daß Koffermann seinen Koffer gepackt habe und nach Japan abgeflogen und fortgeflutscht sei. Das las bald ein anderer Verleger oder Verlagsmann und er forderte den Schriftsteller Zimmermann auf, so rasch wie möglich zu ihm zu kommen, denn er habe ihm etwas Wichtiges zu sagen. Zimmermann war gerade damit beschäftigt, eine höfliche und weitläufige Ansprache an seine Katze zu halten, auch schlürfte er Tee, und rauchte er eine Zigarette, als der Brief anlangte, der ihm ankündigte, er solle zu seinem Verleger rennen, weil ihm derselbe etwas Wichtiges zu sagen habe. Er zog seinen bessern Anzug an, bürstete, säuberte, kämmte, wusch und verschönerte sich, wie es sich schickte, und marschierte in aller Seelenruhe zu seinem Geschäftsmann. »Lieber Zimmermann«, sagte derselbe zu Zimmermann, »ich weiß, daß Sie ein ruhiger Mensch sind, der seine Ruhe liebt! Jetzt aber müssen Sie aus aller Behaglichkeit heraus und mit der größten Unruhe, Hast und Schleunigkeit nach der Türkei fliegen. Koffermanns Verleger hat Koffermann nach Japan entsandt, weshalb ich nun Sie, mein lieber Zimmermann, nach der Türkei senden muß. Haben Sie begriffen?« Zimmermann aber begriff nicht so leicht; er besaß keine so leichte und flinke Auffassungsgabe wie Koffermann. Er bat sich eine Bedenkzeit von acht Tagen aus und ging wieder in sein Zimmer zurück, wo er sich ebenso vergnüglich wie nachdenklich auf seinen alten Reisekorb setzte, der unter der Last zu ächzen und zu seufzen begann, wie Reisekörbe bei solcher Gelegenheit zu tun pflegen. Zimmermann, der seine Ruhe und seinen stillen Aufenthalt im Zimmer liebte, war unfähig, von demselben Abschied zu nehmen. »Ich bin unfähig, vom Zimmer Abschied zu nehmen, auch ist mein Reisekorb alt, und es würde mir weh tun, ihn auf eine so weite Reise zu schicken«, schrieb Zimmermann seinem Geschäftsmann, »ich habe mir die Sache überlegt, und bitte Sie versichert zu sein, daß ich nicht nach der Türkei reisen kann. Ich eigne mich nicht dafür. Ich bin soeben in Gedanken eine halbe Stunde lang in der Türkei gewesen und habe es dort sehr langweilig gefunden. Mit dem ehemaligen Königreich Polen möchte ich es wohl eher probieren. Lassen Sie mich bitte Ihre Meinung wissen. Ich gebe Ihnen acht Tage Bedenkzeit. Nach Polen passe ich nämlich besser als nach der Türkei.« Der Verleger lachte, als er den Brief las und sagte: »Mit Zimmermann ist nichts anzufangen.«

Thomas Bernhard
In Lima

In Lima ist ein Mann festgenommen worden, der hartnäkkig behauptet hatte, in die Anden gehen zu wollen, um seine Frau zu suchen, die im vergangenen Jahr von zuhause weg in die Tauern gegangen sei und die, wie der Mann vor der Polizei in Lima zu Protokoll gegeben habe, wahrscheinlich in der Nähe des Tappenkars vom Weg abgekommen und in eine Felsspalte gestürzt sei. Da aber die Tauern und naturgemäß auch das Tappenkar in den Salzburger Alpen liegen, wie selbst die Polizeibeamten von Lima gewußt hatten, war es nicht verwunderlich, daß sich die peruanischen Polizeibeamten gefragt hatten, was der Mann, den sie in völlig verwahrlostem Zustande und nur mit einer zerrissenen Hose und mit einem sogenannten Kärntner Bauernhemd auf dem Körper mitten in Lima, weil er ihnen verdächtig vorgekommen war, verhaftet hatten, in Peru wirklich suchte. Es handelt sich bei dem Festgenommenen tatsächlich um einen aus Ferlach in Kärnten gebürtigen und dortselbst eine gutgehende Büchsenmacherei betreibenden wohlhabenden Österreicher. Nähere Angaben macht unsere Zeitung nicht.

Yasushi Inoue
Der Hochzeitstag

Seit Karaki Shunkichi seine Frau Kanako verloren hatte, waren schon zwei Jahre vergangen. Ein Mann galt mit siebenunddreißig als noch jung, und da es heißt, kaum einer könne sein ganzes Leben über allein bleiben, wurde das Gespräch ab diesem Frühjahr immer öfter auf eine zweite Frau gebracht.

Shunkichi wehrte stets ab:

»Ach, das hat doch noch Zeit.«

Doch sagte er das nur, weil er die Gefühle der Leute nicht verletzen wollte, die schließlich eigens und in bester Absicht gekommen waren, um mit ihm darüber zu sprechen. Er selbst hatte nicht vor, sich ein zweites Mal eine Frau zu nehmen. Ihm stand nicht der Sinn danach, wieder zu heiraten, wie viele Jahre auch vergehen mochten. Darin zeigte sich etwas wie Liebe für seine verstorbene Frau Kanako. Nicht Liebe, nur etwas in der Art, er selbst hätte es nicht Liebe genannt. Wenn er an die kurzen fünf Jahre mit Kanako zurückdachte, hatte er eigentlich nicht das Gefühl, er habe sie sehr geliebt. Ihre schwatzhafte, rechthaberische Art war ihm oft auf die Nerven gegangen. Außerdem hatte sie sehr gewöhnlich ausgesehen, und wenn sie auch nicht gerade häßlich gewesen war, so hatte er sie doch nie schön gefunden. Da sie aus einer Handwerkerfamilie stammte, hatte sie über keinerlei gesellschaftlichen Schliff verfügt, und dieser Punkt hatte Shunkichi am meisten mißfallen. Auch seine Verwandtschaft hatte sie daher nicht mit offenen Armen empfangen.

»Bloß weil du mit Tante Kanako reingefallen bist, bringst du es jetzt nicht fertig, noch mal zu heiraten. Du Ärmster!« hatte seine jüngste Schwester, die keine Hemmungen hatte, auszusprechen, was ihr in den Sinn kam, einmal bemerkt.

Seine übrigen Geschwister und seine Eltern waren natürlich der gleichen Meinung, die im großen und ganzen auch von seiner Verwandtschaft und seinem Freundeskreis geteilt wurde.

Wenn man so will, sind es vielleicht gar keine schlechten Erfahrungen gewesen, überlegte Shunkichi. Daß er nicht wieder heiraten wollte, lag nicht an den Erfahrungen, die er mit Kanako gemacht hatte, sondern an dem Gefühl, ihr etwas schuldig, ihr gegenüber zu etwas verpflichtet zu sein. Das würde wohl niemand verstehen.

»Du, such dir diesmal eine ganz normale Frau. Sonst wird's ein trostloses Leben, du treibst ja auch nicht gerade viel Aufwand«, hatte er tatsächlich bei einer anderen Gelegenheit von derselben Schwester zu hören bekommen.

In ihren Worten lag eine ganz schön beißende Ironie.

Im Umgang mit Geld war Shunkichi nämlich schon fast zu vorsichtig und gab keinen Groschen unnötig aus, so daß er mitunter sogar seinen gesellschaftlichen Verpflichtungen nicht nachkam. Doch Kanako hatte ihm in diesem Punkt gewiß nicht nachgestanden. Sie war so haarsträubend geizig gewesen, daß manchmal selbst Shunkichi staunte, und ihre äußerst knauserige Art war hauptsächlich der Grund, warum sie von seiner Verwandtschaft so schlecht aufgenommen worden war. Doch es muß auch gesagt sein, daß sie bei Shunkichis Posten als Buchhalter in einer kleinen Bauholzfirma gar nicht mit dem Geld über die Runden gekommen wäre, wenn sie nicht an allen Ecken und Enden gespart hätte. Tatsache war, daß sie gar keinen Aufwand hätte treiben können. Wenn Shunkichi auf die fünf Jahre mit Kanako zurückblickte, brachte er es daher nicht fertig, ihr die Schuld zu geben, auch wenn ihm bewußt war, daß sie beide gewiß kein aufwendiges und manchmal vielleicht wirklich trostloses Leben geführt hatten, wie sich seine Schwester ausgedrückt hatte.

Der eigentliche Grund für seine Abneigung gegen eine

zweite Ehe war, daß Shunkichi nicht glaubte, je wieder eine so sparsame Frau wie Kanako zu finden. Ihm war, als müsse es sie zutiefst kränken, wenn nun, nachdem sie so gespart und den Haushalt zusammengehalten hatte, eine gedankenlose Frau ins Haus käme und sich einfach bedienen würde nach der Devise, was man brauche, müsse man eben haben. Kanako täte ihm dann so leid, unerträglich leid.

»Ich habe Kanako halt doch geliebt«, sagte sich Shunkichi eines Abends allein in seiner Wohnung, nachdem er einen Freund verabschiedet hatte, der ihm eine Ehekandidatin hatte vorstellen wollen.

Er mußte daran denken, wie er in den fünf Jahren, die er mit Kanako in dieser Wohnung verbracht hatte, wenigstens an diesem einen Abend kurz vor ihrem Ende ihren kalten Körper mit einer auflodernden Liebe umfangen hatte. Ein rührendes, für ihn unersetzliches Wesen hatte er mit dem eigenen Körper gewärmt. Was sollte das sein, wenn nicht Liebe?

Und auf einmal, mit dem Gefühl von Distanz, mit dem man etwa den Lauf der Gezeiten beobachtet, erinnerte er sich an die schöne oder weniger schöne Hakone-Reise vor zwei Jahren.

Vor zwei Jahren war es gewesen. An diesem Tag war Karaki Shunkichi ein wenig aufgeregt aus der kleinen Bauholzfirma in seine Vorstadtwohnung zurückgekehrt. Als er die Tür aufgemacht und Kanako erblickt hatte, hatte er ein leicht mißmutiges Gesicht gezogen und mit gedämpfter Stimme gesagt:

»Wir haben zehntausend Yen gewonnen!«

Beim Abendessen hatte er dann im Schneidersitz mit ernster Miene dagesessen und stur geschwiegen.

Als Kanako hörte, daß sie zehntausend Yen gewonnen hatten, schaute sie zunächst verständnislos drein, doch als ihr klar wurde, daß es sich um eines der Lose handeln mußte, die von der M-Bank je tausend Yen Spareinlage ausgegeben wurden und von denen sie sechs erhalten hatten, war sie auf einmal wie verwandelt, und eine fröhliche Ausgelassenheit brach hervor.

»Gewonnen, zehntausend Yen! Aber das ist ja phantastisch.«

Nachdem sie ihrer Begeisterung Luft gemacht hatte, brach ein unablässiger Redeschwall aus ihr hervor. Anscheinend fürchtete sie, das Glück, das ihnen da in den Schoß gefallen war, könne sich auf der Stelle verflüchtigen, wenn sie aufhörte, darüber zu reden.

Shunkichi, der irgendwelchen düsteren Gedanken nachhing, wirkte eher noch niedergeschlagener als sonst. An das Glück, das sie so unvermutet heimgesucht hatte, konnte er noch nicht recht glauben, und die Angst ließ ihn nicht los, es könne ihnen jederzeit zwischen den Fingern zerrinnen. Er hatte die Gewinnummer mit eigenen Augen überprüft und sie dann, da ihm das nicht genügte, auch noch am Bankschalter bestätigen lassen, so daß eigentlich kein Zweifel mehr bestehen konnte; dennoch war ihm, als dürfe er sich dem Rausch dieses Glücks nicht hingeben, solange er den Betrag von zehntausend Yen nicht wahrhaftig in Händen habe.

Fünfunddreißig Jahre hatte Shunkichi ein Leben geführt, in dem Glück überhaupt keine Rolle gespielt hatte, und er selbst hätte nicht im Traum erwartet, daß sich das je ändern würde.

»Fünftausend sparen wir, und für fünftausend Yen machen wir eine Reise. Auch wenn wir die ausgeben, bleibt uns immer noch die Hälfte.«

Unter allen Bewohnern des Mietshauses hatten nur sie keine Hochzeitsreise gemacht und in den ganzen fünf Jahren auch sonst nie eine besondere Reise unternommen; da sich Kanako immer genierte, wenn die Rede auf dergleichen kam, wollte sie nun, da sie unerwartet in den Besitz von zehntausend Yen gekommen waren, für die Hälfte des Geldes vor allen Dingen erst einmal verreisen. Was gäbe es für einen Riesenaufruhr unter den anderen Frauen im Mietshaus und wie würde man sie beneiden, wenn sie beide eine Nacht in einem Hotel in Hakone verbrächten! Bei der Vorstellung, wie die Leute, die sie gewöhnlich hinterrücks als Knauserer und Geizhälse beschimpften, dann das Maul aufsperren würden, wurde Kanako regelrecht schwindlig.

»Eine Reise? Fünftausend für einen einzigen Abend? So was Blödes! Frauen können einfach nicht mit Geld umgehen«, knurrte Shunkichi verärgert.

Kanakos Leichtsinn kam ihm vor wie eine Blasphemie gegen die Heiligkeit ihres Glücks. Wenn man so maßlose Pläne schmiedete, mußte sich das Glück ja auf der Stelle in Luft auflösen! Mit Glück war das sicher so eine Sache. Jedenfalls sollte man bescheidener sein.

»Noch wissen wir gar nicht, ob wir es überhaupt kriegen. Also hör auf, irgendwelchen dummen Träumen nachzuhängen.«

»Aber wir haben es doch gewonnen.«

»Also gut, dann haben wir's halt gewonnen.«

»Dann kriegen wir das Geld doch auch.«

»Normalerweise kriegt man's schon, aber man sollte sich nicht drauf verlassen, bis man es auch wirklich hat.«

»Na so was!«

Kanako war unzufrieden mit ihrem Mann, bei dem so gar keine Fröhlichkeit aufkam. Und da ihr der Verdacht kam, er könne, wenn er die zehntausend Yen erst habe, möglicherweise die ganze Summe sparen wollen, statt sie ihr auszuhändigen, fügte sie hinzu:

»Die anderen sagen ständig, du seist schrecklich geizig, nur ich habe das nie von dir geglaubt. Wir würden es ja anders gar nicht schaffen. Aber wenn du es auch diesmal machst wie immer, werde ich meine Meinung ändern müssen.«

»Von wem redest du eigentlich?«

Was sind doch die Weiber blöd, dachte Shunkichi. Doch wehrte oder rechtfertigte er sich nicht weiter. Beim Gedanken an die fünf langen Tage, die es dauern würde, bis er die zehntausend Yen wirklich in Händen hatte, zweifelte er, ob er die Ungewißheit überhaupt würde ertragen können, und wie ein Tier, das sich in einer dunklen Höhle versteckt, verkroch er sich in seine wirren Gedanken, mit denen er allein war und in denen sich abgrundtiefe Angst und Hoffnung mischten.

Aber das zum Greifen nahe Glück stieß Karaki Shunkichi tatsächlich zu. Am Bankschalter erhielt er zehntausend Yen, und nachdem er sich vergewissert hatte, daß dieses Glück auch wirklich ihm widerfahren war, schmiedete er sogleich Pläne, wie er über das Geld verfügen wollte.

Im Grunde kam ihm derselbe Einfall, den Kanako zuvor geäußert hatte, nämlich fünftausend Yen erst mal zu sparen und für fünftausend Yen eine Reise zu machen. Unwillkürlich stellte er sich die Gesichter seiner Kollegen aus der Firma vor, die ihn normalerweise nicht wie ihresgleichen behandelten, und die Mienen seiner ganzen Verwandten, die ihn nur schlechtmachten und sagten, er komme seinen Verpflichtungen nicht nach. Denen werd' ich's zeigen, dachte er.

Daß ihnen auf einmal die unvorstellbare Summe von zehntausend Yen in den Schoß gefallen war, hatten sie doch nur der Tatsache zu verdanken, daß sie aus seinem mageren Monatslohn sechstausend Yen zusammengekratzt, sich das Geld regelrecht vom Mund abgeknapst und es in ein Depot getan, es in ein Sparguthaben eingezahlt hatten. Selbst wenn sie fünftausend ausgaben, blieben ihnen ja immer noch fünftausend! Was würden die anderen Augen machen!

Zum ersten Mal kehrte er beschwingt in die Wohnung zurück. Er zog zehn Tausend-Yen-Scheine aus der Tasche, blätterte sie vor Kanako auf den Tisch und sagte:

»Am Fünfzehnten ist unser Hochzeitstag, zufällig gerade ein Sonntag, wollen wir da nicht von Sonntag auf Montag nach Hakone fahren und uns dort zwei schöne Tage machen?«

Aber Kanako brummte nur: »Na ja« und schien eine Weile in tiefes Nachdenken versunken. Dann teilte sie die Banknoten in zwei Haufen, starrte sie unverwandt an und sagte:

»Für einen einzigen Abend fünftausend Yen auszugeben finde ich irgendwie schade. Wenn ich bloß dran denke, wie schwer es wäre, das vom Lohn zusammenzusparen! Wollen wir es nicht lieber auf die hohe Kante legen?«

Die heitere Ausgelassenheit, die sie bis gestern erfüllt hatte, war in dem Augenblick verflogen, in dem sie die zehntausend Yen vor sich sah, und hatte nüchternem Kalkül Platz gemacht.

»Aber du hast doch davon angefangen.«

»Meinetwegen, bloß kann ich Geld nicht einfach so mit vollen Händen ausgeben, wenn ich dran denke, wie schwer wir es bisher gehabt haben. Fünftausend Yen für einen einzigen Abend!«

»Aber wir hätten dann doch immer noch fünftausend!«

»Ja und, sonst hätten wir eben noch zehntausend. Futsch, an einem einzigen Abend, das wär' doch schad'!«

»Sei nicht so geizig, das ist es doch, was die Leute an dir auszusetzen haben.«

»Sollen die Leute doch reden, was sie wollen.«

Dann gerieten sie sich ein wenig in die Haare. Doch sosehr sie auch stritten, es herrschte doch eine ungewöhnlich gelöste Stimmung. Und schließlich wurde beschlossen, fünftausend Yen zu sparen und bei den restlichen fünftausend Yen so zu tun, als habe es sie nie gegeben, und dafür eine Reise mit Übernachtung nach Hakone zu unternehmen.

Vom Ende des Abendessens bis zum Schlafengehen redeten die beiden von nichts anderem mehr.

Es war der 15. November, der fünfte Hochzeitstag von Shunkichi und Kanako.

An diesem Morgen stand Kanako um vier Uhr früh auf und machte sich unter Geklapper an der Kochstelle im Flur des Mietshauses daran, ein Picknick zuzubereiten, das sie an diesem Tag in den Bergen von Hakone essen würden.

Shunkichi hatte vorgeschlagen, irgendwo ein fertiges Picknick zu kaufen oder ein Eintopfgericht zu essen, wenn sie schon mal eine Reise machten, aber Kanako hatte darauf bestanden, es sei gescheiter, von zu Hause Sushi oder dergleichen mitzunehmen, statt für das Mittagessen teures Geld auszugeben, mit dem sie sich lieber im Hotel einen schönen Abend machen sollten.

Schließlich hatte auch Shunkichi dies eingesehen, doch da sich Kanako irgendwie vor den Wohnungsnachbarn genierte, am Abend zuvor an der gemeinschaftlichen Kochstelle das Picknick für den folgenden Tag zuzubereiten, stand sie lieber am Tag der Abreise im Morgengrauen auf.

Sie tat wahrhaftig gut daran, sich nicht den Blicken der Leute auszusetzen, denn die Hakone-Reise von Shunkichi und Kanako war zum Gesprächsthema des ganzen Mietshauses geworden. Kanako hatte tagtäglich bis zur Abreise damit aufgeschnitten, und so war diese Reise nach Hakone zur Feier des Hochzeitstages für die Nachbarn allmählich zum bedeutendsten Ereignis seit Kriegsende geworden, so daß es sogar ihr selbst peinlich wurde.

Wenn sie nur einen Fuß aus der Tür setzte, bekam sie von den Frauen, die scharenweise auf sie gelauert hatten, Sprüche zu hören wie »Morgen ist es soweit, oder?« und »Na denn, alles Gute!«, in denen sich Neid, Mißgunst und Hohn mischten.

Um acht Uhr früh bestiegen sie den Zug nach Numazu. Der Waggon war zum Glück leer, so daß Shunkichi und Kanako zwei gegenüberliegende Fensterplätze kriegen konnten.

Hinter Ôfuna gab ihnen die Landschaft draußen vor dem Zugfenster das Gefühl, daß sie die Großstadt endlich hinter sich hatten. In der reinen, klaren Luft leuchteten Häuser, Straßen, Hügel und Felder in den Strahlen der kalten winterlichen Sonne in zarten Farben. Die Zitrusbäume, deren Zweige sich unter der gelben Last bogen, die Persimonenbäume voll orangefarbener Früchte, das helle Bambusdikkicht, die Strohdächer, die Dorfkinder in ihren Kimonos, die Hände unter die Achseln gesteckt, das blaue Meer, die zum Meer hin steil abfallenden Klippen, all dies sprang in Kanakos Blickfeld und verschwand auf der Stelle hinter ihrem Rücken. Jedesmal jubelte sie innerlich auf. Gebannt betrachtete sie die Landschaft draußen vor dem Fenster und wandte kein Auge von ihr.

Als sie an einem Bahnhof hielten, schob Shunkichi das Fenster auf, um Mandarinen und Limonade zu kaufen.

»Laß doch, ist doch bloß rausgeschmissenes Geld«, protestierte Kanako.

Sie hatte ihren Spaß auch ohne Mandarinen oder Limonade. Solche Dinge würden ihr gegenwärtiges Vergnügen nicht im geringsten steigern.

Shunkichi fand zwar, sie hätten ja schließlich fünftausend Yen, teilte aber im Grunde ihre Ansicht. Er selbst hatte keinen großen Durst, und eigentlich hatte er es nur vorgeschlagen, weil er mal Geld ausgeben wollte; bis auf die Zugfahrkarten hatte er ja noch gar nichts gekauft.

In Odawara verließen sie den Zug. Kanako maß alle Fahrgäste, die nicht ausstiegen, mit einem halb verächtlichen, halb mitleidigen Blick. In einem seltsamen Gang, den wohl nur Leute an sich hatten, die eine Reise mit Übernachtung zu den heißen Quellen unternahmen, und der ihr selber ulkig vorkam, stieg sie die Bahnsteigtreppe hinunter, dann eine andere Treppe hinauf und begab sich zur Bahn nach Hakone. Der Schaffner, die Fahrgäste, die Bahnhofsbuden und die Verkäuferinnen, alles war in ihren Augen bedeutsam und voller Leben.

Wenig später ertönte ein bezauberndes Klingeln, eine übermächtige Ergriffenheit ließ Kanako erbeben, und von wundersamem Glanz erfüllt setzte sich die Bahn in Richtung der Berge von Hakone in Bewegung.

Als Shunkichi und Kanako an einer kleinen Haltestelle nahe der Endstation der Bergbahn ausstiegen, war es ein Uhr. Da ihnen noch eine Stunde blieb, bis der Bus nach Motohakone fuhr, setzten sie sich in eine kleine Teestube vor dem Bahnhof und aßen zu Mittag. Aus einem Tragetuch aus rotem Seidenkrepp holte Kanako zwei Picknickschachteln hervor. Darin lagen neben in getrocknete Algen gewickelten Reisröllchen rot eingemachter Ingwer und süßes Omelett. Nachdem sie dies aufgegessen hatten, schälten sie die hartgekochten Eier, die Kanako ebenfalls am Morgen in der Küche des Mietshauses vorbereitet hatte.

Kanako wollte einige Postkarten haben, die es im Laden gab, aber Shunkichi war dagegen:

»Wenn du schon welche kaufst, nimm welche vom Hotel, wo wir heute übernachten.«

»Stimmt, welche vom Hotelbad mit den heißen Quellen drauf wären schick.«

Da die Postkarten eigentlich als Mitbringsel für die Nachbarinnen gedacht waren und Kanako glaubte, Karten vom Hotel seien sicher noch eindrucksvoller, verschob sie den Kauf auf später.

Shunkichi wiederum hatte im Ladenregal eine Reihe Whiskeyfläschchen erspäht und wollte eines kaufen, aber diesmal war Kanako dagegen:

»Das wollen wir uns fürs Abendessen aufheben, dann genehmige ich mir auch einen Schluck.«

Schließlich hatten sie also nur den Tee zu bezahlen, dann bestiegen sie den Bus nach Motohakone. Sie wollten die Nacht in einem kleinen Thermalort an der Strecke verbringen, am folgenden Vormittag den Ashinoko-See besichtigen und dann am Nachmittag mit dem Bus über den Jukkoku-Paß nach Atami fahren.

Im Bus wurde ihnen klar, daß sie viel zu früh im Hotel eintreffen würden, und so beschlossen sie, etwa zwei Stationen vorher auszusteigen und von dort aus zu Fuß bis zu dem Dorf zu gehen, in dem das Hotel stand.

An einer Haltestelle auf einem einsamen Bergrücken, auf dem weit und breit kein Haus und keine Menschenseele zu sehen waren, stiegen sie aus. Seite an Seite schritten sie auf der beschwerlichen, mit Geröll übersäten Landstraße nebeneinander her. Mal kamen sie durch einen Zedernhain, dann öffnete sich der Blick plötzlich wieder, und der Weg folgte dem sanften Auf und Ab der Hügel.

Ein kalter Wind blies, aber das Laufen hielt sie warm. Und die schräg einfallenden Strahlen der stillen Sonne beschienen die weiße Landstraße und die beiden Menschen, die dort nebeneinander hergingen.

Der Weg tauchte in ein Zedernwäldchen ein und gabelte sich. Shunkichi meinte, der rechte Weg, der am Fuß des Berges entlangführte, sei eine Abkürzung, und Kanako behauptete, die Landstraße, auf der der Bus verkehrte, sei kürzer. Jedenfalls mußten sich die beiden Wege nach ein paar hundert Metern wieder treffen.

»Geh du da lang. Ich probiere mal diesen Weg aus«, schlug Shunkichi vor.

»Ist gut. Ich bin bestimmt schneller. Auf der großen Straße komme ich sicher besser vorwärts, selbst wenn es ein Umweg ist«, nahm Kanako die Herausforderung an.

Übermut hatte die beiden zu dieser albernen kleinen Wette verleitet.

Als Shunkichi jenseits des Zedernwäldchens verschwunden war, schrie ihm Kanako wie ein kleines Mädchen nach:

»Rennen gilt nicht!«

Dann fing sie freilich selbst fast zu rennen an. Und wenig später hatte sie die Einmündung erreicht. Shunkichi war nirgends zu sehen.

Kanako setzte sich auf einen Stein am Wegrand und wartete. Zehn Minuten verstrichen, dann zwanzig, aber von Shunkichi war immer noch nichts zu sehen.

Nun fing sie an, sich Sorgen zu machen, wollte ihm entgegengehen und lief daher den Pfad am Fuß des Berges zurück, auf dem er kommen mußte. Sie war schon über einen halben Kilometer gelaufen, und der Weg führte noch immer am Berg entlang. Also machte sie kehrt, lief zur selben Stelle zurück und wartete abermals zwanzig Minuten.

Als sie aufsah, war die Sonne bereits untergegangen, und ein eisiger Wind strich heran und rauschte im Dickicht der Bäume.

Angsterfüllt legte Kanako die Hände an den Mund und rief in alle Richtungen:

»Shunkichi!«

Dann lauschte sie angestrengt, aber sie vernahm aus der Ferne nur das Echo der eigenen Stimme, und von nirgendwoher kam Antwort.

Halb von Sinnen vor Sorge rannte sie den Weg zurück, den sie gekommen war. Und als sie die Stelle erreichte, an der sie sich von Shunkichi getrennt hatte, stand er da, verfroren und mit hochgeklapptem Mantelkragen.

»Wo hast du eigentlich gesteckt?« fauchte Kanako. Erleichterung und Ärger kamen gleichzeitig in ihr hoch.

»Und du, was hast du derweil getrieben?« gab Shunkichi, ebenfalls in bissigem Tonfall, zurück.

Es stellte sich heraus, daß Shunkichi an einer anderen Einmündung gewartet hatte, die noch ein paar hundert Meter hinter der Stelle lag, die Kanako für den Punkt gehalten hatte, an dem sich die Wege treffen.

»Nicht zu fassen, deinetwegen bin ich völlig fertig«, schimpfte Shunkichi.

Da er Kanako nicht hatte finden können, war er auf der Landstraße bis zum Ausgangspunkt zurückgelaufen und hatte so alles in allem über zwei Kilometer zurückgelegt.

»Du warst es doch, der diesen Blödsinn vorgeschlagen hat. Ich, ich bin völlig fertig.«

Auch Kanako kochte vor Wut.

Beide waren durchgeschwitzt und froren nun, da sie stehengeblieben waren, in der bitteren Kälte. Eine Weile standen sie sich am Straßenrand wie Todfeinde gegenüber und zitterten.

Aber so konnte es nicht weitergehen. Nach etwa zehn Minuten legte sich die Gereiztheit, und beide schlurften, müde die Füße hinter sich herziehend, nebeneinanderher zur nächsten Bushaltestelle. Die Aussicht auf das gemeinsame Vergnügen, bald ins Hotel zu kommen und in ein heißes Quellbad einzutauchen, besänftigte die erhitzten, unterkühlten Gemüter.

Ein Kollege aus der Firma hatte das Hotel empfohlen, aber es war bei weitem prachtvoller, als sie es sich vorgestellt hatten. Von dem Augenblick an, in dem sie den weiträumigen Eingangsbereich betraten, befiel Kanako eine eigenartige Unruhe.

Nachdem man sie über einen makellos gebohnerten, langen Korridor, der aussah, als könne man leicht unversehens ausrutschen, in ein ruhig gelegenes Zimmer geführt hatte, stand sie mit dem Bündel in der Hand am Fenster und betrachtete den Berghang hinter dem Haus.

Eine seltsame Ängstlichkeit hatte sich ihrer bemächtigt, von der sie selbst nicht sagen konnte, wodurch sie hervorgerufen wurde, doch war ihr alles andere als wohl zumute, soviel war jedenfalls klar.

»Das muß doch teuer sein hier, so prächtig, wie's ist«, wandte sie sich an Shunkichi, der ebenfalls ans Fenster getreten war.

»Aber er hat doch gemeint, es sei preiswert, deshalb sind wir hier.«

»Was heißt das schon, preiswert, da gibt's große Unterschiede. Wo's hier doch so prächtig ist.«

Die neuen Tatami, der rotlackierte Spiegelständer, der Tisch aus Rosenholz, die auffallend luxuriösen Sitzkissen, der elegante Kleiderständer – all diese Gegenstände sah Kanako der Reihe nach mißtrauisch an. Ihr waren sie suspekt, als ob sie ihr auflauerten und es eindeutig auf die Geldscheine in ihrer Börse abgesehen hatten.

Shunkichi, der nachfühlen konnte, was in ihr vorging, sagte großzügig:

»Wir haben fünftausend Yen, ist doch recht!«

»Mag ja sein! Aber wenn sie uns die Hälfte abknöpfen, ist das immer noch ein Haufen Geld.«

»In einem Thermalbad sind die Preise eben so, da kann man nichts machen«, meinte Shunkichi.

Und Kanako, mürrisch:

»Irgendwie habe ich keine Lust mehr, hier zu übernachten.«

Plötzlich hob sie den Kopf:

»Du, hauen wir ab! Noch können wir hier ohne weiteres verschwinden.«

Mit diesen Worten war sie schon zur Tür hinaus. Shunkichi blieb keine Zeit, sie zu besänftigen oder ihr zu widersprechen.

Doch als sie, verabschiedet von einem verdutzt dreinschauenden Zimmermädchen, wieder auf der Straße standen, fiel auch ihm ein Stein vom Herzen. Er dachte nicht daran, Kanako ihr bizarres Benehmen vorzuwerfen. Jedenfalls waren die fünftausend Yen in seiner inneren Hosentasche hiermit erst mal von einem fließenden in einen ruhenden Zustand zurückgekehrt.

»Ich finde es blöd, so viel Geld für die Übernachtung auszugeben«, meinte Kanako.

So gesehen mußte Shunkichi ihr beipflichten.

»Aber übernachten müssen wir irgendwo. Fahren wir doch mal raus nach Motohakone«, schlug er vor.

Und sie:

»Wir müssen ja nicht gerade fünftausend Yen ausgeben, suchen wir uns doch eine kleinere, nettere Unterkunft.«

In diesem Augenblick kam eben der Bus nach Motohakone, und sie stiegen ein. Nach etwa zwanzig Minuten Fahrt kam der in kühlem Blau leuchtende Ashinoko-See in Sicht, groß wie das Meer. Kanako riß die Augen auf:

»Meine Güte, das ist ja phantastisch. Laß uns am Seeufer übernachten. Heiße Quellen oder so brauchen wir nicht.«

Doch als sie ausgestiegen waren, setzte sich Shunkichi eine Weile auf die Bank im Wartehäuschen und studierte den Busfahrplan. Die Idee, daß sie es mit dem letzten Bus bis zurück nach Tokyo schaffen könnten, war unvermutet in einem Winkel seines Kopfes aufgeblitzt, und Shunkichi fühlte, wie sie anfing, ihn sogleich wie aufziehende Gewitterwolken zu erfüllen. Die Sorge um die fünftausend Yen in seiner Innentasche begann, von Kanako geschürt, nun auch ihm hartnäckig zuzusetzen.

»Fahren wir lieber heim nach Tôkyô!« sagte Shunkichi zu Kanako.

»Aber das wäre doch jammerschade. Wo wir extra hergekommen sind!«

Sie schien besser gelaunt zu sein, seit sie den See vor sich sah, jedenfalls schien sie sich wieder einigermaßen wohl in ihrer Haut zu fühlen.

»Wir können jetzt sowieso nur noch zu Abend essen und schlafen«, wandte Shunkichi ein.

Eine Reihe von Banknoten hinzublättern, bloß um in einem Hotel zu Abend zu essen und auf einem Futon zu schlafen, kam ihm tatsächlich schrecklich unsinnig vor.

»Na ja, ist schon wahr.«

Kanako überlegte einen Moment, dann sagte sie entschlossen:

»Gut, fahren wir heim.«

Nur fürs Essen und Schlafen viel Geld aus dem Fenster zu werfen, schien nun auch ihr eine entsetzliche Verschwendung. Mit dem Geld für die Übernachtung könnte sie Wolle und Sandalen kaufen.

In einer halben Stunde würde der letzte Bus kommen, mit dem sie die Bahn nach Odawara erreichen könnten. Mit der Bahn würden sie den Anschluß zum Zug nach Tôkyô schaffen, der etwa um elf Uhr in Odawara abfuhr.

Nachdem diese Frage geklärt war, wurde die Stimmung gelöst und heiter. In einem Lokal in der Nähe wärmten sie sich mit einer heißen Nudelsuppe auf, dann spazierten sie über die Landungsbrücke, die in den See hinausragte und an der tagsüber die Dampfschiffe an- und ablegten.

Auf dem dämmerigen See war kein Boot unterwegs, und kalte Rippeln liefen über die blauschwarze Oberfläche wie Seidenkrepp. Die Sonne war untergegangen, und ein eisiger Wind wehte. Seit sie beschlossen hatten, nach Tôkyô zurückzukehren, verschlang Kanako die Landschaft um sie herum mit den Augen.

»Meine Güte, ist das nicht wunderschön«, rief sie ein über das andere Mal und ließ ihre Blicke mal hierhin, mal dorthin schweifen, dann wollte sie wissen:

»Wie kalt ist wohl der Ashinoko?«

Mit diesen Worten lief sie ans Wasser, wo die Mietboote angebunden waren, kauerte sich hin und tauchte die Hand in den See. Shunkichi fand sie kindlich und reizend wie ein Schulmädchen.

Kanako hatte Cremeschnitten gekauft, die sie im Bus aßen, dann nahmen sie den späten Zug nach Tôkyô. Auf der Fahrt von Odawara bis Tôkyô sprach keiner ein Wort, beide lehnten erschöpft und mit geschlossenen Augen am Fenster wie erschlagen.

Von Odawara bis Yokohama schlummerte Kanako ein und atmete im Schlaf leicht und regelmäßig, und von Yokohama bis zum Bahnhof Tôkyô schlief Shunkichi und schnarchte gewaltig.

Es war kurz vor Mitternacht, als sie in ihre Wohnung zurückkehrten. Wie abgesprochen schlichen sie auf leisen Sohlen die Treppe hinauf. Das Zimmer, das sie am Morgen desselben Tages verlassen hatten und das sie gewöhnlich armselig dünkte, erschien ihnen jetzt unsäglich heimelig und wohnlich.

Sie füllten sich die leeren Mägen mit eingemachtem Gemüse und kaltem Reis und legten ihre müden Knochen sogleich ins Bett.

»Tut mir leid, das mit dem Hotel heute«, flüsterte Kanako eine seltene Entschuldigung. »Aber wir können immer noch zehntausend Yen aufs Konto einzahlen«, und kaum hatte sie das gesagt, lag sie schon, sichtbar völlig entkräftet, in tiefem Schlummer.

Shunkichi selbst fand lange keinen Schlaf, vielleicht war er zu erschöpft. Vor seinen müden Augen flackerten immer wieder Bilder auf von der weißen Straße am Bergrücken im eisigen Wind und vom kalten Blau des Sees und erloschen wieder. Sonst sah er nichts.

Plötzlich wurde ihm bewußt, daß Kanakos Körper von eisiger Kälte durchdrungen war. So kalt, als sei nichts mehr zu machen. Shunkichi preßte sie fest an sich und wärmte so seine tief schlafende Frau mit der Wärme seines eigenen Körpers. Seine Mitstreiterin, die mit ihm den ganzen Tag in den Bergen von Hakone herumgelaufen war und ständig gegen irgend etwas angekämpft hatte, rührte ihn auf einmal auf bisher nie empfundene, herzzerreißende Weise.

Anne Weber
Vom Reisen im Stand

Was einem den Spaß am Reisen verdirbt, ist nicht so sehr die Fahrt an sich als das unvermeidliche Ankommen. Ida hat sich deshalb für die Reise im Stand entschieden, eine der wenigen Arten von Tourismus, die ohne Ziel und folglich ohne Ortsveränderung auskommen. Ein leichtes Schwanken, ein kurzes Taumeln, und schon hat Ida Gebirgszüge und riesige Wüsten hinter sich gelassen. Ganze Ozeane überquert sie in Sekundenschnelle.

Wer im Stehen reist, umarmt mühelos die Erde. Reglos galoppiert er vorwärts, und die Staubwolken, die er hinter sich läßt, kämen jedem außer dem Reisenden selbst wohl unwirklich vor. Ida ist schon mit dem Zug, mit dem Bus, per Schiff, Metro und Düsenflugzeug, Fahrrad, Automobil, auf Schlitt- und Rollschuhen und im Segelflugzeug gereist. Das U-Boot hat sie noch nicht ausprobiert, aber so etwas Besonderes kann das ja wohl auch nicht sein. Im Stand dagegen ist man schneller als jedes Flugzeug, lautloser als jedes Segelboot. Anhalten kann man, wann man will, in zehntausend Meter Höhe oder nie.

Unterwegs begegnet Ida manchmal anderen Reisenden, aber meistens tut sie so, als bemerke sie sie nicht. Ida liebt es, im Stand und inkognito zu reisen.

Noch ganz aufgeregt

Thomas Bernhard
Vergessen

Im Warschauer Hotel Saski, in welchem ich mehrere Male gewohnt habe, sind immer die interessantesten Ausländer abgestiegen und ich bin aus diesem Grunde immer in das Hotel *Saski* und nicht in das *Bristol* oder in das *Europejski* gegangen, von welchen ich immer enttäuscht gewesen war. Eines Abends, schon gegen Mitternacht, als ich ganz allein in der unteren Halle gesessen war, setzte sich ein Herr an meinen Tisch und berichtete folgendes: er sei vor etwa zwei Stunden aus dem Hotel hinausgegangen, um einen Autobus nach Wilanow zu besteigen, wo er sich in der Nähe des königlichen Schlosses mit einem Geschäftspartner verabredet habe, er hasse Taxis und sei aus diesem Grunde, nicht deswegen, weil es viel billiger ist, immer mit dem Autobus gefahren. Die polnischen Autobusse, hatte er mir bei dieser Gelegenheit gleich erklärt, seien die angenehmsten auf der ganzen Welt und ganz gleich, wieviele Menschen in sie hineingepfercht sind, die Luft in ihnen sei immer die beste. Überhaupt liebe er Polen wie kein anderes Land, was ich verstehe, denn mir selbst ist kein anderes Land in Europa lieber. Er war gebürtiger Schlesier, aber mit einem kanadischen Paß und hatte wahrscheinlich immer die Angewohnheit, sich abwechselnd in deutsch und in englisch auszudrücken, eine Sprechweise, die ich immer als anziehend und anregend empfunden habe. Als der Auslander aber an diesem Abend, wie es schon seine Gewohnheit gewesen war, aus dem Hotel Saski hinaus und zur Haltestelle gegangen sei, habe er plötzlich nicht mehr gewußt, *was* er auf der Straße wollte und sei daraufhin wieder in das Hotel Saski zurückgegangen. Er habe sich aber, weil ihm dann überhaupt nicht mehr eingefallen sei, *warum* er aus dem Hotel hinausgegangen und zur Haltestelle gegangen sei, im Hotel Saski nicht beruhigen können und sei wieder aus dem Hotel Saski hinaus und dann zwei Stunden um das Hotel Saski herumgegangen. Vor etwa zehn Minuten sei ihm plötzlich wieder eingefallen, daß er nach Wilanow hatte hinausfahren wollen, um den schon erwähnten Geschäftspartner zu treffen. Jetzt sei es aber zu spät gewesen, nach Wilanow hinauszufahren und er habe beschlossen, ins Hotel zurückzugehen, sich in die Halle zu setzen und ein Glas Whisky zu trinken. Er sei von dem Zwischenfall noch ganz aufgeregt, sagte er, und bestellte zwei Gläser Whisky, eins für sich und eins für mich.

Anhang

Quellenverzeichnis

A. Alberts (1911-1995)
Die letzte Insel
In: A. Alberts, Die Inseln. Aus dem Niederländischen von Waltraud Hüsmert. S. 123-134

Julian Barnes (geboren 1946)
Der Tunnel
In: Julian Barnes, Dover – Calais. Aus dem Englischen von Gertraude Krueger. Rowohlt Taschenbuch Verlag, Reinbek bei Hamburg, 1999. S. 185-207

Thomas Bernhard (1931-1989)
Schöne Aussicht
In Lima
Vergessen
In: Thomas Bernhard, Werke, Band 14: Erzählungen, Kurzprosa. Herausgegeben von Hans Höller, Martin Huber und Manfred Mittermayer. S. 256, S. 246, S. 284-285

Peter Bichsel (geboren 1935)
Die Erde ist rund
In: Peter Bichsel, Kindergeschichten. S. 7-19

Marica Bodrožić (geboren 1973)
Windspiele
In: Marica Bodrožić, Tito ist tot. Erzählungen. S. 132-135

Judy Budnitz (geboren 1973)
Urlaub
In: Judy Budnitz, Große Sprünge. Short Stories. Aus dem Amerikanischen von Brigitte Heinrich. Insel Verlag Frankfurt am Main und Leipzig 2002. S. 186-198

Gesualdo Bufalino (1920-1996)
Das Herauskommen aus der Arche oder Die Enttäuschung
In: Gesualdo Bufalino, Der Ingenieur von Babel. Erzählungen. Aus dem Italienischen von Maja Pflug. BS 1107, 1992. S. 75-82

Julio Cortázar (1914-1984)
Geschichten, die ich mir erzähle
In: Julio Cortázar, Ende der Etappe. Die Erzählungen. Band 4. Aus dem Spanischen von Rudolf Wittkopf. S. 1157-1167

Doris Dörrie (geboren 1955)
Winnetous rechter Fuß
In: Doris Dörrie, Für immer und ewig. Eine Art Reigen. S. 99-120

Karen Duve (geboren 1961)
Der Indianer
In: Karen Duve, Keine Ahnung. Erzählungen. S. 53-59

Fritz Rudolf Fries (geboren 1935)
Der Seeweg nach Indien
In: Fritz Rudolf Fries, Der Fernsehkrieg und andere Erzählungen. Suhrkamp Verlag Frankfurt am Main 1970. S. 33-52

Wolfgang Hildesheimer (1916-1991)
Ich trage eine Eule nach Athen
In: Wolfgang Hildesheimer, Lieblose Legenden. S. 91-98
Überarbeitete und erweiterte Ausgabe des 1952 erschienenen Bandes © Suhrkamp Verlag Frankfurt am Main 1962

Bohumil Hrabal (1914-1997)
Das diamantene Auge
In: Bohumil Hrabal, Die Bafler. Erzählungen. Ausgewählt und aus dem Tschechischen übersetzt von Peter Künzel. S. 103-112
© der deutschsprachigen Ausgabe Suhrkamp Verlag Frankfurt am Main 1966

Yasushi Inoue (1907-1991)
Der Hochzeitstag
In: Yasushi Inoue, Liebe. Drei Erzählungen. Aus dem Japanischen von Richmod Bollinger. Suhrkamp Verlag Frankfurt am Main 2002. S. 63-83
© der deutschsprachigen Ausgabe 2000 Residenz Verlag, Salzburg – Wien

Sandra Kellein (geboren 1958)
Ein kleines Spiel
In: Sandra Kellein, Die Erfindung von Amerika. Erzählungen. S. 18-45
© 1998 Berlin Verlag, Berlin

Hermann Lenz (1913-1998)
Die alte Stadt an den drei Flüssen
In: Hermann Lenz, Die Schlangen haben samstags frei. Erzählungen. Herausgegeben und mit einem Nachwort versehen von Rainer Moritz. S. 157-162
© Insel Verlag Frankfurt am Main und Leipzig 2002

Thomas Meinecke (geboren 1955)
Pilot stirbt im Cockpit: Passagier landet Flugzeug sicher
In: Thomas Meinecke, Mit der Kirche ums Dorf. Kurzgeschichten. S. 17-21
© Suhrkamp Verlag Frankfurt am Main 1986

Juan Carlos Onetti (1909-1994)
Esbjerg, an der Küste
In: Juan Carlos Onetti, Willkommen, Bob. Gesammelte Erzählungen. Aus dem Spanischen von Jürgen Dormagen, Wilhelm Muster und Gerhard Poppenberg. S. 62-70
Esbjerg, an der Küste wurde von Gerhard Poppenberg übersetzt.

István Örkény (1912-1979)
Der alte Mann und das Auto
In: István Örkény, Minutennovellen. Ausgewählt und aus dem Ungarischen übersetzt von Terézia Mora. Mit einem Nachwort von György Konrád. S. 75-76

Manuel Rivas (geboren 1957)
Reiter im Sturm
In: Manuel Rivas, Die Nacht, in der ich auf Brautschau ging. Erzählungen. Aus dem Galicischen von Elke Wehr. S. 139-145

Peter Stamm (geboren 1963)
Die ganze Nacht
In: Peter Stamm, In fremden Gärten. Erzählungen. S. 48-54

Olga Tokarczuk (geboren 1962)
Peter Dieter
In: Olga Tokarczuk, Der Schrank. Erzählungen. Aus dem Polnischen von Esther Kinsky. Deutscher Taschenbuch Verlag, München, 2001. S. 85-92

Robert Walser (1878-1956)
Koffermann und Zimmermann
In: Robert Walser, Sämtliche Werke in Einzelausgaben. Herausgegeben von Jochen Greven. Band 5: Der Spaziergang. Prosastücke und kleine Prosa. S. 86-87

Anne Weber (geboren 1964)
Vom Reisen im Stand
In: Anne Weber, Ida erfindet das Schießpulver. Geschichten. S. 82

»Fahrtwind« im suhrkamp taschenbuch

Tschingis Aitmatow. Der weiße Dampfer. st 3610. 240 Seiten

Isabel Allende. Der unendliche Plan. st 3611. 464 Seiten

Lily Brett. Zu sehen. st 3612. 336 Seiten

Max Frisch. Montauk. st 3613. 208 Seiten

Amin Maalouf. Die Häfen der Levante. st 3614. 256 Seiten

Haruki Murakami. Wilde Schafsjagd. st 3615. 320 Seiten

Cees Nooteboom. Die folgende Geschichte. st 3616. 160 Seiten

Hans-Ulrich Treichel. Tristanakkord. st 3617. 240 Seiten

Fahrtwind. Geschichten vom Abfahren und Ankommen. Herausgegeben von Charlotte Brombach und Julia Ketterer. st 3618. 252 Seiten

NF 515/1/4.04